恐怖　角川ホラー文庫ベストセレクション

宇佐美まこと、小林泰三、小松左京、竹本健治、
恒川光太郎、服部まゆみ、坂東眞砂子、平山夢明
朝宮運河＝編

角川ホラー文庫
22842

目次

恐怖

竹本健治

人間にとって恐怖という感情は究極的にはひとつの病いなのだろうか。それともひとつの財産なのだろうか。ずっと以前からこの疑問は私の脳裡から離れずにいた。無論、それが二者択一的に割り切れるものでないだろうことは承知している。しかも私にはそもそもこの問題の解答者となる資格がない。なぜなら私には恐怖という感情が欠如しているからだ。けれども恐らく盲人こそが最も視覚の存在に敏感であり、聾人こそが最も音の存在を強く意識しているだろうように、私にとっては恐怖こそが関心の中心たらざるを得ないのだ。

もとより恐怖は最も根源的な情動であり、また根源的な機能ほど個体に根強く喰いこんでいるという事情によるものか、その単純な働きまでは失われていない。例えば眼の前に物がとんでくれば思わず体を反らしてそれを避けようとするし、背中に氷を落とされれば慌ててそれを出そうとする。けれどもそれらを反射という作用に押しこめてしまったとき、あとに残るべき感情としての恐怖はほとんどゼロに近いとも言い得るのだ。だから私にとっての恐怖の概念は、他人の話や眼に見える反応からの類推と、幼児期まで遡った記憶（その頃にはまだ人並みに残っていたような気がする）を紡（つむ）ぎあわせたものでしかない。

私は他人を恐がらせるのが好きだが、そのあまり大声で言えない性癖も恐怖に対するこだわりの裏返しに違いない。

私のこの異常について最もよく語りあったのは、高校時代のある友人だった。十メートルほど上にさし渡した板の上を平然と歩いてみせた私に、彼は興味を抱いたのだ。考えてみれば、知識欲旺盛（おうせい）な思春期に私という恰好（かっこう）の心理学的モデルを手にした友人が、その方面全体に関心を抱くようになったのはごく自然ななりゆきと言えるだろう。彼はしじゅう私に質問の矢を浴びせた。

もっともその頃の彼の視点は、より《人間はいかにあるべきか》的な方向に傾いていたらしい。いわゆる《高次の精神は欲望や恐怖から解き放たれている》というやつだ。その考えに従えば、私の精神はより高処（たかみ）に近いところにあることになるのだろう。実のところ、恐怖心のないせいで他言をはばかるいろいろな問題を起こしてきた私の精神がより高処に近いはずもなかったが、友人には結構魅力に映ったらしいのだ。

彼の興味は別として、私自身、なぜ自分だけがこうなのか、不審に思い続けていたのも事実だった。私はひどい頭痛持ちなのだが（不定期に襲ってくるそれはかなり烈しいものだ）、それと関係があるのだろうか。あるいは何かしらの幼児体験によるものなのか――。

遺伝的な線はあまり考えられない。母はごく普通の、むしろ臆病な方の女だったし、外科医だった父にしても、小心さの裏返しが莫迦げた尊大さとなってあらわれているタイプの人間だった。むしろ遺伝という線で浮かびあがってくるのは犯罪者的な資質だろう。私の田舎では父にまつわる事件——ありていに言ってしまえば、数々の医療ミスと、それを暴露しようとした医師の殺害、そして自殺——は未だ人々の口の端にのぼり続けていて、そういった傾向ならば私の血のなかに色濃く受け継がれているのではないかという気がする。なぜなら、恐怖心はないくせに自分にとって煩わしいものへの嫌悪感が人一倍強い私は、一定の状況さえ与えられれば殺人でも何でもたやすく犯してしまうに違いないからだ。

一人っ子の私はいつも暗い大きな家の奥で暮らしていた。恐怖感が身近にあったという記憶はその頃のものだ。いや、むしろ幼い私はいつも何かに怯えていたような気さえする。

ともあれ、私の人格を左右するほど強烈な幼児体験があったとすれば、それはもちろん父にまつわる事件以外に考えられないが、恰度その時期、私は病気で父の病院に入院したまま眠り続けていて、事実を聞かされたのはずいぶんあとのことだった。だからショックはショックだったが、本来受けるべき度合よりもかなり割り引かれたものだったと思う。その後は中学にあがる前に母を亡くしたことくらいで、曖昧な記憶をそれ以上辿（たど）ってもほかに心あたりを見つけることはできない。

私は結局自分の頭のなかのどこか一部分が、頭痛の原因にもなっている何かのために働きが鈍くなっていると考えるようになった。それがいちばん納得できる理由なのだ。大脳生理学によれば、特定の精神作用は特定の脳の領域に分担されており、研究が進むにつれて、その対応が驚くほど細分化されていることが判明しつつあるという。だから快不快や恐怖、怒りなどの情動が生み出される、大脳の中でも系統学的に古い部位の一部が眠っていると考えてもいいはずだった。

友人の考えは少し違っていた。彼はあくまで人格形成過程における心理的な要因のせいだと主張した。つまり、恐怖は無意識の領域では生み出されているのだが、何らかの力によってそれが意識の表面にまで浮かびあがってこなくなっているというのだ。友人はその主張を確かめるため、熱心に自己催眠を習いはじめた。

それはひとつの実験だった。そしてそれはまた、二人のあいだの賭（か）けでもあった。友人は自分に繰り返し術を施すことによって、恐怖心を消し去る試みに挑んだのである。それが成功すれば、私の場合も心理的要因によるものと見なしてさしつかえないはずだというのだ。そしてこの試みが失敗に終われば彼が、成功したら私が頭を丸めることを約束した。

互いに一度も坊主にしたことのない頭を丸めるというのはなかなか大きな罰則だっ

た。それだけに私達は興をそそられた。けれども足速に受験期は訪れ、結局試みも中途のまま、卒業とともに友人とは会うこともなくなってしまった。

十年もたってから、友人はひょっこりと訪ねてきた。頬骨から顎にかけての窪みがやや深くなったほか、ほとんど面影の変わらない彼は、自信たっぷりに実験が成功したことを告げた。そして彼は話をこう続けた。

喜怒哀楽の感情や、羞恥心、執着心など、他の作用に影響を及ぼすことなく、恐怖心だけを消し去るというのは容易でなかった。注意深く自己催眠を繰り返し、最後のひとかけらまで根絶するのに十年かかった。苦労はしたが、恐怖心がないというのは社会生活に極めて有利だし、仕事の上でも多々恩恵を蒙っている。ともあれ、これで君の場合も器質的なものでなく、心理的な要因であることがはっきりした……。

話を聞きながら、同じ道を辿ることになったようでいて、二人のあいだには跨ぎ越せない溝があることに気がついた。友人は恐怖を全くひとつの病いと見なしているのに較べ、私はむしろ、やや逆の方向に傾いている。その思いを呑みこみながら、私は返すべき言葉を失った。だから彼が悪戯っぽい眼をこちらに据え、賭けはまだ生きているだろうねと念を押したときも、私はただ黙って頷いてみせた。

それから何日かは友人を験すために費された。生来の恐がらせ好きな性癖も手伝って、意識的に、出し抜けに、あの手この手を使ってテストしてみたが、結果は完璧なものだった。恐怖の反応は皆無だった。私は潔く友人の手に鋏を渡した。

床屋がそうするように私は首に布を巻きつけ、鏡台の前に腰をおろした。友人は私の髪のひとふさを躊いがちに弄んでいたが、やがてジョギリと音がして、それは肩へと滑り落ちた。

それにしても心理的要因というのが本当だとしたら、私の場合は何だったのだろう。私は自分で暗示をかけた憶えはないのだから。耳許で鳴り続ける鋏の音を聞きながら、私は友人に尋ねかけた。すると彼は表情を含ませない声で、やっぱり父親だろうと答えた。

こういうことは考えられないか。幼い頃の君にとって、恐怖の対象は父親だった。いや、君の恐怖は父親にだけ向けられていた。そんな状況のもとで積もり積もった恐怖は、父親の死によってその対象を失ったまま吹きとんでしまったのだと……。

あるいはそうかも知れないと私は思った。バラバラと髪が落ちていくにつれて、そんなことなどどうでもよく思えてきたのだ。そして次第に、リズミカルな鋏の音を聞きながら、眠いようなうっとりとした気分になった。

鋏の音が急に止まって、私ははっと我に還った。頭の上の息遣いが荒くなっているのが分かった。終わったのかと尋ねようとして前の鏡台を覗きこむと、いったいどうしたことなのか、友人の眼は大きく見開いたまま凍りつき、顔色もひどく蒼褪めていた。唇はかすかに顫えてさえいる。要するに彼の表情を占めているのは恐怖以外の何物でもないのだ。

あれほど繰り返されたテストに何の反応も見せなかった友人が。

言葉を見出だせないままの私の上で、失敗だったな、と彼はぽつりと呟いた。そうしてこう続けたのだ。これもテストだったのか？……と。

彼は別の手鏡を取り、私の眼の前に突き出した。私は慌ててそれをひったくり、自分の頭の上に翳した。すっかり短く刈られて濃淡の斑を見せている髪が映り、さらによく覗きこむと、薄くなった部分を透かして頭皮の様子も窺えた。そこにははっきりと帯状の模様が浮かびあがっていた。

その帯はまるく鉢巻のように頭の周囲を一周している。私はゆっくりそれを指でなぞってみた。中央がやや盛りあがった桜色の帯は、ケロイド状にひきつれた手術痕に間違いなかった。傷は遠い過去のものらしく、太さはまちまちで、全体の形もやや崩れていた。

私はそのとき、父に関する黒い噂を思い出した。父が犯した数々の医療ミスは、実は人体実験の類いだったというのだ。私はそれを莫迦莫迦しいと笑いとばしてきた。その私の頭蓋に、誰がいつこんな爪跡を残していったのか。

烈しい頭痛。恐怖の欠落。手術痕。ロボトミー。そういった言葉が頭のなかに渦を巻いて、深い闇(やみ)の底にこぼれ落ちていった。けれどもやはり私のなかに恐怖は抜け落ちたままだった。ぽっかりとがらんどうのような気分を嚙(か)みしめながら、私は桜色の模様をみつめ続けるほかなかった。

骨

小松　左京

井戸を掘ろうと思った。

いま住んでいる、もと百姓家だったらしい藁屋には、裏の崖から湧く水を、筧で流し場におとしてあるが、どうも心もとない感じである。流し場の三和土の所に、木でかこった水道栓がたっているが、真鍮の水栓は、青く緑青をふいて、把手をひねってみても、音もたてない。——何年も前に、蛇口からしたたっていたであろう水の鉄分が、内側に赤黒い錆となってこびりつき、地面からつったたったパイプをささえる木柱の根もとはぼろぼろにくさって、全体が地面からうき上っているように見えた。風が少しつよく吹くだけで、木柱はぶるぶるふるえ、今にも乾いた音をたててたおれそうだった。実際、まもなくそのくさった水栓は、根もとの所からぽっきり折れてしまった。その時のぞいてみると、木柱の中を通してある鉄のパイプは、形もわからぬぐらいくさっており、朱と青のまざった蕈のような錆が一面にもり上っていた。

筧の水は、流れがすくなくなったり、時々とまった。雨のあとなどは、大きな、一尺ほどもあるみみずが流されてきたり、小さな蛇の死骸が、白い腹を見せて、筧の口からぶら下ったりした。

で――どこか近い所に井戸を掘ろうと思った。

奇妙な事に、井戸を掘ろうと思いつくと、間もなく井戸掘りの職人がやってきた。禿頭に鉢巻をして、胸から膝まである黒い前かけをつけ、地下足袋に脚絆という恰好でやってきて、

「井戸を掘りますか?」

という。

たのむ、というと、もう翌日には、四、五人でやってきて、裏庭に背の高い櫓と、木を組んでつくった、直径二メートルぐらいの車をくみたてはじめた。――車のまわりには、煙突掃除につかうような、しなやかな割り竹を細長くつないだものが巻きつけてある。「上総掘り」という仕かけで、もういまどきめずらしいものだそうである。

「むかしゃあこれで、掘抜き井戸から、石油まで掘ったもんです」

と禿頭の職人は、自慢そうにいった。

「石油掘りの時なんざあ、これで千尺(三百メートル)も掘るんですがね。――なに、ここで井戸を掘る分にゃ、そんなに掘らなくったって、あっしのかんじゃあ、十五尺から二十尺……三十尺掘らないうちに、水が出まさあ」

だから仕かけも、小ぶりなのを持ってきたのだ、という。――それでも櫓の高さは、

三、四メートルもあったろうか。てっぺんに滑車がついている。その横に、太い竹を井桁にくみあわせて、四つ目垣のような足場をつくり、それに長くつないだ割り竹をまきつけた木の車、――「へね車」というのをとりつけた。

へね車の上には、孟宗竹を二、三本たばねたのが横にしっかりととりつけられる。――根元の方がしっかり固定され、よくしなう梢の方は、櫓の中心部にもぐりこんでいる。梢の先にくくりつけられた麻縄が、へね車に巻きつけられた割り竹の先にむすびつけられ、割り竹の先端部には、長さ三メートルあまりの太く、重そうな鉄管がとりつけられた。鉄管の先には、蝶つがいの蓋のついた、ふちのぎざぎざになった、これも重そうな金具がついている。

「これをかぶらっていいやす」と禿頭の職人は説明した。「これで、地面をうちかいて行くんです。――細工はりゅうりゅう、仕上げをごろうじろ、って所でさあ……」

職人は、一人で自慢し、一人ではりきって、いろいろ指図した。

翌日から、こつり、こつりという音が裏庭の方ではじまった。――のぞいてみると、あの職人と、もう一人、弟子だか臨時やといだか知らない、若い、力はありそうだが頭の鈍そうな若者と、二人きりで仕かけを動かしていた。

孟宗をたばねて、横にとりつけた「弓竹」の先は、割り竹の先と、麻縄でむすばれ、割り竹の先に垂直についている鉄管を、宙にぶらさげた恰好になっている。麻縄でつながれた割り竹を、孟宗の弾力にさからって、ぐい、と下方にひっぱると、鉄管の先の刃物が、ごつんと地面にあたり、次いで弓竹の弾性で上にはね上る。掘った土は、かぶらの中にとりつけられた、上下に動く弁によって、次第に鉄管の中にたまって行く。——まことに原始的なものだ。こんな仕かけで、百メートル以上も穴を掘りぬいたとは思えない。

朝からはじまった音は、一時間半ぐらいでやんだ。どうしたのかと思っていると、もう一時間ほどして地下足袋姿の職人が表庭の方へまわってきた。

どうした？——もう水が出たのか？　ときくと、禿頭にしめた鉢巻をつるりとはずし、それで顔の汗をぬぐって、

「いけませんや、旦那。——悪いものが出やした」

という。

「悪いものって、何だ？」

とききかえすと、眉をしかめ、首をふって、

「へえ、それが——骨でやす」

といって、後ろをむいて唾をはいた。

雪駄をつっかけて、裏庭へまわってみると、割り竹の先の鉄管はひき上げられ、朝がた、直径十二、三センチの細い穴がうがたれていた櫓のま下に、シャベルでさしわ

たし三メートルぐらいの穴がほられている。穴の深さはまだ一メートルにも達していまい。しめった表土層を、やっとのけたくらいで、その下の青っぽい粘土層が、ほんの五、六センチあらわれた所である。

その粘土層一面に、灰色がかった骨がたくさん露出している。

「こんな浅い所に、こんなに人骨がうまっているなんて、——どういうんでしょうね」と、職人は、口を歪めてぼやいた。「穴の両側の地面の下にも、まだずうっと横につづいてるようですし——下の方も、まだまだありそうですぜ」

掘り上げられた土の間からのぞいている、尺骨らしい骨をとり上げてみると、土中で枯れた骨の重みではない。ずっしりと重く、完全に化石になっている。

「これは——」と私はつぶやいた。「相当に古い骨だ」

「へえ、そりゃそうでやしょう」と職人は相槌をうった。「きっとこの丘は、昔、墓場かなんかで……」

「そんなになまやさしいものじゃない」

私は、土の山の中から、石片をひろい上げた。

「その隅——そう穴の角の所だ。大きな骨がのぞいてるだろう。そいつを掘り出してごらん」

鈍そうな若い衆が、ちょっと白目を見せて、私と職人をながめ、額の汗を手の甲でぬぐうと、ぺっと手につばをはいて、穴の中にとびおりた。——えらい馬力でシャベルをふるいはじめたので、乱暴にやるな、といおうと思ったが、声をかけるひまもないうちに、巨大な頭蓋骨を掘り出してしまった。

「こりゃあ、でっけえや」と若い衆は、土のついた頰に流れる汗をぬぐって、ふうっと息をついた。「とっつぁん、こりゃ何の骨だ？　馬けえ？」

「馬よりゃもっとでっけえな……」と職人はいった。「それに、この頭の恰好は、馬じゃねえ」

「じゃ、なんだよう？」

「象だな——」と私はいった。「形から見て、昔——二、三万年ぐらい前まで、日本にたくさんいた、パレオロクソドン・ナウマディクスという種類の象らしいな。いわゆるナウマン象といってな。南方の、あたたかい地方から日本へわたってきて、氷河期の末ごろまでにほろんでしまった象だ」

「へーえ、象ねえ……こんなのが、昔、ここらへんにもいたんですかね」と若い衆は爪先で、巨大な頭骨をつついて、感心したようにいった。「象なんて、動物園だけにいるのかと思ったら……」

「そうすると、ここに一緒にうまってる人間の骨は、この象が日本にすんでたころのものですかい？」と職人はきいた。「二万年前となると、おそろしく古いね。この連中、こんな象を狩ってたのかね？」

「そうにちげえねえ。みなよ、とっつぁん……」若い衆は、地下足袋の先で巨大な象の頭骨の、額の所をさした。「こんな所に、石のかけらが食いこんでらあ」

ナウマン象の頭蓋骨の前額部に、くだけた石片がつきささったまま化石になっている。――のみならず、この前額から顱頂部へかけて、骨がぐしゃぐしゃに砕けてまるくへこんでいる。明らかに、大きな岩塊か何かをぶつけられて、砕けたあとだ。

牙は、一本が脱落し、のこる一本は、根元から三分の一ほどの所で折れていた。――折れた先の部分らしいものが、ほんの一メートルほどはなれた所に、半分掘り出されていた。のみならず、その折れた牙は、これも半分露出した人骨の肋骨の部分に、ぐさりとつきささっている。埋没してから、骨と骨とが動いてそういう形になったのではない事は、牙が肋骨を何本もへしおってつきささっており、折れた骨片のいくつかが、牙にくいこんだまま化石になっているのを見てもわかった。

私は土からひろい上げた石片をもてあそびながら、ぼんやりと穴の中を見つめた。――平べったい、洋梨形をしたその石片は、ひと目でそれとわかる、旧石器時代の握斧だった。とすると、これと同じ地層から出ているたくさんの人骨は、一万年以上前、世界中が氷河におおわれていた洪積世時代のものという事になる。しかし、日本でも洪積世の人骨はぼつぼつ見つかっているという話はきいていたが、こんなに一箇所でたくさん、完全にちかい形のものが出てきた、という話はきいた事がなかった。

それに、ナウマン象の骨と一緒に出てきた例など、きいた事もない。――まして、そのナウマン象と、闘った形跡をはっきりのこしたまま出土した、などという例は……。

これは、一度、学者にしらべてもらわなければならない、――そう思って私は穴の傍からはなれた。

井戸掘り職人二人の姿は、いつの間にか穴の周囲から消え、組み上げた櫓だけが、野面をわたってくる風にあたってひょうひょうと音を立てていた。

こちらから知らせもしないのに、まもなく学者らしい人物が、四、五人の、学生とも人夫ともつかぬ連中をつれてやってきた。――裏庭の方で、人声がするのでまわってみると、櫓がわきにかたづけられ、先日の穴は、もう長さ十二、三メートルに四メートルぐらいの四角い濠にほりひろげられ、深さ一メートルあまりにはがれた表土の下から、灰白色の石をしきつめたように、人骨がびっしりあらわれていた。

まわりにもり上げられた土の上に、見ようによってはただの石片にすぎないような、原始的な石器が、頭蓋骨や、骨片といっしょにならべられていた。

私の姿を見ると、ちょびひげをはやした、風采のあがらない、学者らしい初老の男

が、気弱そうな微笑をうかべて、

「ずいぶん古いものですよ」

といった。

「どのくらい前のものでしょう」

ときくと、手にもった頭蓋骨をながめて、

「さあ、よくしらべてみないとわかりませんが、ひょっとすると、四、五万年……どう見ても二、三万年はくだらないでしょう。——私は握斧(ハンドアックス)の形式から見て、岩宿の前、〝権現山第1〟よりもっと古いものと思うんですがねえ」

と小さな声でいった。——妙に自信のなさそうな口ぶりだった。

「それにしても、こんなに一箇所からたくさん、旧石器時代の人骨が出た事がありますか?」

「いいえ、ありません。——旧石器だけなら、だいぶあちこちから出ていますが、いままで、日本で旧石器時代の人骨が出た例は、栃木県葛生(くずう)石灰洞から出た葛生原人、中部地方の豊橋で出た牛川原人、静岡県の三ヶ日(みっかび)原人、そのほか明石(あかし)の西八木層から出た明石原人などがありますが、いずれも部分でね。——五体そろった骨が、こんなにたくさん、それも石器や氷河時代の動物の骨といっしょに出た例はありません……」

「とすれば、大発見ですね」と、私は濠の底いっぱいに露出している化石骨をながめてつぶやいた。「いったい、どのくらいの人数の骨がうまっているんでしょう？」

「さあ——見当もつきませんな。いま出ているだけでも、五、六十体分ありますが、まだまだ横にもひろがっているし、下にもつみかさなっているし……それに時代も何代にもわたっているようで、何百体あるか何千体あるかわかりません」

何千体……という言葉をきいて、異様な感じがこみあげてきた。

「氷河時代の人骨が、こんなにかたまって出土した例は、ほかにありますか？——日本だけじゃなくて、ヨーロッパ、アジア、アフリカなどで……」

「ありません。これまでに例がないでしょう……」

「いったいどうして、こんなに沢山の人骨が一箇所にあつまったんでしょうね？」私は体の中を、うそ寒いものがふきぬけて行くのを感じながら、むこうへ行きかける学者の背に追いすがるように声をかけた。「ここは——古代の墓場か、ごみすて場だったんでしょうか？」

「さあ——どうですかね。ひょっとすると、大洪水か何かで、いろんな死骸が流されてきて一箇所にたまったのかも知れない。象だけじゃなく、オオツノジカやクマなど、いろんな動物の骨が一しょに埋まっていますからね……」学者は、なお濠を掘りひろげている男たちの方にちかづきながら、口の中でぼそぼそいった。「この層の下の方も、まだずっとうまっていますよ。——全部を掘り出すのには、だいぶかかりそうです」

下にも——といわれてふと気がつくと、四メートル幅に掘られた濠の底に一箇所、二メートル四方ぐらいの大きさで、さらに深く掘りさげられ、その穴の底でも、人が動いていた。穴から出た人骨が、まわりにつみあげられている。

横にまわってのぞいてみると、掘りさげられた穴の側面に、累々と白く骨がおりかさなっているのが見えた。

腰をのばしてみると、見わたすかぎり、すさまじい白骨の堆積だった。——濠はまだ幅も延長も掘りすすめられていたが、古代人骨の層は、まだどのくらいつづいているかわからない。その厚みもどのくらいあるか見当もつかない。

二万年——三万年——いや、五万年前に、この地上に生きていた人々の骨である。文明もなく、記録もなく、野に狩り、山に木の実や草の根を集め、水辺に漁（すなど）りし、貝をひろい、石をうちかいて道具をつくり、土器のつくり方も知らず、化石象や古代鹿や、熊、狐、いたち、猿などとまじりあって生きていた人たち……その人たちがいま、累々たる白骨の層となって、荒れ果てた土地の下に横たわっている……。

学者が何か声をかけると、作業をしている連中は、濠からぞろぞろ上ってきて道具をかたづけ出した。——それから、濠の傍につったっている私に声もかけずに、ひき上げて行った。

学者が人数をそろえて、もう一度本格的にしらべにくるかと思ったが、その後一向にあらわれる気配もなく、日がたって行った。――私は時折裏庭へ出て、ろくにかこいもない庭先から、ずっとのびている濠の傍にしゃがみこんで、何時間も濠底につみかさなった古代人骨をながめ、時おり腰をのばして、茫々とひろがる枯野の彼方から、誰かがやってこないかと眼をこらした。

だが、黄色い枯草と、黒っぽい枯木におおわれた野の彼方から、近づいてくるものの気配はなかった。

荒野が一面に灰色の雲に閉ざされ、びしょびしょと冷たい霖雨(りんう)が降りしきる時、私は足駄をつっかけ、蛇の目(じゃのめ)をさして、濠の底ににぶく光りながら雨にうたれている骨を、いたましい思いで見つめた。――長い間見ていると、骨の一つ一つに生の物語がきざまれているのが見てとれるのだった。ある骨は、明らかに若い青年のものだった。骨格はまだ細く、みずみずしいのに、彼の腕骨は、上膊(じょうはく)の所からぽっきり折れていた。骨になってから折れたのではない事は、その折れ口を見ればわかった。

ある骨は、骨組みもがっしりした壮者のものだったが、彼の肋骨は、脊椎骨とともにめちゃめちゃに砕かれていた。その砕かれた肋骨の下に、最初に見つかったあのナウマン象のものらしい、巨大な動物の脚の骨が、癒着したようにくっついている所を見ると、彼はあの古代象と勇敢に闘って、その巨大な脚の下に胸をふみにじられたのだろうか？――彼は、あのナウマン象の頭骨を砕いた、大きな岩を投げつけた勇者だったのだろうか？　彼の仲間とともに象を追いつめ、そのうちの一人が牙にかけられ、彼は仲間の仇と、塒で食物を待つ女子供たちを思って、おどろくべき勇気をふるって、怒り狂う巨大な獣に、正面から挑んだのだろうか？――あおむけになって、両腕を上方にのばし、首をおりまげたその男の頭蓋骨の、がっくりはずれた下顎骨の間から、巨大な脚で胸をふみくだかれた瞬間の絶叫が、数万年後の灰色の空にむかって、なおひびきわたっているようだった。

　ある骨は、明らかに関節も何もちぢかんでしまった老人のものだった。またある骨は、明らかに佝僂病か何か、骨の病気におかされて、脊椎も脚の骨もねじくれまがっていた。――またある骨は、女のものだった。あおむけにたおれて、のばした腕骨の中に、小さくかぼそい、まだ歯もはえていない嬰児の骨を、かばうように抱いていた。

　調査の連中がなかなかこないので、とうとう私は自分で少し掘ってみる気になった。学術的な発掘は、慎重にやらなければならないだろうが、これだけたくさんあるなら、少々しろうとがいじってもかまうまい、と思ったのである。――井戸掘り職人がおいて行ったシャベルと、裏にあった手箒を持って、私は濠の底の片隅に掘られた、もっと深い穴を掘りひろげ、底を掘りさげはじめた。

二メートル四方の穴は、すでに一メートルあまり掘りさげられていた。その底を少し掘ると、今度は小さい石のナイフらしいものや、もっと小さい槍の穂先のようなものがたくさん出はじめた。――ひろいあげてみると、上層部から出てきた石器より、ずっと細工がこまかく、精巧になっている。人骨はそのあたりから少しとだえ、シカやウマ、イノシシなどの骨が出はじめた。

私はその小型になった石器をしげしげとながめた。――硬い石を細長くわって両端をとがらせ、その片側を、こまかく剝（は）いで、するどい刃がついている。明らかに、上層から出た、あのどすんとした感じの握斧より、精巧な石のナイフだ。さらにほりすすむと、もっとこまかい、石のやじりや錐のようなものがたくさん出はじめた。――石器類の中でも、後期に出てくる細石器（マイクロリス）というやつだ。

私は不思議な感じにとらわれて、その精巧な石器類をながめた。――尖頭石槍（スクレイパー・ポイント）……石刃（ブレイド）……尖頭ナイフ（ポイント）……細石刃（マイクロブレイド）……どれも剝片（はくへん）石器で、まだ磨いていない所を見ると、旧石器から中石器時代へかけてのものだろう。しかし、黒曜石、サヌカイトといった石を、こまかく剝いで、美しく形をととのえ、尖端と両縁に刃をつけてある細工は、すでに「工芸」の域にまで達していて、ちょっと見には、自然石と見まがうような、上層の握斧の細工より、はるかに進んだものである。

濠底の穴の深さは、すでに一メートル半をこえ、一人で作業するのが困難になってきた。――誰か手助けしてくれないか、と思っていると、穴の上に人影がさした。見上げると、あの禿頭の井戸掘り職人が、頭の鈍そうな若者をつれて、濠の縁にたっていた。

「井戸はどうしやす」と職人はきいた。「別の所で掘りやすか？」

「井戸はいいから、この穴をもっとひろげて、もっと深く掘ってくれ」私は着物についた土をはらいながらいった。「慎重にやってくれ」

職人は、ようがす、といって濠底にとびおり、穴の底から私を押し上げると、ぼんやりしている若者に、おう、仕事だ、ていねいにやれ、と声をかけた。

穴掘りを、二人の専門職にまかして、私は掘り出した細石器を持って、屋内へかえった。――なにか今までとかわったものが出てきたら、すぐ知らせろ、といいつけてあった。

奥の間にすわって、筧におちる水音をききながら、その石刃や、石槍の穂先や、小さく精巧な石のやじりをながめていると、「技術の進歩」というものがつくづく感じられた。あの不細工な握斧から、ちゃんともどりまでついた、精巧な、形のととのったやじりまで、いったい何千年かかったか何万年かかったか知らない。どちらも、剝片にしやすい石を割り、へりを剝いで刃をつける、という基本技術では同じなのにもかかわらず、その間には、明らかに「技巧」の進歩というものが見られる。その形状には、年代を経てより鋭く追究されて行く「実用性」の上に、「美意識」までがつけ加わり出す。——私は、大ぶりな、切り出し形の石ナイフをとり上げて見た。その刃の上には、血流しのような彫刻（グレイヴ）さえ見られた。

そういったものをながめていると、人間という動物にとって、「進歩」というものは宿命であり、業（ごう）のようなものだ、という事が、身にしみて感じられるのだった。文明もない、文字もない、すぐれた学問の体系も、進歩をドライヴする事によって、そこから利益をひき出そうとする軍事・経済・産業というものもない。しかし、人間というものは、ほうっておいても、その技術を進歩させてしまうものだ、という事がよくわかった。技術の進歩は、必ずしも経済的利益にはむすびついていない。——美しく形をととのえる、とか、装飾をほどこす、とかいった非実用的な方向にでも、いくらでも進歩するのだから……。技術の進歩が、経済的あるいは軍事的利益とむすびあわされ、巨大な渦巻きを起すのは、文明が発生してさらにもっとずっとあとの事であろう……。

そんな事を考えている所へ、あのにぶそうな若者がなにか細長いものを持ってやってきて、だまって縁先へおいた。——土まみれの、長い、動物の骨のようなものだった。骨角器かと思ったが、とりあげてみて、私はおどろきの声をあげた。

小さな動物の脛骨か何からしい長い骨に、一列に穴があけられている。——その穴のいくつかには、二、三センチの、うすく鋭い、細石刃（マイクロブレイド）がうめられたままになっている。鋸（のこぎり）か何かにつかわれたらしい、細石器でも一番後期の方に出てくる組立道具（コンポジット・トゥール）というやつだ。写真では何度か見たが、実物ははじめて見た。

そこへ若者のあとを追うように、禿頭の職人がやってきて、土まみれの何かをさし出した。

「旦那……」と、職人は禿頭をつるりと手ぬぐいでぬぐっていった。「……土器が出はじめやした」

洪積世人骨と旧石器の堆積層の下から、細石器が出はじめた時から、なんとなく予感していたが、はたしてその予感はあたった。――濠の所にかけつけてみると、濠底にもう一つほり下げた穴は、幅が四メートルと、最初の濠一ぱいに掘りひろげられ、長さ六メートルちかくになり、上手に段をつけて、二メートル以上も掘りさげられていた。

その底に、白い、小さなものが一ぱいちらばっている。――ひと目でそれとわかる、貝塚だった。

貝塚の中には、人骨も埋もれていた。――上層の洪積世人骨のように、ただ、おりかさなって死んでいる、というわけではなく、手脚を折りたたみ、うつぶせになった胸の所に平たい石をおいてある所を見ると、明らかに埋葬されたものだ。縄文時代の早い時期に見られる「屈葬」の一種であり、「抱石葬」とよばれている形式だ。骨はまだその貝塚の露出部のあちこちに見えていた。その間にまじって、縄文早期のものらしい土器片も見える。――鳥の骨、獣の骨、それに何か知らないが、かなり大きな魚の骨も見えている。

「どんどん掘り進んでくれ」と、私はいった。「土器が出たら外へならべるんだ」

貝塚の堆積はかなりあつかった。――二人の職人は黙々と掘りすすみ、やがてりっぱな、大型の尖底土器を掘り出した。さらに掘りすすむうちに、土偶だの土版だの、骨角製の耳飾り、牙製の首飾り、貝を磨いた腕輪、骨製の銛（もり）や釣針といった骨角器類も出だした。そしてついに、縄文中期のものらしい、勝坂式と「火炎型」で有名な馬高式の中間を行くような、見事な大型土器が姿をあらわした。

その層の人骨は、どれも体格がりっぱだった。やや長頭型で、骨格が大きく、脚が長く、身長は一メートル六五、六はありそうだった。それに成人男子と思われるものは、大てい前歯を人工的にぬいたり、削って三叉状にとがらせたりしていた。――肋骨の上におりたたまれた腕骨、上腕骨には、貝製、骨製、あるいは土製の腕輪、鎖骨や胸骨の所には、滑石や、玉と思われる石でつくった胸かざりがからんでいた。中の一体は、明らかに鋭いとがったもので、頭蓋骨の前頭部を、まるく砕かれていた。あるものは腕が折れ、あるものは片脚が切りとられていた。

私は燃え上るようなはげしい装飾線をもった、火炎式にちかい土器を穴の縁において、つくづくながめていた。――不思議な思いが胸を去来した。その土器は、一メートルの濠の底、さらに三メートルちかく掘り下げた地層から出てきた。

なぜだろう？

ふと気がつくと、この前来た、あのちょびひげの学者が、濠の縁にたって、ぼんやりとした目つきで私の足もとの土器を見ていた。

「先生――」どうよんでいいのかわからないので、私はそう声をかけた。「濠の下を掘ったら、最初細石器、その下からこれがでてきました」

「ええ……」と学者は気よわそうな微笑をうかべてうなずいた。「みごとなものですね」

「でも、ふしぎですね。これはどういうわけでしょう？」

「なにがですか？」

「何万年も前の、洪積世人骨が出た層の下から、ずっと新しい、数千年前の、縄文時代の遺跡が出てきた事ですよ」私は手をはらうと、濠壁にきざまれた段を上って、学者の傍に近よった。

「旧石器もそうです。上の層が一番古くて、下へ行くほど新しくなっている。――なんだかおかしいと思っていたら、今度は縄文貝塚です。ふつうは、上の方に新しいものが埋まっていて、だんだん下へ行くほど古いものが埋まっているはずですね。――この土地だけ、どうして地層の年代が逆転してしまっているのでしょう？」

「さあ……」学者は、自信なさそうに眼を伏せて口ごもった。

「時々、はげしい倒褶曲(とうしゅうきょく)や何かで、地層が逆転してしまう現象があるそうですが――ここもそうでしょうか？」

「そうですね……そういう事もないではないが……」

「あまり調査にいらっしゃらないので、素人(しろうと)が勝手に少し掘ってしまいましたが――どうもまことに奇妙な具合です。やっぱり専門家に大々的に調査していただかないと……今度はいつ、調査を再開されますか？」

「いえ――私はもう、調査にはまいりません」と、学者は悲しそうに、わきをむいていった。

「そりゃまたどういうわけです？」私はおどろいて、つい大声を出した。「あなたは専門の考古学者で――大学の教授か何かでしょう？」

「前はそうでした……」学者は、肩をおとして、とぼとぼと濠からはなれて行きながら、自分にいいきかせるようにいった。「この間まで、自分でもそう思っていました。――しかし、いまはもう、学者でも大学教授でもありません……自分の知らない間に、そうじゃなくなっていたんです……」

なにか事件があったんだな、と、遠ざかって行く学者の、さびしそうな、影の薄い後ろ姿を見ながら、私は思った。なにか――スキャンダルか何かがあって、大学や学会を追われたんだ。そのごたごたがあったから、長い間調査にこられなかったんだ……。学者は、だいぶ行ってから、なお未練気に、ちらりとこちらをふりかえり、それから丘をおりて消えて行った。

あの学者はこなくても、報告は行っているはずだから、調査団はいつかはくるだろう、と思った。――しかし、この奇妙な遺跡を前にして、じっとしていられないような気分にかりたてられ、調査団到着まで、なるたけ全部を荒さないように、自分で掘る事にした。

徹底的に掘り下げるとなると、今までのような、蛸壺式の掘り方ではだめだという事は明らかだった。――私は二人の職人に相談した。

「井戸は掘らねえんですかい？」禿頭の職人は不満そうな顔をした。「あっしらア井戸掘り職人で、墓掘り人夫じゃねえんだ」

そういうのをなんとかなだめすかして、もし水が湧き出したら、それを井戸にする約束で、大がかりに掘ってもらう事にした。――これまで掘られていた濠の一端、ちょうど今、深い穴の掘られているあたりをふくんで、濠の長軸と直角に、幅六メートル、長さ十メートルほどで掘りさげて行く、という計画がたてられた。――二人じゃ手がたりねえ、といって、よんでくるわけにも行かねえし、というので、私も下着姿で手つだう事にした。

縄文貝塚の中から、次第に新しい型の土器が出はじめた。——後期、晩期のものの中には、形もびっくりするほど洗練され、表面に美しく磨きをかけ、漆をおいたものまであらわれた。細口土器や、土で弦（つる）をつくった口付土瓶など、そのまま現代の店先に出しても通用しそうな洗練された形だった、装身具もずいぶん洗練されてきた。また、貝塚の中からたくさんの河豚（ふぐ）の骨が見つかった。——こんな毒のつよい魚を、縄文人は明らかに多量に食べたらしいのだが、いったいどうやって毒にあたらない食べ方を知ったのだろう？　きっとたくさん中毒で死んだにちがいない。

晩期の層に、明らかに闘いで死んだらしい、たくさんの人骨が見つかった。頭蓋骨に石槍の穂先がくいこみ、肋骨や脊椎をくだかれ、また四肢を切りおとされ……そして、そこらあたりから弥生式の土器が出はじめた。どういうわけかほとんど口を下にふせた恰好で出土してきた。炭化した木器——鋤（すき）や鍬（くわ）や、灌漑（かんがい）水路用の木製矢板なども出土した。そして、長身の弥生人骨が出現し、この層は、犬や鶏の骨、それに大量の土器をふくんで、かなりつづいた。やがてその土器が、須恵（すえ）器にかわるころ、また大量の、横死した人骨が出はじめた。骨のあちこちに、無数の石や青銅のやじりがまじり、あるいは額から頰骨へかけて、鋭く重い刃物でざっくり削られ、中にはぼろぼろに腐蝕した青銅製の、鉾とも剣ともつかぬ金属片で肋骨から背中をさしつらぬかれたまま埋まっている人骨もあった。――どういう理由からか、両手首の骨を鋭利な刃物ですっぱり切りとられている女の骸骨もあった。

弥生期――平和でゆたかな稲作民の時代にも、闘いがあったのだ。

その下から、急に須恵器、土師器が多く出はじめた。――埴輪の筒や、武人像も出はじめた。そのあたりから、何となく地層の様相が混乱しはじめた。巨大な石棺らしいものが出るかと思うと、日本では出土しない木と金属でできた戦車らしいものがあらわれ、馬具をつけた馬の骨や、鉄器がたくさん出はじめた。

穴のもっとも深い部分の深さはもう七メートルをこえていた。新しく掘った濠の一方は、長さ十数メートルの垂直の土の壁になり、反対側は幅六メートルの開口部から、幅一メートルたらずの階段状に底の方にかけて何段にも掘り下げ、垂直の壁は、そのまま洪積世から縄文、弥生、古墳時代と、上から下へかさなる年代層の断面となっていた。――どの層にも、無数の骨がうずまっていた。その人骨は、どういうわけか、あからさまな病死、変死、横死のものが多かった。変死、横死した人々の骸骨は、どの時代のものも、くやしげに歯をくいしばり、あるいはがっくりと下顎骨を開き、うつろな眼窩をかっと見開いて、声のない叫びをあげ、呪詛と怨恨の言葉を投げつづけているように見えた。

日毎、しめった日の当らない土の底で掘りつづけた私たちの顔は、青白くむくみ、ひげはぼうぼうのびて、眼にどろんと膜がかかったようになり、私たち自身が、まるで幽鬼のような姿になってしまった。――それでも人骨の層は、なお下へ下へとつづき、私たちは憑かれたようになって掘りつづけた。

八メートルまで掘りすすんだ時、異様な層につきあたった。くだけた石盤がいくつも出現し、それは巨大な墳墓の天井石らしかったが、それをどけると、その下から戦車と馬具をつけた馬の骨と、ぼろぼろの甲冑らしい金属片をつけた戦士らしい骸骨が多量に出た。――異様な事に、その大量の馬の骨も、戦士の骨も、ことごとく首がなかった！

馬と人の頭蓋骨は、そこからだいぶはなれた所によせあつめられているのが見つかったが、私は事の意外さに呆然とさせられた。……戦車……首のない馬の骨……首のない人骨……こういった例は、中国に紀元前十六世紀から前十一世紀までさかえた殷王朝の王墓から発見された事はきくが、それから二十世紀ちかくたった紀元四、五世紀の、日本の大王たちの大古墳時代には見られないものである。第一、日本では馬が貴重品であったはずだ。――しかしながら、殉葬者らしい首なし骸骨の数はおそろしく多く、その数はちょっと見ただけで、何十体とあった。墳墓断面の大きさから見れば、その数は百をくだるまい。殷王墓から発見された首なし骸骨の数は、実に三百体から五百体におよぶという。――一人の王が死ねば、これほどまでの人間が、首を刎ねられねばならなかったのだろうか？

その奇怪な骸骨に遭遇したあたりから、二人の職人は、掘るのをいやがりはじめた。――それを叱咤し、なだめながら、私はなおも作業を進めた。さいわいに墳墓の石はこまかく砕けていたので、それをのけてなお掘りすすむと、寺院とも宮殿とも思える建物が焼けおちたあとらしい、焼けこげた太い柱と、大量の瓦が出はじめ、その間にまじって、焼け焦げた人骨が出はじめた。人骨のいくつかには、焼ける前に殺されたと思われる刀創があった。宮廷の、あるいは家族同士の、大きな権力争いがあったのであろう。その下から、手足にさびた鉄鎖をまといつけた骨も出た。

さらに掘りさげた時、槍でつきさされたままの髑髏や、鋭利な刃物ですっぱりきりとられた頭蓋骨が、ごろごろ出はじめた。――かつて鎌倉の古戦場を発掘した時、刀剣でうちおとされた無数の頭蓋骨が出た事があり、新田義貞が稲村ヶ崎から鎌倉を攻めた時のものだろうと推定されたというが、ここも、武家争乱期の古戦場が埋まっていたのだろうか？――とにかく五体満足な骨は、ほとんどなかった。

その下に掘り進んだ時、あまりにもすさまじい層にぶつかって、さすがの私も息をのんだ。とにかく、最下層の溝の端から端まで、そして下の厚みはどれだけか知らず、ぎっしりとつまった何千という髑髏の堆積にぶちあたったのである。――髑髏には、男も女もあり、子供、嬰児、老人もあった。また犬、猫、小鳥、馬、牛まであった。だが、そのいずれも自然にはなれたものでなく、ことごとく刃物で切りおとされたものだった。大量にやったため、後頭部の骨が砕かれたり、斜めにそがれたりしているものもあった。――気がつくと、私たちは、大地の中を、前後左右、そして下層へむかってどこまでつづくか知れない頭蓋骨の大平原の上に立っているのだった。

若い男が嘔吐した。――年をとった方も、顔色を失って、何かぶつぶつとなえながら濠から上ってしまった。私も蒼惶として濠の底からはい出した。

どうしてこんなすさまじい髑髏の山が、地下に埋まっているのかわからなかった。

――十三世紀、ジンギス汗のひきいるモンゴル軍が、燎原の火の如く中央アジアから西方の諸都市をおそった時、サマルカンドでは約三万人の工人をのこして、数十万の住民のことごとくを殺しつくしたという。さらに西にむかい、バーミアン、バルフ、ニシャブールでも、数万から数十万の住民を一人のこらず、女子供、老人も容赦なく殺しつくした。とりわけニシャブールでは、前にせめた都市の住民をみな殺しにした時、死体にかくれて助かったものがいるというので、三十万の住民のことごとく、女子供、老人不具者、犬猫小鳥にいたるまで、生きとし生けるものことごとく首を刎ねてピラミッド形につみ上げた。アッバース朝のバグダードでは、実に八十万の住民が殺されたという。寡兵のモンゴル軍にとって、「後方の憂い」をたつため、とはいえ、まことにすさまじいことである。

いま私たちが遭遇した、あのすさまじい髑髏の堆積は、歴史のどこかからまぎれこんできた、遊牧騎馬民族の大殺りくのあとであろうか？

その夜はさすがに、あの無数の髑髏の、黒いうつろな眼でにらまれつづけるような気がして、まんじりともせず、裏庭の見える奥の間に、明りもつけずにすわりつづけた。——夜半、暗い空から蕭々と雨が降り、うす闇の中にぽっかり大地に口をあける濠のあたりには点々と燐火が燃え、風が雨とともにひょうひょうと庭前の枯木の枝をならし、それがあの何千何万という髑髏の慟哭とも、怨み言ともきこえて、まことに鬼哭啾々たる有様であった。さすがに不信心の私も、三更にいたって、思わず仏の名を口ずさんでいた。

夜が白々とあけると、野面をおおって乳のように流れる朝もやの底から、大小二つの黒い影が朦朧とうかび上り、こちらへ近づいてきた。——家の傍までくると、僧体の二人連れだった。一人は年齢はいくつかわからぬが、無鬚童顔の、慈悲にあふれた顔つきの僧侶で、鼠色の衣を着て錫杖をつき、もう一人は弟子でもあろうか、托鉢用の鉢の子をささげた、あどけない顔つきの童僧であった。私は庭前まで二人をむかえ、なにがしかの喜捨をして屋内に招じた。

庭前の濠をさして、手短かに事情を話し、地下に横たわる無数の骨の菩提をとむらい、妄執をはらすべく、どうか私を得度してほしいとたのんだ。——でなければ、夜毎にせまる鬼気に、とてもこれ以上掘り進めないから……。

「そのために坊主になりたいといわれるか……」僧はしずかに、憐れみに似た笑いをうかべて言った。「しかし——妄執をはらさねばならぬのは、あなたの方ではないかな？　第一あなたは、なぜ、ここにおられるのか？　ここで何をしておられるか？」

「よくわかりません……」と私は答えた。「どうも、私は記憶喪失症らしいのです。そのために、ここに療養に来たらしいのですが……」

僧侶は瞑目して首をふると、後ろの童僧をふりかえって、剃刀を、といった。

僧が経文を唱えながら私の髪をおろしている間、ふと気がつくと、昨夜は逃げ去った二人がいつの間にか私の横手にすわり、自分たちも剃髪してもらうつもりらしい、神妙な顔をしていた。

私はもう百姓家の中にすまず、濠の底に横穴を掘ってそこを庵に見たて、灯明を上げ、僧からゆずりうけた経文を誦しながら、発掘をつづけた。——髑髏の層はまもなくつきぬけたが、なおその下に人骨の層はつづいていた。地層は深まり、時代は下っても、横死、変死、そして刑死の人骨はたえず、またある時代では、明らかに梅毒で骨をおかされた頭蓋骨がたくさんでた。　も早地上の光もほの暗くさすだけになった深い地底で、鬼気はいよいよ濃く、たえず経文を誦しながら道具をふるわなければ、たえられないほどになった。

——歴史は人間の巨大な怨みに似ている——と、ずっと昔、ある文人はいった。まことに、生きとし生けるものの間で、人間ほど残忍酷薄な、同種大量殺りくを、飽きもせず、相互にくりかえしてきたものはないのではあるまいか？——そしてまた、人間ほど、生きている間に仇な妄執にとりつかれ、さまざまな幻影を描き、死にのぞんでなお怨恨をのこして死んで行くものはないのではないか？——鳥獣虫魚にぬきんでるとほこる人間の精神も、理性も、あやな五感も、魂も、一転すればそれはそのまま、生命四十億年、地球四十五億年、宇宙百五十億年の「業」の、もっとも深い、もっともむすぼれた形ではあるまいか？

また、たまに晴朗の地上に這い出て、蕭々たる枯野一面に陽があたり、風がわたって行くのをながめる時、この鳥一つとばぬ、平穏の野の下に、あつくひろく、何層にも、果て知れぬほどの骨がうずまっている事を思って、何やらからからとした気持になった。人類生誕以来、この地上に、いったいどれだけの人間がうまれ、死んで行ったか？　東アフリカ、オルドヴァイ峡谷に石と化した骨をさらす地球最初の「石器人」オーストラロピテクスから数えれば二百万年とも五百万年ともいう。それから猿人段階を通り、原人段階を通り、五万年前の氷河期に、現世人類がうまれ、狩りをし、地をたがやし、獣を飼いならし、言葉をつくり、歌をつくり、掟をつくり、文字をつくり、文明をきずき上げ、絢爛たる都市をきずき、大量殺りくの方法を次から次へと発展させ、――やがて地に満ち、魚にあらずして海を往き、鳥にあらずして空をとび、神にあらずして雷を駆使し、星にあらずして、あの暗黒の宇宙の虚無をわたるようになる。――その間、一体何百億の「人の類い」がこの地上に生れ、死んで行ったか？――いかに文明を高くきずき上げようとも、高まり、持続するのは、文明の方であって、人はすべて「骨」にかえり、土に埋もれ、その上を蔽うのは、この蕭々たる枯野である。いや――ここには、人間の骨だけではなく、人間とともに生き、あるいは人間よりはるか以前からこの地上に生れ、あるいは人間が出現するはるか以前にほろび去った何億という生物の「種」の骨も、ともにうまっている。――山となってそびえる石灰岩は、かつて海底に生きた無数の紡錘虫の「骨」の堆積したものであり、海底より四千メートルそびえる珊瑚礁と、その周辺にふりつむ白砂は、微細な珊瑚虫の「骨」だ。かつてこの地上を、王者の如く闊歩した巨大爬虫類の「骨」も、最大の哺乳類といわれるメガテリウムの「骨」も――ことごとくこのうすい地殻の下に埋まっている。生物も人も、結局は土と石と大気と水からおのれの体をつくり上げ、またそれをとり出した地殻へかえして行く。そのいとなみが地殻に対してなし得た事といえば、結局土中に分散したカルシウムを集め、それを凝集させた形でかえす事しかないではないか？

岩石から水にとけこみ大地に分散するカルシウムを、営々と集め、凝縮し、さまざまな形にくみたてて「骨」としてまた地にかえすこと――それが「生」だ！

暗がりの地底で、灯明の明りをたよりに、発掘はなおつづけられた。骨は相かわらず下へ下へとかさなっていた。やがて出土品の中に、安もののガラスや、金属製品がふえてきた事で、時代が「近代」にはいった事が知れた。所々に大火災や大震災の「層」をはさみつつ、骨格は次第に大きくなって行ったが、ある時また、細く、ちぢまり出した。明らかに、栄養不良の兆候が出てきた。やがて広範な、焦土層が出現した。それもただならぬ高熱にやかれ、頭蓋骨はちぢまり、四肢骨はぼろぼろに砕け、場所によっては、骨全体が炭化してしまっているものさえ出た。頭蓋をつらぬいたまがまがしい航空機用の二〇ミリ機関砲弾、ぼろぼろになった鉄兜(てつかぶと)、六角形の焼夷弾の殻などが出てきて、大空襲のあとと知れた。――だが、頭蓋骨がちぢまってしまうほどの高熱とは……ひょっとしたら、広島、長崎の「原爆」の跡ではないか、と思われた。――また、明らかに猛毒物で殺害されたと思われる、異様な斑点のういた、はなはだしい栄養障害をおこした成人、幼児の骨がおそろしく大量に出た。――六百万のユダヤ人をチクロンガスで殺害したという、ナチスの殺人工場のあとが、こんな所にまぎれこんでいるはずはなかったから、それは戦時中にあったという、毒ガス工場の犠牲者だったろうか？

　そのあとはしばらく、栄養失調、あるいは刃物、小型銃器によって殺害された人骨が出た。それから人骨の出方は、比較的おだやかになり、若い死者の骨格は眼に見えて大きくのびはじめた。——だが、それからしばらく掘りすすむと、また変死者がふえはじめた。今度はぐしゃぐしゃにつぶれた巨大な金属塊にはりついたような形で出てくるものが多かった。その金属塊をよく見ると、つぶれた自動車だった。

　そしてまた、毒物にやられたらしい骨が出はじめた。四肢骨が萎(な)え、ねじ曲り、あるいははげしい炎症で関節がふくれ上り……骨にうすく出ている斑点は、なにか骨をおかす金属化合物らしかった。ある頭蓋骨の歯齦(しぎん)部には、明らかに水銀とわかる細かい金属粒が、キラキラ光っていた。

　そして——その下から突如として、またもすさまじい、横死、変死した骸骨の堆積層が、瓦礫(がれき)の山とともに出現した。

　もうだいぶ前から、二人の職人は、私の傍から姿を消していた。——その金属、コンクリート、人骨の、砕かれ、やけただれた層を、一人で掘りぬく自信がなかったので、私は土の階段を何十メートルも上って、二人を探しに行った。もう地上の明りがほのかにさすあたり、三番目の、ちょうど明治ごろの年代層につくった横穴の庵(いおり)の中で、燃えつきた灯明を前に、二人は二体の僧衣をまとった白骨と化していた。

　あれから何日間、掘りつづけたかまるでおぼえていないが、それにしてもあまりにも早い白骨化だった。とにかく南無（なむ）、と手をあわせ、私はまたはるか地下の瓦礫と骨の堆積の所までおりて行った。

　勇猛心というよりは、執念をふるい起さなければ、その瓦礫層は一人で掘りぬけなかった。——私は憑かれたように経文を誦しながら、鶴嘴（つるはし）をふるい、シャベルをつきたて、もっこをひきずった。その瓦礫層は、前にいったように、鉄筋のはいったコンクリート塊、アルミや鉄の板、ガラス、何やら知らぬが、機械、パイプ、電線といったものがごちゃごちゃになり、所々高熱にやけ焦げてつまっていた。その間に、無数の骨が、もがきまわるように手をのばし、あえぐようにがっくり、顎（あご）をひらいて押しつぶされていた。焼けただれた自動車の残骸もあり、飴のようにとけてかたまったガラスやプラスチックもあった。またある骸骨の頭部には、するどい刃物のようなガラス片がざっくりつきささっていた。

　——もう私にも、何がこの層で起ったかわかった。すさまじい大震災が、この下に埋まっている大都会をおそったのだ。建物は倒壊し、火災が四方に発生し、人々はあっというまにくずれてきた建物におしつぶされ、発生した火災の有毒ガスにまかれ、次々に追突して燃え上る車の焔にやかれて死んで行ったのだ。私は、その死と破壊の堆積層からひびいてくる阿鼻叫喚の幻影にうちまかされまいと、経文を声高にとなえ、狂ったように鶴嘴をふるった。

空然、鶴嘴の先がやわらかくなり、私は地震の堆積層をほりぬいていた。——その下は、しめった泥土があつくつみかさなっていた。——地震のあと、地盤沈下のため海底へしずんだか、それとも堤防決壊のため洪水に見まわれたか、とにかくしばらくは泥土の層がつづき、鶴嘴をシャベルにかえたが、何も出てこなかった。

そのうち、今度は赤土が、つづいて黒土が出はじめた所で、ふたたびシャベルの先に、コツリと何かがあたった。——私は一息いれて、まわりの泥や土を充分はこび上げ、それからまた土を掘りはじめた。

シャベルにあたったのは、二尺四方ぐらいの四角い石塊だった。中はうつろになっているらしく、たたくとにぶい反響がきこえる。周辺を掘りすすもうとすると、隣にもならんで、同じように石か、コンクリート製らしい箱が埋まっているのが見つかった。

私は、何かの予感にとりつかれて、次から次へと横の方に掘りひろげた。——石の箱は、合計五つ、等間隔で露出した。まだその両脇に埋もれている様子だったが、私はもう関心をはらわなかった。

私の眼は、最初に掘りあてた、方二尺ほどの石の箱に吸いつけられていた。——その箱には、私の意識……というよりは妄執を吸いつける、強烈な何かがあった。灰色の、何の変哲もない石の箱だった。私は、何かの終着点にたどりついたような気分で、その箱を見つめていた。それを掘り出すのは、なぜかこわかった。いままで自分が自分でも理由がわからず抱きつづけて来た執念の秘密が、一気に暴露されてしまいそうで……。

ふるえる手で、私はシャベルをとりあげた。――それからまわりの土を慎重にかきわけて行った。とうとう底が見えて来た。その底に、一枚の石の板があたっているのを見て、私の予感はさらに高まった。底板と、上の箱との間に鶴嘴の先をさしこみ、一気にぐいと箱をひき上げると、中はがらんどうだった。蜘蛛(くも)の巣の一ぱいはりつめた箱の中をのぞいて見ても、なにもはいっていない。

ふと気がつくと、石の底板の上に、ころんと小さな素焼きの壺がころがっていた。胴に、何やら梵字が書かれてある。

骨壺だった。

ふるえる手でとり上げ、ふってみると、何の音もしない。――蓋をとってみると、からっぽだった。

私の体はどうしようもなくふるえ出した。今こそ何かがわかりかけていた。――私が、灰色の霧の中に失っていた「記憶」が、もうちょっとでよみがえろうとしていた。

だが、その霧を完全にふきはらうには、さらに次の行動が必要だという事もわかっていた。

　私は石の底板——いや、今ははっきり、石の蓋といった方がいいか知れない——を持ち上げてほうり出し、さらにその下にうまっている細長い石を、狂ったようになって掘り出した。半分ほどその石があらわれた時、私はとうとう我慢しきれなくなって、自分でも信じられないぐらいの馬鹿力をふるって、その石をひっぱり上げた。ずるずると四分の三ほどひっぱり出すと、あとはずぼっとぬけた。まわりから砂がさらさらとぬけたあとにおちこんだ。

　私は、その石に夢中になって灯明の光をさしつけた。——粗末な石柱の、表には何やら戒名(かいみょう)が書いてあったが、そんなものは関係なかった。私は急いで裏の俗名を見た。

　私の名前だった！

　私は自分の墓が、何十メートルという地底に、さかさに埋まっていたのを、掘りあてたのだ。——いや、さかさに埋まっていたのではない。私は、地底から地上にむかって、掘りあてたのだった。

　一挙に、何も彼もが理解され、すべての記憶がもどってきた。——なぜ、地層が古いものから新しいものへ、逆転していたのか……なぜ、弥生式はじめ、いろんな土器が、尻を上にして、さかさに埋まっていたか……。あの一軒屋であった僧侶が誰であったか……今は一切が理解でき、できると同時に妄執もはれていった。

失われた死の直前の記憶ももどってきた。——私は、あの震災のあとの大洪水におしながされ、泥土の中におぼれ死に、そして、死体も見つからぬまま、家族はそれと知らずに……。墓石を掘り出したあとの穴から、ふっと風がふきこんできて灯明をふきけした。——まっ暗やみになった中で、穴の奥からかすかな明りがさしこみ、潮の香をふくんだ風がふいて来た。

娑婆の風だった。

その風にあたると、墓石をかかえた私の腕が、みるみる白骨になって行くのがわかった。

夏休みのケイカク

宇佐美まこと

児童書のコーナーでわっと子供の歓声があがる。

図書館長がパソコンの画面からふと顔を上げたが、眉根を寄せただけでまたもとの作業に戻った。夏休みに入って図書館には子供たちが大勢やってくるようになった。館長も多少の賑やかさは大目にみている。

私も傷んだ本の補修作業を再開した。市立図書館の分館が市内に三か所あるうちの一つが、この小さな図書館である。戦前に建てられた石造りの外観も内装も、私が子供の頃と少しも変わっていない。そのせいか、あそこで本を読んでいる小学生と五十半ばまで齢を重ねた自分とを時々混同してしまう。老いた自分の肉体を忘れて、豹のように敏捷で疲れを知らない生命体であると錯覚してしまうのだ。

この土地で生まれ育った私は、保育士として市内の保育園で働きながら、体の弱い母親を介護してきた。その母が去年亡くなった。もちろん、いつかはそういう日が来ることはわかっていた。なのに母を送った後、私は全く勤労意欲というものをなくしてしまった。副園長という肩書までもらっていたけれど、躊躇することなく仕事を辞めた。

母が残してくれた少しばかりの遺産と自分の貯金と退職金すべてをつぎ込んで、四戸だけ入居できるメゾネット式の賃貸住宅を建てた。そこからの収入で私の地味な生活は成り立つはずだ。これまで仕事と母の世話だけに明け暮れていたので、何か別のことをやりたいと思った。しかし性格上、突拍子もないことはできなくて、私が選んだのは馴染み(なじ)の図書館のボランティアだった。仕事は主に図書館の周辺の清掃や花壇の手入れ、本の整理や補修、児童への読み聞かせ等である。

入り口の自動ドアが開いて川崎沙良(かわさきさら)が入ってきた。小学三年生の沙良は、児童書の方は見向きもしないで、一般図書のコーナーに入っていった。カートを押して本を配架(はいか)してまわっている司書の藤森(ふじもり)さんが、その後ろ姿を見据えている。この子には困った癖があった。本への落書きである。どんなに注意しても職員の目を盗んで落書きをする。

近所に住んでいて沙良の家の事情に詳しい藤森さんによると、沙良のところは母子家庭らしい。仕事が忙しい母親の帰りは遅く、沙良は一人でいることが多い。その寂しさをまぎらわすために沙良はついつい本に落書きをしてしまうのではないかというのが藤森さんの見解だ。

「おはよう」「さよなら」「また明日ね」。あまり大人と口をきかない沙良だが、私がしつこく話しかけていると、やがて少しずつおしゃべりしてくれるようになった。ある日、沙良が私に夏休み中に父親に会いに行くのだと語った。

「ほんと？　よかったわね」

そう答えたものの、私は心からの笑顔を浮かべることができなかった。離婚して家を出ていった父親は、もうとっくに再婚して子供ももうけ、沙良に会いたがらないのだという事情を、これも藤森さんから聞いていたからだ。

「やっぱ、ほら、新しい奥さんが嫌がるらしいのよね。子供が生まれてからは特にね。沙良ちゃんに愛情を持ってかれると思うのかしら」

私にそう囁（ささや）いた藤森さんはさっさと仕事に戻っていった。私はそっとため息をついた。

私もずっと母と二人だけで生きてきた。父は私が小さい時に愛人のところへ行ったきり、家にはほとんど帰って来なかった。母娘二人、ぎりぎり食べていける程度の生活費は入れてくれていたらしいが、酒類の卸しの会社を経営していた父にすれば、たいした負担ではなかったろう。私たち母娘を見捨てることなく、生涯愛人を正妻に据えなかった父のことを男気（おとこぎ）があると言う人もあったが、私はそんなふうには思えなかった。

自分も寂しかったけれども、母がかわいそうで仕方がなかった。病弱な体で私を養うために働かねばならなかったし、何より母は父を愛していたのだ。疲れ果てた母の横顔に一瞬浮かぶ表情、それは絶望だった。ただ母のために父に戻ってきてもらいたかった。しかし幼い私に何ができただろう。働きに出た母を待つ間、この図書館で本を読んで過ごすくらいしかなかった。

小学生時代に楽しい思い出はなく、あまり細かいことは記憶していない。鬱屈した感情を抱えながら薄暗い図書館の片隅で本を広げていた私は、今から思えば深い海の底に沈んでいたようなものだった。だから沙良の気持ちはよくわかった。暗い目をして図書館に出入りする沙良は、九歳の頃の私そのものだ。

保育士の資格を取って働き始めた頃、母が倒れた。母の体はボロボロだった。父にこのことを知らせねばと、それだけは思った。成人していた私が電話をかけた。昼間に父が仕事に出ている時をみはからって会社にかけた。あの女とはどうしても口をききたくなかったのだ。それでも父は戻って来なかった。母を何度か見舞いはしたが、結局愛人のところに帰っていってしまった。

その後三十年以上の間、母は生き抜いた。私たちを捨てた父は、母より先に亡くなった。葬式の席で初めて私は父の愛人を見た。ぎすぎすと痩せ、頬骨が出っ張った見映えのしない女だった。こんな女に母は父をとられたのか。そう思うと憎悪の念が募った。四十九日法要の後、愛人がうちを訪ねて来た。応対した母に女は言った。

「あなたの籍をそのままにしてあげていたのは世間体を気にしてのことなんですから

ね。実質的には私が妻なんだから。子供だって作ろうと思えば作れたの。実際私は一度子供を堕ろしたこともあるのよ。それもあんたら親子のことを思ってのことなんだからね」

　あまりの言い草に全身が震えた。言い返さなかったのは、そうすればもっと惨めになる気がしたからだ。うつむいてじっと耐えている母の尊厳が、こんな女と言い争うことで損なわれるのは嫌だった。

　結局父の経営していた会社は、愛人と専務とが解体してしまい、母と私には雀の涙ほどの金が支払われたきりだった。代理人にはそれが父の遺言に沿ったやり方だと言われたが、その真偽を確かめる気力も欲も私たちにはなかった。

　今も私は父とその愛人を許せないでいる。一生独身を通したのは、男女が睦みあうこと自体に不信感を持ってしまったからかもしれない。あの女は母から父を奪っただけではない。私の人生もすっかり変えてしまったのだ。

　朝、花壇の花に水をやっていると沙良が寄ってきた。麦わら帽子の私を下から見上げる。

「お父さんは朝日天満宮の隣に住んでるの」

「あら、そう」

私は首にかけたタオルで汗を拭う。朝日天満宮は市内中心部にある大きな神社である。

「お父さんと会うと、いつもあそこで鳩に餌をやるんだ。お父さんとタクマ君とね」

「タクマ君？」

「うん、タクマ君は二歳なの。あたしの弟」

ホースを引きずって花壇から花壇へ移る私のあとを沙良はついてくる。沙良はふっと目を伏せてサルビアの花の前に座り込んだ。

「タクマ君は可愛いけど、あの人は嫌い」

私はホースの先の吐水栓を操作して水を止めた。濡れそぼった黒い土からは蒸せた匂いが立ちのぼってきた。「あの人」とは、父親の再婚相手のことなのだとすぐにわかった。私も父の愛人である女のことを「あの人」と冷たく呼び捨てにしていた。佐和子という名を知った後もずっと。名前で呼ぶと、その人の存在そのものを認めてしまうような気がした。

「嫌い？　沙良ちゃんはその人が嫌いなの？」

沙良はうつむいて赤いサルビアの花をいじっている。

この子は——この子はあまりにも私に似ている。あの時の私に。

天空で燃え盛る夏の太陽が私を焼く。じりじりと炙られながら私は沙良を見下ろしていた。なぜあんなことを口走ったのか今もわからない。私はゆっくりとその言葉を口にした。

「――殺してしまいたいくらいに？」

沙良が首をねじって私を見上げた。黒目がちな瞳には何の感情も見てとれなかった。ただ冷たい底なしの淵を覗きこんでいるような気がした。

私はさっと目を逸らすと、吐水栓のレバーを引いた。勢いよく飛び出したホースの水にサルビアがなぎ倒された。

八月に入ってすぐのある日、二階にある書庫から沙良が出てきたのが目に入った。二階には書庫と参考図書コーナーがあるきりだ。滅多に人は上がって来ない。何もすることがない時には私はここのカウンターに座っていることが多い。今日もここに陣取っていたのだが、ちょっと席を離れたすきに開け放っていた書庫の扉から沙良は中に入ったようだ。沙良はトントンと階段を下りていってしまった。

一応、書庫の中を調べてみた。足を踏み入れた途端、古い紙とインクの匂いに包まれる。ここにはもうあまり読まれなくなった古い書籍がしまわれている。可動式の書架の間に一冊の本が落ちていた。私はそれを手にとった。『おばあちゃんの家へ』というタイトルの絵本だった。私は懐かしい思いでその表紙を眺めた。これは有名な北欧の児童文学作家の本で、昔も今も世界中で広く読まれている。私も子供の頃、この図書館で借りて読んだ覚えがあった。

パラパラと本をめくってみた。確か幼い女の子が国境を越えて母の祖国にあるおばあちゃんの家へたどり着くまでのひと夏の冒険を描いたものだったと思う。真ん中あたりのページに鉛筆で大きく濃い文字が書かれてあるのを見て、「やられた」と思った。沙良がまた悪い癖を出したに違いない。「夏休みのケイカク」とそこには書いてあった。沙良の夏休みの計画——それは父親に会いに行くことだった。この本の内容に刺激を受けて計画を書き記そうとしたのか。

私はカウンターに座って絵本を眺めた。ふとペンに手が伸びた。

「お父さんにあいにいくのね」

と、沙良の落書きの横に書いた。図書館の蔵書を汚すのは心が痛んだ。だが、どうせこんな古い本は廃棄処分になるに決まっている。『おばあちゃんの家へ』の新しい版は、今児童書コーナーに並んでいるはずだ。それよりも自分の分身のような沙良に何かメッセージを送ってやりたかった。

次の日、午後から図書館に来た私は、簡単な用事を済ますと二階に上がった。沙良の姿はなかったが、彼女が時々ここへ出入りしているのは知っていた。書庫の扉は閉まっていた。しかし、リクエスト本を取りに職員が入るので鍵は掛かっていない。本来なら誰かがカウンターに座っているべきなのだが、田舎の図書館はそういうところが割合ルーズだった。

書庫の目立つ場所に挿し込んであった『おばあちゃんの家へ』を抜き出した。くすんだ黄色の表紙。チェックのワンピースを着て髪を三つ編みにした女の子の絵が描いてある。私は蛍光灯の下でそっと本を開いた。昨日の私の書き込みの下に拙い字があった。

「ほんとはね、お父さんにもどってきてもらいたい」

その言葉は私の心臓を貫いた。誰もいない書庫の中で、私はしゃがみ込んだ。

階下で子供たちの賑やかな声がした。翌日も私は二階のカウンターの中に腰かけていた。やがて子供たちが階段を上がってきた。参考図書のコーナーの真ん中には大テーブルが置いてある。小学生たちは五人ほどで、その中の一人が沙良だと気がついた。夏休みの自由研究の調べ物をするために来たらしい。彼らはめいめい植物図鑑や地名辞典などを持ってきて熱心に見入っている。書架の隙間から覗いてみると、沙良は何をするでもなくそんな友人たちをぼんやりと眺めていた。

そしらぬ顔をして、テーブルに近づいた。『おばあちゃんの家へ』は参考図書の書架に移してある。『〇〇町史』だの『△△中学校五十周年記念誌』だのという黒っぽい背の本に、黄色い絵本は挟まれている。

「お父さん、かえってくるといいね」

自分自身の願望のような言葉を書いた絵本を私は書庫から出して、少女が容易に手にできるところに立てておいた。本を探すふりをしてちらりと振り返った。沙良は一心に黄色い絵本を見つめているようだった。

誰も手に取らない書籍の中、『おばあちゃんの家へ』は、沙良と私が交互に書き込む言葉で余白が埋められていった。

「もどってこないよ、もう。お父さんはあっちの家の人だから」

「そんなことない。あなたのこと、お父さんは気にかけているとおもう」

「お母さんが夜ないてた。お母さん、かわいそう」

「お母さんにはあなたがついているじゃない。そのことをわすれないで」

私は沙良を励まし続けた。自分でも感情移入しすぎると思ったけれど、そうせずにいられなかった。

「あなたはだれですか」

ある日、沙良はぎこちない問いを投げかけてきた。

「わたしはあなたのみかた。あなたをたすけたい」

沙良が私の正体に気づいていないことに驚き、ますます彼女がいとおしく思えた。

同時に九歳の私を重ね合わせた。忘れていた生々しい感情が甦（よみがえ）ってくるような気がした。無理やり沈めていた深い海の底から浮かび上がるように。それはこんな言葉が連なり始めたせいだった。

「夏休みだから、お父さんのところに行きたい。でもあの人にはあいたくない」

「あの人のせいでお母さんもわたしもひどい目にあってる。たすけてください」

血を吐くような少女の言葉は重かった。

盆に入る頃、二階のフロアで『おばあちゃんの家へ』を開けた私は凍りついた。

「あの人なんかいなくなればいい。あの人をころしたい。おねがいだからわたしをたすけて」

あの時——夏の初め、花壇のそばで私がつと口にした言葉。あれをこの子は聞き逃してはいなかった。なんてばかなことを言ってしまったのだろう。震えながらペンを持ち上げた。「そんなことをかんがえてはだめ」。そう書こうとしたのに、私の指は私を裏切って別の言葉を書きつける。

「わたしはあなたの力になるわ。どんなことをしても」

パタンと本を閉じると、絵本をいつもの場所に押し込み、私は階段を駆け下りた。

沙良は、父親がいない時をみはからって「あの人」を殺しに行くと書いてきた。

「ほうちょうをもっていく」という計画をわたしは即座に否定した。小学生の女の子が刃物を振り回して大人を殺せるわけがない。沙良はすぐに別の方法を思いついた。近所の農家の納屋に農薬がしまってあるのを知っているという。とても強力な薬だから農家の老人は鍵をかけてあるけれど、同じ納屋の中に鍵が無造作に置いてあるのだ。それを壜(びん)ごとではなく、少しだけ別の容器に取ってくるようにと指示した。

「ぜったいにだれにも見つからないように。ビンをさわる時にはてぶくろをして、気をつけて」

常軌を逸しているのはわかっていた。でも私は熱に浮かされたように「夏休みのケイカク」に肩入れしていった。幼い子を犯罪者にしようとしているのに、罪の意識はすっかり欠落していた。

図書館の前庭の木々で湧きあがるような鳴き声を響かせていたアブラゼミがいつの間にかツクツクボウシに変わった。夏は盛りを過ぎ、弛緩(しかん)していた空気の中にほんの少し硬質のものが混じり込んだような気配がし始める。それをまず敏感に感じとるのは子供たちだ。彼らは夏の王国から引き立てられて、もうじき管理された世界に戻される。

私は沙良の様子を観察していた。機は熟した。沙良はもう農薬を手に入れている。

「とてもうまくやれた」と彼女は絵本に書いていた。

「もうすぐこれをつかうとおもう。お父さんがいないときもちゃんとわかっているから」とも。

沙良は午前か午後、毎日図書館にやって来て、児童書のコーナーをひと通りぶらつくと、二階に上がっていった。私はそれとなく席をはずして沙良を一人にしてやった。たまには郷土資料を読み漁りに来る老人や、図鑑で調べ物をする小学生や中学生がいることもあったが、『おばあちゃんの家へ』には、必ず書き込みが残されていた。

沙良は今までと変わらず、ほとんど誰とも口をきかなかった。私ももうあまり声をかけなかったから、静かに本を読んでいる姿しか目に入らなかった。

「落ち着いたわね、沙良ちゃん」

藤森さんがそう言った。

「そうね」

「近頃、落書きもしなくなったでしょ？」

ええ、それは私と絵本を介してやりとりしているせいなのよ――心の中で呟いた。もう他の本に意味もなくいたずらをする必要がなくなったからなの。落ち着いて見えるのは、大きな決心をしているから。

「ま、落書きされた本は廃棄処分にするしかないけどね」

藤森さんは数冊の本を取り出した。

「これなんかは結構高い本なんだけどなあ」

パラパラとめくって見ている。マジックや鉛筆で書かれた落書きの文字に私は目を凝らした。

「それ、沙良ちゃんが書いたの？」

「そうよ」

「ちょっと見せて」

藤森さんは「こんなものを？」というふうに本を手渡した。私はページを繰って、丁寧に沙良の落書きを見ていった。手が震えた。その文字は、『おばあちゃんの家へ』に書かれた筆跡とは全く違っていた。沙良の文字は角ばっていて、極端に右上がりだった。長い間私の目に馴染んだ絵本の文字は、細長くてはねの部分がくるんと巻き上がる癖があった。あれは沙良が書いていたのではなかった。では誰が？　あの恐ろしい交換日記を私は誰と交わしていたのだろう。

ちょうどその時、沙良が一階のカウンターの前を通った。布製のバッグを提げて出入り口に向かう彼女を、私は黙って見つめた。

「もう帰るの？　さよなら沙良ちゃん」

藤森さんが声をかけた。

「さよなら」

私はその瞳を真っ直ぐに覗きこみ、そこにあるはずの萌し（きざし）を探った。「殺意」という名の小さな萌しを。

だがもちろん、そんなものはどこにもなかった。そこに立っているのは、頬をいくぶん上気させた小学生の女の子だった。

沙良はさっと駆けだして、自動ドアを通って外へ出た。私は全身の力が抜けていく思いでその後ろ姿を見送った。私の同志、私の分身――とついさっきまで思い込んでいた女の子の後ろ姿を。

茫然と立ちつくす私の脇腹を藤森さんが肘でつついた。彼女が窓を目で示す。窓の向こうの駐車場にワゴン車が停まっていて、沙良を迎え入れるようにスライド・ドアが開いた。小さな二本の手がその中から突き出される。

沙良がバッグに手を入れて、紙でできた白い工作物を取り出した。よく見るとそれは折り紙の鳩で、沙良が尾羽を引くと翼をパタパタと動かした。幼い男の子を抱いた女性が半身を乗り出して何かしゃべりかけている。沙良は紙の鳩をそっとその子に持たせてやった。男の子は鳩を飛ばすしぐさをして大はしゃぎしている。声は聞こえないが、「キャッ、キャッ」という歓声が届いてきそうだ。沙良も満面に笑みを浮かべて車に乗り込んだ。ワゴン車はエンジンをかけて駐車場から出ていった。

藤森さんはフフッと微笑んだ。

「運転していたのは沙良ちゃんのお父さんよ。沙良ちゃん、お父さんの新しい家族とも仲良くなったみたいね」

私は声も出ない。

「夏休みの間に二回ほど向こうの家に泊まりに行ったんだって」

朝日天満宮の隣の家。鳩のいる境内へすぐ行ける家――。

「お母さんから聞いたの。彼女も喜んでたわ。沙良ちゃんが屈託なく父親と行き来してくれるようになったって」

藤森さんは落書きされた本を段ボール箱の中にしまいながらしゃべり続ける。

「あの子、弟が可愛くてしかたがないのよ。参考図書のコーナーに『折り紙　切り紙大全』って立派な本があるでしょ？　あれを毎日眺めて憶えて帰っては、弟のために作りためてるんだって。ほら、あの本、持ち出し禁止図書だから」

私が一言も答えないでいるのに気づかず、藤森さんはかがんで段ボール箱の蓋にガムテープを貼りつけた。

沙良は「あの人」を憎んでいるのではなかった。あの子は『おばあちゃんの家へ』を手に取りもしないし、恐ろしい計画を立ててもいなかった。藤森さんはピッとガムテープを切り取り、膝で段ボール箱をカウンターの下に押し込める。

「いつまでも過去にこだわっているなんてつまらないものね」

まさに私の生き方そのもの――。

もう一度首を回して窓を眺めた。憎しみという暗い情念を引きずって一生を無為に過ごした女の顔が窓ガラスに映っていた。

本当は私は気づいていたのだ。

自信なげに痩せた文字、奇妙にはねる病的な文字を書く子が誰か。

あれは私だ。九歳の私。

そうだ。私も夏休みの計画を立てたのだった。ただし私の場合は、おばあちゃんに会いに行くことでも、父に会いに行くことでもなかった。私の計画は、父の愛人を殺しに行くことだった。父を母の許に戻してやりたかった。それには父の愛人を殺すしかない。あの人さえいなくなれば、父は私たちの家に帰ってくるに違いない。幼い少女が考えついた、短絡的でせつない計画だった。あの夏、私は身の内で小さな殺意を熟成させていったのだ。

『おばあちゃんの家へ』の主人公の女の子は、不屈の精神を持って冒険をやり遂げる。その子に自分自身を投影していた。自分も知恵と勇気を備えた別の人格になれた気がしていた。だから、この計画はどうしても『おばあちゃんの家へ』のページに書かれなければならなかった。

けれどもどんなふうにすればいいのか全くわからなかった。私は苛立つ気持ちのまま、児童書の本棚から『おばあちゃんの家へ』を抜き出して「夏休みのケイカク」とだけ書きつけた。翌日その本を開くと、大人の字でさらさらと「お父さんにあいにいくのね」と書かれてあった。はっと息を呑んだ。誰がこんなことを書いたのだろう。誰が私の家の事情を知っているのだろう。私は首を巡らせて周囲を窺った。児童書のコーナーには誰もいない。カウンターの中の職員は顔を伏せて何かを熱心に見ている。新聞を読んでいる老人が一人と、入り口から入ってきた女の人が一人。

誰か大人が私の計画に気づいたのかもしれない。私は慎重に言葉を選びながら自分の思いを書き綴った。子供っぽい言葉の下に巧みに殺意を隠しながら。絵本に私が短い書き込みをすると、相手も的確な言葉で励ましてくれた。私はしだいに顔も知らない相手に心を開いていった。

「わたしはあなたのみかた。あなたをたすけたい」

あの言葉が私の背中を押した。この人にになら私の気持ちをわかってもらえるのではないか。本ばかり読んで早熟だった私は、大人が分別くさく「人を恨むな」だとか、「自分の幸せだけを考えなさい」などと言うのにはうんざりしていた。この人は違う。この人はきっと私を助けてくれる。

私は自分の計画を打ち明けた。想像していた通り、相手はその計画を止めたりはしなかった。のみならず、私が凶器に包丁を選ぶと、それはうまくないとアドバイスしてくれた。私は一生懸命考えを巡らした。そして名案を思いついた。あの頃、まだこの辺りは田畑が多く残っていた。近所の農家の老人が私を不憫がってよく面倒をみてくれていた。母も何かと頼りにしていた。そこの納屋に農薬が保管されているのを、よく知っていたのだ。それを少しだけ取ってくるようにと私の協力者は言った。

見も知らぬ協力者の存在は、ますます私を大胆にした。きっと計画はうまくいき、父は私たちのところに戻ってきてくれると確信するようになった。人を殺すという罪の意識も、自分が捕まるのではないかという恐怖も、愛人を失った父があっさり心を入れ替えて戻って来るという整合性のなさも、私の心からすっかり抜け落ちていた。

私は一心不乱に、「夏休みのケイカク」を書き綴った。協力者の方も同じくらいの高揚感を持っていた。筆跡から女性ではないかとしか推測できない協力者は、次々と綿密な計画を私に提案した。何と言って家に上がり込むか、どうやって女に農薬を飲ませるか等、私たちの秘密の交換日記は続いた。あの時の私は自分たちの計画に夢中だった。相手が誰か知りたくて、一日中図書館で『おばあちゃんの家へ』を見張ったりもしたが、誰も本を手に取ることはなかった。やがて協力者の正体などどうでもいいと思い直した。ただ一つわかっていることは、協力者も父の愛人を憎んでいるということだった。それだけで充分だった。

当たり前だ。あの協力者は、四十五年後に同じ図書館で働いている私自身だったのだから。

八月三十日、カウンターに座った私の前には古い『おばあちゃんの家へ』が広げられていた。力を失った太陽は傾き、誰もいない二階のフロアを寂しげに照らしていた。さっきまで夏休みの宿題にいそしんでいた最後の集団も帰っていった。

あの時と同じだ。四十五年前の図書館と。木製の階段がギィときしんで、私は顔を上げた。

「おばちゃん」

目の前に沙良が立っていた。

「おばちゃんも落書きするんだね」

クスクス笑いながら沙良が言う。私はそろそろとペンを持った自分の手元を見下ろした。

「私、知ってるよ。ここんとこ、おばちゃん毎日ちょっとずつそれに落書きしてたよね」

沙良と私の目の高さは同じだった。私たちは真っ直ぐに見つめあった。

「大丈夫、おばちゃん。内緒にしといてあげるよ」

沙良は楽しそうに黒目をくるくる動かしながら私に言った。その無邪気な表情につられて私も微笑んだ。

「そうね、お願い。おばちゃんももう落書きするの、よすわ」

「うん、そうだね。私もやめたの。本がかわいそうだから」

「もう遅いから一緒に帰ろうか。おばちゃん、送っていってあげる」

「うん」

すっかり明るくなった沙良の姿は私の心を揺さぶった。この子のように生きるべきだったのだ。私も。

私は沙良を待たせておいて最後に一言だけ『おばあちゃんの家へ』に書き込みをした。

四十五年前の八月三十一日のことを思い出していた。八月最後の日に、私は計画を実行するつもりだった。今まで二人で練りに練ってきた計画はすべて頭の中に入っていた。持ち出した農薬は、小さな容器に入れてポケットの中にある。溶液が減ったことに老人は気づいてさえいない。

あの日の朝、逸(はや)る気持ちを抑えて私は図書館にやって来た。そしていそいそとページを繰った。前の日までの書き込みをおさらいするようにざっと読み通す。そして新しい書き込みを目で探した。そこに書かれている短い文を私は何度も読んだ。何度読んでも同じ文章だった。そこにはこう書かれていた。

「もうこのケイカクのことはわすれましょう。おかあさんをだいじにしてあげてね」

私の協力者、私の唯一の味方、私の同志は突然心変わりをしてしまった。いったい何があったのだろう。私はゆっくりと本を閉じて本棚に戻した。しばらくはその場を離れられず、ぼんやりと床に座り込んでいた。が、とうとう諦めて図書館を出た。あまりに協力者に精神的に頼り過ぎていたので、あの計画を一人でやり通せる自信を私はすっかりなくしていた。

どこをどう歩いて家に帰ったのかさえもよく憶えていない。途中でポケットから農薬の容器を取り出して川に捨てた。小さな白い容器が波にもまれながら流れていくのを見送りながら、私はひと夏の恐ろしい計画を記憶の底に押し込めた。そうしないと非日常的な夏休みから二学期という日常にもどっていけそうになかった。

計画があまりに現実離れしていたせいか、それとも夢中になりすぎていたために唐突な幕切れが受け入れがたかったせいか、その作業はうまくいった。私の幼い殺意とそれにかけた情熱は、夏の終わりとともに記憶の中から消え去ってしまった。

私は階下に残っている職員に挨拶をして図書館を後にした。沙良と並んで歩く。西の空が茜色に染まっていた。神々しいほどの夕焼け。沙良の輪郭は金色に輝いている。

いつか読んだアルゼンチンの作家ホルヘ・ルイス・ボルヘスの本の中の一節を思い出した。

「図書館は無限であり周期的である。どの方向でもよい。永遠の旅人がそこを横切ったとすると、彼は数世紀後に、おなじ書物がおなじ無秩序さでくり返し現れることを確認するだろう」

四十五年前の世界では明日の朝、九歳の私が図書館にやって来て、さっき私があの絵本に書いた短い文を読むはずだ。そして紅潮した頬で父の家へ向かうだろう。「あの人」を殺すために。

私は、かつて子供の私が読んだ文を書かなかったのだ。私は書いた。

「ケイカクじっこう。きっとうまくいくよ」と。

過去は変えられるだろうか？　現在は変わるだろうか？

いや、そんなことはどうでもいい。私はあの女だけは許せない。決して。

正月女

坂東眞砂子

車は、霊柩車のようにしずしずと枯れた田圃道を走っていく。私はバックシートに深く躰を埋めて、懐かしい光景を見つめている。夕暮れ時の弱い光を浴びて、うっすらと雪をかぶった山稜。黒い影を足許に落としてすっくと立つ杉の木々。山の斜面は、小さな盆地に作られた切り株だらけの田圃になだれこむ。鎮守の森と、侘しい集落がぽつんぽつんと点在する小さな村。

私の故郷だ。

村に帰るのは、十か月ぶりだった。お碗を伏せた形の飯盛山、盆地の中央を流れる高見川、竹林に隠れた白蔵神社。病室の窓の向こうに広がる灰色のビル群を見慣れた私の目には、その風景のひとつひとつが最高の御馳走だ。草木も色を失った冬の光景であっても、気にならない。私は窓の外を食いいるように眺めている。これが私の見る最後の故郷になるかもしれないから。

「もうじきやきねゃ」

運転席の夫がバックミラー越しに私を見ていう。保の大きな瞳が後部座席の私の姿を捉えたとたん、慌てて逃げ去る。私も急いでバックミラーから目を逸らす。

最近、私は人と視線を合わせるのを避けている。相手の瞳に映るものが怖いのだ。夫や医師が、どんなに希望のあるようなことをいっても、その底に泥のように沈んでいる絶望が私にはわかる。

「家に戻れて、嬉しいわ」

そう呟くと、隣の姑が私の肩に手を回して、優しくいった。

「家にもんたら、すぐ横になるとええ。南の寝間にお蒲団を敷いちょうきね」

南の寝間とは、来客用の寝室だ。庭に面していて、日当たりもいい。

「すみません、気を遣っていただいて……」

「いやでぇ、登見子さん。そんな他人行儀なこと、いわんとてや」

高田の家に嫁いで五年。ずっと私に他人行儀に接してきた姑だった。皮肉な思いで、私は年老いた鶏のような隣の女を眺めた。今年で六十二歳になる姑の滝枝は、まだまだ足腰も頭もしっかりしている。農作業の場でも、ともすると私よりも頑張りがきく。姑の前では、自分がいつも半人前のような気持ちにさせられたものだった。

――登見子さん、鍬、ちゃんと洗うてなかったやろ。泥がいっぱいついちょったで。農具の始末くらい、一人前にしとうぜ――そんなに悠長に御飯の支度してどうするがぞね。保がひもじがりゆうやいか――いやちや、いくら忙しいゆうたち、保にボタンの取れたシャツを着せてからに、みっともない。

同居するようになって以来、姑が私に投げつけてきた小言が頭の隅を駆け巡った。

病気になってよかったことがあるとしたら、これかもしれない。姑が、私に対して思い遣り深くなったこと。

以前の姑には考えられないことだ。姑自身、かつては村で一、二を競う大地主だった高田家に嫁いだことを自慢の種としていた。高田家の嫁の名に恥じないように気を張って生きてきた。だから一人息子の嫁となった私にも、同じものを求めたのだ。

無理なのに。

私は、姑のように強い人間ではない。姑のように高田家を誇りに思って嫁いだわけではない。保と一緒になりたかっただけだ。高校生の時から密かに憧れていた保の妻になれる。それだけで幸せいっぱいで嫁いできた。

だが、その幸せがこんなに短いものだとは、想像もしなかった。

車は田圃の中の道を突ききって、集落の中に入っていた。ここまで来ると、家はもう近い。姑が少し躰を起こして、フロントガラスの向こうを見た。

「ありゃ、岡田さんくのお婆ちゃん」

正面の四つ辻のところに、一人の老女が佇んでいた。もんぺ姿で、路傍に立つ大きな石の塚を拝んでいる。隣には赤いコートを着た四歳ほどの女の子が並び、やはり小さな手を合わせていた。微笑ましい光景だった。

「岡田さんくに、あんなこまい子がおったかや」

保が車の速度を落としながら聞いた。

「大晦日には、大阪から二番目の息子さんの一家がもんて来る、いいよったき。そこのお孫さんやないかえ」

姑が答えていると、老女が車の音に気がついたらしく、こちらを向いた。保が挨拶代わりのクラクションを軽く鳴らした。老女は、女の子の手を取ると、道脇に避けた。

車は、ゆっくりと辻を左折した。手をつないだ老女と女の子の姿が、ぐるりと車の窓の向こうを巡る。私たちは硝子窓越しに老女に会釈した。久々に帰郷した私を認めて、老女が驚いた顔をしたのがわかった。私は、もう一度、頭を下げた。

「辻の神様にお供えでもしよったみたいやね」

辻が背後に小さくなっていくと、姑はどさりと座席に身を沈めて呟いた。

「大晦日の日に、のんびりお孫さんの相手ができるんは羨ましいこと」

心臓に爪を立てられた気がした。

子供を生みもせずに、病気にまでなった。役に立たない嫁だと非難されている気がした。夫も義父母も、実家の両親も、皆が孫を待ち望んでいた。なのに、私にはもうその望みを叶えてあげることはできない。

心臓がとくとくと早く打ちはじめた。私は慌てて目を閉じた。いけない。興奮してはいけない。

私は躰の力を抜いて、深呼吸をした。

――心静かに。安静に。それがこの病気の一番の薬なんですよ。

医師の言葉が頭に響く。

拡張型心筋症。それが、この十か月、異常に長引いた検査の挙げ句に告げられた病名だった。

原因不明の心筋疾患だという。心臓が肥大して、いつ心不全で急死してもおかしくない状態になっている。心臓移植以外、これといった治療方法もない。

――でもね、発病十年目の生存率は三割ですから、希望はあるんです。とにかく生き延びている人はいるんです。

医師はそういってくれた。

しかし、逆にいえば、十年目の死亡率は七割。五年目で、すでに患者の半分が死んでいるという。

私はだめだ。この生存競争には勝てそうもない。だいたい小さい時から、競争はだめだったのだ。成績もぱっとしなかったし、かといって、運動神経が達者なわけでもなかった。目立たない、普通の子。病魔との闘いでも、華々しい活躍を果たせるはずはない。真先に脱落してしまうに決まっている。

私は前の運転席の夫を見た。日に焼けた首筋と隆々とした肩の筋肉。夫は、以前と何の変わりもなく生命力に満ち溢れているというのに、私は死の世界に転落しつつある。

今回の退院は、夫のたっての希望で叶えられたという。医者は、もう少し様子が落ちついてから自宅療養に移ったほうがいいと勧めたが、夫はぜひ家族一緒に正月を迎えたいのだと押しきったと聞いた。

多分、夫は、これが夫婦で迎える最後の正月になるかもしれないと考えているのだ。いつ死ぬかもしれないのだから、当然だ。その心遣いは嬉しくもあり、辛くもあった。まるで、次の正月まで、おまえの命はもたないと宣告されている気がする。

「ほら、家やで、登見子」

夫が前を向いたままでいった。今度はバックミラーを覗こうともしなかったので、私はほっとした。

道の脇に、大きな門構えの家が見えてきた。二階建ての家が、その背後に聳えている。高田の家だった。

道を隔てた畑地に建てた車庫兼納屋に、舅がバイクをしまっているところだった。どこかに出かけていて、ちょうど帰ってきたところらしい。私たちの車に気がつくと、納屋の前で手を振った。

硝子(ガラス)窓越しに手を振り返しながら、姑がいった。

「よかった、お父さんと一緒に帰りついて。遅うなると、また文句をいわれるところやった」

「ええやいか。今年最後の文句じゃ。聞き納めしたらよかったに」

夫がそういって笑った。

今年最後。その言葉が妙に胸にこたえた。私は窓の外に目を遣(や)った。

褪(あ)せた茜(あかね)色の夕日の残照があたりに満ちていた。この光もまた、今年最後。最後、最後。何もかも最後なのだ。

私が家で迎えられる最後の年の瀬。最後の年の正月。最後の日々……。

家の灰色の瓦(かわら)屋根が、背後の暗い山に溶けそうに見える。それが私の目に浮かぶ涙のせいか、忍び寄ってくる夕闇(ゆうやみ)のせいなのか、わからなかった。

その夜は鯨を食べた。

今では貴重になった鯨の肉を舅がどこからか仕入れてきて、こんにゃくとにんにくの葉を入れて、煎(い)り煮(に)にした。

「年の瀬は大ものを食べると縁起がええ、ゆうきにのう」

舅は、自分で味つけをした鯨の煎り煮を皿に盛り、私の前に置いてくれた。

「ほら、登見子さん。栄養になるで」

「おいしそうやね」

努めて嬉しそうな声を出しながらも、今の私に、どんな縁起のよさが必要というのだろう、と思った。

縁起のよさを必要としているのは、舅たちなのだ。今にも死にそうな病人を抱えて、縁起直しに鯨肉を食べなくてはいけないのは、私以外の人間だ。

私は、掘り炬燵を囲む家族を眺めた。

夫は、うまいうまい、といいながら、鯨肉を食べている。酒を呑んで顔をほころばせる舅。二人の顔は、どことなく似ている。同じ畑で働いているせいだろうか。夫は、浅黒く日に焼けている。高い鼻梁に、大きな瞳。張った頬骨。農家の跡取りというよりは、冒険家のように見える。舅は、そんな夫の顔を縮ませたようだ。躰つきも格段に小さい。

その隣では、姑が夫と息子のために、卓上で煮立っている鍋の野菜や魚を取り分けている。以前なら、それは私の役目だった。自分の食事もそこそこに、夫と舅の晩酌の相手をした。

しかし、もう私の出番はない。掘り炬燵の隅の座椅子にもたれかけて、自分の食べ物の世話をするのが精一杯だ。

私は、鯨肉を箸でつまんで少し食べた。もそもそした肉が喉を下っていく。苦痛と悲しみを呑みこんでいる気がした。

「今年は韮がようできたき、よかったねゃ、保」

舅が酒を手酌しながらいった。

「そうそう、来年はモロヘイヤを作ってみんか、お父」

夫が舅のほうに膝を乗り出した。

「なんや、モロヘイヤち」

「新しい野菜の名じゃ。健康にええんで、都会では人気があるがやと。農協の知ちゃんがいいよったで」

舅は顔をしかめて、ぴちゃりと舌打ちした。

「あんな小娘のいうこと、信用できるかや」

「あれでも、ちゃんと農大を出ちゅうがぞ。これからは若い者のいうことを聞いたがええで」

私は姑に、知ちゃんとは誰か、と聞いた。姑は、白菜をくちゃくちゃと噛みながら答えた。

「ほら、北川米屋の娘さんやよ。この春、大学を出てから、農協の農業指導員になったがよ」

朧気ながら、色白のセーラー服の娘の顔を思い出した。あの子が、もうそんな年齢になったのか。夫が知ちゃんと呼ぶからには、けっこう仲が良いのだろう。二人は畑で、どんなことを話しているのだろう。想像もつかないのがもどかしい。一緒に畑仕事に出ていた頃なら、私は夫の隣で、その「知ちゃん」との会話を聞いていたはずなのに、もうそれができない。

茶の間の古ぼけた柱時計は七時半を過ぎて、テレビでは紅白歌合戦がはじまっていた。華やいだ雰囲気が画面から伝わってくる。夫の生活も、今の私には、あのテレビの中の出来事と同じくらい遠ざかってしまっている。

ストーブが燃え鍋が煮立つ温かな茶の間で、私の座っている場所だけが暗く沈んでいる気がした。

「登見子さん、どうじゃ。久々の家はええじゃろうが」

舅が突然、顔をこちらに向けて聞いた。

とっさに私は何と返事していいかわからずに、曖昧な笑みを浮かべた。

「ええに決まっちゅうやいか。誰が病院が好きなもんか」

少し怒ったような夫の声に、私の心は僅かに明るくなった。

「ほんと。保さんが先生とかけ合ってくれてよかった」

夫は照れ笑いした。

「困ったでぇ、あの先生。この病気は、安静にしちょっても、寝よっても油断はできん。いつ何が起こるかわからんき、もうちょっと患者さんの様子を見てからがええ、らあゆうがやき。けんど、病院におるより、家におるほうが気持ちが落ち着くに決まっちゅうきねや」

「それでもお医者さんのゆうことも、もっともじゃ。まっこと、用心してくださいよ。登見子さん。無理、せんようにね」

姑の口調には、苛立ち(いらだ)が混じっていた。姑は、私の帰宅を喜んではいないのだ。

それは、そうだろう。厄介な病人を抱えこむのだから。

男たちは、気の毒だ、といっていればすむが、その荷は私の身の回りの世話をする姑の肩にかかってくる。これから背負うことになる姑の重荷を理解できるから、よけいに辛い。

「ほんとに、すみません」

私は小さな声で頭を下げた。

「謝ることらあ、あるもんか。登見子は早うようなることだけを考えたらええ」

夫はむっつりといった。まるで、芝居の脚本を棒読みしているような響きが混じっていた。

信じてないのだ。私が回復することを。

私は、夫の顔を盗み見た。保はビールの入ったコップを勢いよく空けている。自分で自分の嘘に嫌気がさしているのだ。なのに、こんな無益な慰めをいうのは、私には覚られないと高を括っているからだ。

どうして、そんなことができると思うのだろう。私たちは夫婦なのに。それも、ただの夫婦ではない。同じ村に生まれた者同士だ。子供の頃から知っていた。私より三歳年上の高田の長男。小学校時代は棒高跳びで郡大会で優勝して、朝礼の時、校長先生から褒められた。中学校の時は自転車で隣町まで通学していた。黒い学生服がよく似合っていた。

高校生になると躰つきは逞しくなり、バイクに乗るようになった。私も中学校に上がり、隣町に行くようになると、高校生の彼の姿は時折、路上で見かけた。友達とたこ焼きを頰ばっていることもあれば、女の子と並んで歩いていることもあった。

保の姿は、他の村の同世代の人たちと同じく、いつも目の隅に入っていた。私たちは同じ狭い世界で生きてきたのだ。それだけ、共通するものがあると思っている。なのに、どうして保は、私に隠し事ができると思ったのだろう。それが夫の感じている私との距離を示している気がして、寂しい。

私は食卓のお茶を啜った。

テレビでは、若い歌手が全身をくねらせて歌い踊っていた。炬燵の上では、鍋が煮立ち、部屋の隅では、石油ストーブが赤々とした炎を燃え立たせている。温かく、活気のある部屋で、夫と舅は二月の村長選挙のことを話していた。村のことを一番、考えてくれるのは誰かという話題に夢中になっている。夫が考えているのは、未来のことだ。だけど、その村の未来には、私は存在しない。そのことがわかって話しているのだろうか。それとも、それを忘れているのだろうか。どちらにしても、夫の中で、私の存在は小さくなりつつある。

「ああ、暑うなった」

夫が綿入り半纏を脱いだ。その下から、胸に黒猫のアップリケの入ったトレーナーが現れた。風呂上がりに着替えていたらしい。それにしても見覚えのない服だった。

「保さん、そんな可愛らしいトレーナー、いつ買うたが?」

保がきょとんとした顔で胸の猫をひっぱって、「これか?」と聞いた。私が頷くと、横から姑が口を出した。

「ああ、それ、私が高橋さんくの店で買うちゃったがよ。あそこ、『ベル』とかいう新しい名前にして改装してから、なかなかしゃれたものを置くようになったきねぇ」

「美鈴ちゃんの店?」

私は驚いて聞き返した。

「ああ、あそこの家の美鈴さん。あんたと同い歳やとねぇ。登見ちゃんの旦那さんのためやったら、ゆうて、張りきって選んでくれたわ」

私の顔が青ざめているのがわかる。夫を見ると、気まずい表情をしていた。自分の着ているトレーナーを美鈴が選んだということを知っていたのだろうか。

問い質してみたい気持ちと、聞くのが怖い気持ちが心で渦巻く。

「美鈴さんがこっちにもんてきて、あのお店をやるようになってから、けっこう繁盛するようになったんもわかるねぇ。センスはええし、きさくやし。話に乗せられて、ついついいっぱい買い物してしもうたわ」

何も知らない姑は苦笑いした。

美鈴が村に戻ってきて、隣町で両親が営んでいた店を受け継いだという話は、去年の暮れに聞いていた。それを耳にした時、私は、美鈴の店には絶対に行かない、と心に決めた。いくら昔のこととはいえ、夫と付き合っていた女の店で買い物なんかするものか、と思った。

私が家にいたなら、私が元気だったなら、美鈴の店の服を夫が着ることは、決してなかっただろう。十か月、家を不在にしていた間に、いろんなものが変わっていく。私が築いていた防壁が崩れていく。

嫌な気分が湧いてきた。さっき食べたものを吐きたくなった。私はうつむいて、脇のタオルを口にあてた。

姑が驚いて、腰を浮かせた。

「ありゃ、登見子さん、どうしたがで」

「なんでもないです……」

私は呟いて、ぐったりと座椅子の背もたれによりかかった。胸を押しつけられたような息苦しさを覚えていた。

「疲れたがじゃ。早う横になったがええ」

夫がいった。私は、瞳だけ動かして、夫を見つめた。心配そうな顔で、眉をひそめている。しかし、その大きな手は、トレーナーの胸を握りしめたままだ。まるで大事なものであるかのように、猫のアップリケの部分を指でつかんでいる。

心臓がとくとくと早く打ちはじめた。私は夫から顔を背けて呻いた。

「すみません……横にならせてください」

仰向けになった顔にぺたりと暗闇が貼りついている。死んで棺桶に入ったら、きっとこんな感じなのだろう。釘を打ちつけられて、真っ暗になった狭い箱の中で、私は今のように暗闇に閉ざされて横たわっているのだ。

病院にいる時は、夜になってもこんな想像はしなかった。静寂の奥にひそむエアコンディションの音、見回りの看護婦の足音、同室の人々の寝返りの音。それらの音が、深夜であっても、私は一人ではない、と思わせてくれた。

だが、この家で私は一人ぼっちだ。家の中は、ことりとも音はしない。もう皆、寝静まっている。夫と舅は酒を呑んで、紅白歌合戦が終わると同時に早々に寝てしまった。

寝る前、夫がこの部屋に入ってきた。そして私に、起きちゅうか、と聞いた。ひょっとしたら、何か話したかったのかもしれない。しかし、そこに姑が顔を出して夫を部屋の外に引っ張っていった。

登見子さん、せっかく寝ゆうがやき、起こしたらいかんやろう。姑が叱責口調でいう。俺、今晩は隣に蒲団を敷いて一緒に寝ちゃったらどうかと思うて。夫の声が聞こえた。

そうして欲しい、と私は思った。肉体関係は持てなくても、せめて添い寝でもして欲しかった。

だが、姑がいった。いかん、いかん。登見子さんは、安静にしとかにゃいかんがやき、おまんはいつもの部屋で寝たがええ。登見子さんのことやったら、私が隣の部屋で、気ぃつけちゅうき心配せんでええ。ゆっくり寝ぇや。

夫はあっさり引き下がった。

その一部始終を蒲団の中で私はしっかりと聞いていた。

姑が恨めしかった。私と夫の仲を裂こうとしていると思った。いや、それ以上に、姑の一言で引き下がる夫の態度も悲しかった。いったい何のために、病院から私を連れ出してくれたのだ。残された日々を私と一緒に過ごしたいからではなかったのか。……本当は、死ぬ前の妻に自分はできるだけのことをした、といいたいだけだったのかもしれない。しょせん私は見合いで結婚した女だ。最初に恋愛感情があったわけではない――美鈴とは違うのだ。

私は蒲団に横たわって、暗闇を睨みつけた。睨んでいると、そこに未来が見える気がした。この家の未来。私が死んでから、はじまるであろう夫の未来が。

私が死んだら、夫は美鈴に接近しはじめるだろう。彼女が私の後釜として、この家に入ることもありえる。美鈴は、私と違って明るい性格だし、美人だ。そうなったら、義父母に気にいられるだろう。もちろん保も、美鈴と一緒になったら楽しいだろう。ひょっとしたら、私には誘いもしない釣りにも、美鈴なら連れて行くかもしれない。車で山や海に行って、ぺちゃくちゃお喋りしながら釣り糸を垂らす。きっと二人はお似合いの夫婦になるだろう……。

突然、胸が押し上げられるような圧迫感を覚えた。

「うっ、うううっ」

喉の奥から嗚咽が漏れた。心臓の鼓動が早くなっている。

危険な兆候だ。落ち着け、落ち着くのだ。私は連打する心臓に叫ぶ。

がたっ、と小さな音がした。隣室との境の襖が開いて、姑が顔を出した。背後から枕許のスタンドの明かりに照らされて、寝乱れた白髪がぼうぼうに立っていた。

「登見子さんっ」

呻き声を上げている私に気がついて、姑は慌てて這い寄ってきた。

「しっかりしや、登見子さん」

姑は私の肩を揺すった。私は、荒い息を吐きながら姑を見上げた。隣室から漏れてくる光の中に、驚きうろたえている姑の顔が浮かび上がる。

大丈夫だ。そういおうと思うのに、口が動かない。唇の端から、唾液がたらりと流れ落ちた。

姑の顔が驚愕に引きつった。鶏に似た顎がますます尖っていた。

「登見子さん、死んだらいかんでっ」

姑はすがるような口調でいった。

ぼぉん。

茶の間の柱時計が鳴った。

姑はびくっと、背筋を震わせた。

ぼぉん、ぼぉん。

柱時計は鳴り続ける。姑は、私の枕許にある時計に飛びついた。隣の部屋の薄明かりに時計盤を透かして見て、はっとしてそれを落とした。

「十二時じゃ……」

姑の呟きが聞こえた。

ぼぉん、ぼぉん、ぼぉん。時計の音が続いている。

不意に姑が傍らのそば枕をつかむと、私の口と鼻を塞いだ。私は驚いて払いのけようとした。しかし、姑はぐいぐいと押しつけてくる。心臓がますます早く打ちはじめた。

ぼぉん、ぼぉん、ぼぉん。柱時計が鳴り続ける。

私は姑に殺されるのだ。

遠ざかりそうな意識の中で、そう思った。

姑は、私の世話をしたくないのだ。そこまで嫌われていたのだ。

私はもがくのをやめた。このまま死ねるなら、死んでもいい。もう、何もかもどうでもいい。

ぼぉおん。

重い空気を揺るがして、時計が鳴った。

そして、静寂が戻ってきた。十二時を打ち終わったのだ。正月になったのだな、とぼんやりと考えた。

ふっと顔を押していた枕の圧力が消えた。口と鼻から体内へ、空気がどっと流れこんできた。心臓の動きが穏やかになる。

助かったのだ、と頭の隅で思ったのが最後だった。私の意識はそのまま薄れていった。

障子に白い朝日があたっている。滲むような光は、冷えきった部屋を明るく浮き立たせている。

私は蒲団に横たわったまま、その清らかな光を見つめていた。

私は生きているのだろうか。

目覚めて、真先に思ったのは、それだった。蒲団の中から腕を出してみた。細い手首を握ると、どくんどくんと脈打っていた。

やはり生きているのだ。

姑に殺されたのではなかったのだ。それとも、あれは夢だったのだろうか。

夢だった気もする。私の病気が紡ぎ出した悪い夢。もしかしたら、私はずっと悪夢を見続けているのかもしれない。軽い気持ちで保健所の健康診断を受けた後、不整脈の診断を下されたあの時からはじまった悪夢だ。総合病院で、精密検査を受けてください、といわれても、ぴんとこなかった。まさかそれがこの難病の宣告に繋がるとは、思いもよらなかった。

台所のほうから、食器の鳴る音が響いてくる。姑が正月を迎える準備をしているのだろう。他の物音は聞こえないから、舅と保は近所の神社に初詣に行ったのかもしれない。

正月の朝は真先に氏神様に初詣に行く。それが高田家の習慣だった。去年の正月は私も姑と二人、初詣をしてから、雑煮の支度にとりかかった。姑が昆布と雑魚で出汁を採る間、私は田芋とこんにゃくを茹で、豆腐と水菜を切って、雑煮の具の用意をした。それは私の実家の雑煮とは違っていたが、嫁いで五年目ともなると、その作り方にも味にも慣れてきたところだった。

雑煮が出来ると、それを小さな椀に盛り、御節料理も小皿に取り分け、神様にも仏様にもお供えした。両手を合わせて、今年も宜しくお願いします、とお祈りした。だのに何が悪かったのだろう。こんな病気になってしまった。

私は蒲団の中でため息をついた。息が白くなって、冷たい空気に溶けていった。

「登見子さん」

襖が開いて、姑が顔を出した。髪をきれいに撫でつけて、着物姿に白い割烹着をかけている。痩せた躰を糊のきいた割烹着が裃のように包んでいた。

昨夜見た、だらしない寝巻き姿の姑の姿とは重ならない。姑が私を殺そうとするわけはない。やはりあれは夢だったのではないか、と思った。

私は首を捩じって、姑に微笑みかけた。

「おはようございます」

ひどいがらがら声が出てきて、我ながら驚いた。

姑は敷居の上から、優しく聞いた。

「朝の用意ができたけど、どうするかね。しんどいようやったら、お部屋で食べてもろうてもかまわんけど」

「いえ、起きます」

私は片肘を突いて、起き上がった。姑は、急いで部屋に入ると、肩に綿入り半纏をかけてくれた。私は礼をいって袖を通すと、廊下に出た。

「何か手助けが必要やったら、遠慮せんでゆうてや」

姑の声に頷いて、私は洗面所に向かった。客間の前の廊下をまっすぐにいくと、扉が一枚ある。その扉を押して一歩入ると、突然、家の感じが変わる。薄茶色の土壁は、洋風の白い壁になり、黒光りしていた廊下は、明るいフローリングになる。家のその一角は、私が保と結婚した時に改築してもらった二人の領域だった。寝室と納戸、それに義父母と共同の洗面所と風呂場があるだけだが、そこに足を踏み入れただけでほっとする。

洗面所で顔を洗うと、私は寝室に入っていった。八畳の洋間には大きなダブルベッドが置かれている。保が起きぬけに放り出したらしく、羽根蒲団がベッドから半分ずり落ちていた。

私は寝室の中央に立って、あたりを眺め回した。部屋はきれいに片付けられていた。壁際に、保の趣味の釣りの雑誌が重ねられている。安楽椅子の上には、保のセーターが掛かっている。壁に貼られた魚の種類を説明したポスター。ベッド脇のテーブルには、保の住所録とピンクの電話機。

部屋からは、私の気配は消えていた。

もともと保の趣味の優先された部屋だった。それでも、私の服や持ち物が置かれていると、この部屋の住人は保だけではないとわかったものだった。しかし、服やバッグがしまわれ、唯一、私の存在を主張していた化粧台すら覆いをかけられた今の状態では、もうここが自分の部屋という実感が湧かない。

私は化粧台の前に座ると、覆いを取って、三面鏡を開いた。頬のこけた女の顔が映っていた。頬がふっくらしていた頃は、少し上向いた鼻やぱっちりとした二重瞼のおかげで、可愛らしいね、と褒められたこともあった。しかし、痩せてしまうと、この顔はめっきり老けて見えた。二十九歳というよりは、三十歳代後半のようだ。

私は化粧台の引き出しを開けて、化粧品を出した。ファウンデーションを塗って、白粉（おしろい）をつける。顔の血色をよく見せるために、頬紅をつけた。五本ある口紅の中から、一番、鮮やかな赤を選んだ。それを唇に塗ると、少し若返った気がした。アイシャドーを探していると、引き出しの奥の香水の瓶に気がついた。新婚旅行先のワイキキで買った香水だった。

私は引き出しから取り上げて、瓶の蓋（ふた）を開けた。

甘ったるい香りが漂ってきた。

この香水を買ったのは、大きなショッピングセンターの中の免税店だった。義父母や実家の両親、近所の人たちへの土産物を買いに、店から店を物色していた。足が棒のようになり、両手の荷物が抱えきれないほどになり、もう帰ろうとした時、保がいったのだ。

登見子のためにも何か買うちゃらにゃねや。何がええぞ。

私はとても嬉（うれ）しくなって、あれこれ悩んだ。結局、選んだのは、この香水だった。

この甘い香りを身につけて、夫と抱き合う姿を想像したのだった。

しかし、新婚旅行から戻ると、そんな暇はなかった。農作業が忙しかったし、夜になると疲れ果てて寝てしまった。それにいつ夫が私を抱きたくなるのか、ちっともわからなかった。毎晩、香水をつけて寝るのも変だから、結局、この瓶は引き出しの奥にしまわれたままになっていたのだ。

　私は香水を少し首筋に振りかけると、琥珀色の液体の満たされた瓶を化粧台に置いた。これを使いきる前に、私は死ぬのだ。残った香水は験が悪いといって、棄てられるだろう。

　まだたっぷりと残ったまま、棄てられる運命にある香水。琥珀色の液体が、私の人生と重なって見えた。

「登見子さん」

　背後で姑の声がして、私は、びくっとした。鏡の中に、部屋に入ってくる姑が映っていた。振り向くと、姑が両手にビニールの包みを持って近づいてきた。

「はい、これ」

　姑は、化粧台のスツールに座った私の膝にその包みを置いた。何ですか、と尋ねながら、私は包みから中のものを取り出した。

　真新しい洋服だった。ピンクの花柄のワンピースに白いカーディガン。私に似合いそうなふわりとしたデザインだ。

「どうしたんです、これ」

　驚いて聞くと、姑は照れたように答えた。

「登見子さんの退院祝いに、と思うて。気にいってもろうたら、ええけど」

「気にいらんわけないです。こんな、きれいな服……」と、膝の上で服を広げていた私の目が、ちぎれた値札に吸いつけられた。値段のついていた札の上に、店の名前が記されていた。

『ブティック・ベル』。

「美鈴ちゃんの店で、買うたがですね」

私は呟いた。姑は屈託なく頷いた。

「そうながよ。ゆうべ、保が着いちょったトレーナーを買うた時に一緒にね」

そして、もともとは私のために服を買いに行ったのだと、慌てたようにつけ加えた。

「それは、ありがとうございます」

感謝の言葉が口の中でざらついた。

「ほいたら、早う着替えて、客間に来とうぜや。皆、待ちゆうきにね」

姑がせかせかと寝室から出ていくと、私は膝の上の服を見下ろした。

きっと姑は、美鈴に、この服の見立てを頼んだのだ。姑が自分の趣味で選んでいたなら、こんな感じのいい服を買うはずはない。美鈴は、姑から私が入院していることを聞いたことだろう。姑は、私の命が短いことも洩らしたかもしれない。美鈴は幼い時から、誰とでも気楽に喋る子だった。同級生や先生はもちろん、どんな人ともすぐ打ち解けることができた。今もそれは変わってないはずだ。もし、どこかで保と出会

って も、明るく話しかけるだろう。昔のことはなかったかのように、冗談をいって笑い転げるだろう。

美鈴の笑い声が耳の奥で聞こえる気がした。私は、膝の上の服をわしづかみにした。美鈴の見立てた服なんか、引き裂いて棄ててしまいたかった。

服をつかむ指先が白くなった。こめかみの血管がどくんどくんと打つのがわかった。

私は慌てて力を抜いた。

そして新しい服を床に下ろすと、ゆっくりとパジャマを脱ぎはじめた。

「七十歳になりました」

床の間を背にして座った舅がそういって、正月棚に上げていた雑魚と柿と餅を食べて、冷酒の杯を干した。

「三十三歳になりました」

次に保が縁起物を食べて、酒を呑んだ。

年取りの儀式をしている夫を眺めながら、私は、保がまだ今年で三十三歳であることに今さらながらに気がついた。まだまだ若いのだ。その逞しい躰も、若々しい顔つきも、男としての魅力に溢れている。

姑が「六十二歳になりました」といってから、私の順番になった。

「三十歳になりました」

今度の誕生日で三十歳。この年齢をまっとうできないかもしれない、という思いが頭を掠め、私は慌てて冷酒を呑み干した。

「あけまして、おめでとうございます」

「今年も宜しゅう、お願いします」

義父母がそういい、私や保は口の中でもぞもぞと挨拶した。

「さあ、早う食べろうや」

姑が雑煮を配り、御節料理の重箱を並べだした。

「その服、なかなか似合うじゃいか」

夫が、私を見ていった。私は、引きつった笑みを浮かべた。

「おおきに。お義母さんが、用意しちょいてくれたが」

「退院祝いです」

姑の言葉に、保は、しまった、という顔をして、頭を掻いた。

「いや、そうか。俺も何かせにゃなぁ。登見子、退院祝い、何がええ」

保の問いに、服のことで引っかかっていた私の心も弾んだ。

「そうやねぇ……どっかに、おいしいところに連れて行ってもらえたら……」

いつも考えていたことをいった。結婚してから、デートらしいものをしたことがなかった。保は頰に笑窪を作って笑った。

「ええとも。あの、長兵衛やったっけ、磯料理のうまいところ。正月中に、皆でそこに行ってみろうか」

舅が膝を叩いた。

「そら、ええぞ。行こう、行こう」

私の心が萎んでいった。夫の頭には、私と二人きりでどこかへ行くという考えは浮かばないらしい。

考えてみれば、結婚してからずっとそうだった。どこか行くとしたら、いつも義父母がついてくる。夫にとって私は個人ではなく、家に付随した女に過ぎないのではないだろうか。

「ほいたら、いつにしょうかね」

舅が燗をした徳利を持って、保の杯に注いだ。

「確か、青年団の新年会が三日にあるき、四日か五日か」

「五日にゃ、わしはちょっと病院に行く用があるきに四日がええな」

私の都合はさて置いて、舅と夫は具体的な予定を立てはじめた。

私は雑煮の椀を取り上げた。白くべとりとした餅が薄墨色の汁の中から覗いている。

隣で、くちゃくちゃという音がした。顔を向けると、姑が餅を噛んでいた。鶏のような目で雑煮の椀を見つめながら、大きく口を開け閉めして、粘つく餅を食べている。姑の横顔を眺めていると、再び、昨夜のことを思い出した。枕を持って、襲いかかってきた姑の影が頭に浮かんだ。窒息寸前の苦しみが蘇った。あれが、本当に夢だったといえるのだろうか。やはり、姑が私を殺そうとしたことは、現実ではなかっただろうか。でも、だとしたら、なぜだろう。それほど姑は私が憎いのだろうか……。

その時、姑の瞳が持ち上がり、上目遣いに私を見た。私たちの視線がぶつかった。一瞬、探り合うようにお互いの目を覗きこんだ。私が何を考えていたか、姑にはわかっているのだ。直観的に、私はそう確信した。

「登見子さん、正月女ゆう言葉、知っちゅうかね」

姑は私にしか聞こえない声で囁いた。私は首を横に振った。

「正月に女の人が死んだら、その村の女を七人引いていくゆうがよ」

私は驚いて姑の顔を見上げた。姑は無表情のまま私の顔を見返した。

舅と保は長兵衛に行くついでに、どこかに遠出する計画に夢中になっている。二人とも私と姑との会話に注意を払ってはいない。

姑はゆっくりと続けた。

「もし、どこぞの家で正月に女の死人が出たら、村の者から白い眼で見られるがよ」

昨夜、私が苦しみだした時間がわかったとたん、姑は突然、私を殺そうとした。そして十二の鐘が鳴り終わり、正月になったら、姑は枕から手を放した。その理由が、今わかった。私が死にそうに見えたからだ。あのままでは、正月に入ってから死ぬことになると思ったのだ。だから去年のうちに私を殺そうとした。村の者に恨まれるよりはましだと思ったのだ。いつ突然死してもおかしくない私だ。窒息させても、誰も不審には思わないという計算もあったのだろう。

私は雑煮の椀を膳に置いた。そのまま持っていると、手が震えてこぼしそうだった。

姑は鎌の刃のように唇を曲げて微笑んだ。

「ほんやき、登見子さん。くれぐれも躰には、気ぃつけてやね」

私は、ごくりと唾を呑みこんだ。じわじわと全身に怒りが湧いてきた。姑は、私のことなぞどうでもいいのだ。関心のあるのは、高田家の面子だけなのだ。

その目は私に、正月に死んで迷惑をかけてくれるな、と語っていた。

「お義母さん……あんまりじゃ……」

思わず、いい返しかけた時だった。

「あけまして、おめでとうございます」

玄関で、聞き覚えのある声が上がった。

私は、はっとして腰を浮かせた。

「お父さんじゃ」

続いて「ごめんください」という、母の声が聞こえた。

「ありゃ、守屋さんかえ」

舅が私の実家の姓を口に出して、驚いたように姑を見た。姑は「そうらしい」と呟いて箸を置いた。私はすでに立ち上がっていた。

両親の声は、姑の言葉に打ちのめされていた私に差し延べられた救いの手に思えた。医者から急な動作が禁じられているにもかかわらず、小走りで廊下を抜けて、玄関に出ていった。

玄関の三和土に、父と母、それに弟が立っていた。父は着物に羽織、母は洋服にオーバー。弟は、いかにも新調したらしい革のジャンパーを着ている。私の顔を見ると、母が嬉しそうにいった。

「ああ、登見子。あけまして、おめでとさん」

「元気そうで何よりや」

父が、ほっとしたようにいう。

「嫌やね、一昨日、会うたばっかりやない」

私は笑って答えながら、涙が出そうになった。両親の気遣いがとても嬉しかった。

「すみませんねぇ。新年早々、来てくださったんですか」

姑が満面に笑みをたたえて出てきた。後ろから舅も保も現れて、ひとしきり正月の挨拶が交わされた。姑が皆に家に上がって、一緒に御節料理を食べないか、と勧めたが、父は大工仕事で節くれ立った大きな手を振っていった。

「いやいや。これから兄の家に行くところながですき。わしらはここでおいとまします」

「ちょっと、娘の顔を見ちょこうと思うて、寄っただけながです」

母も口添えした。

例年、実家の家族は、祖父母の居る父の兄の家に集まっての正月を迎える。そのために、暮れの三十日に両親と弟が病院に見舞いに来てくれた時にも、私と保の年賀の挨拶は二日にすると話していた。なのに、わざわざ元旦にやってきた。

私のことが心配だったのだ。今日、死ぬかもしれないと思ったのだ。

嬉しさの中に、哀しさが混じりこんできた。皆が、私があの世に行く前に心の準備をしているように思えた。

「ほいたら、わしらはそろそろ……」と父が目顔で母に合図した。

「あ、そこまでお見送りします」

姑が慌てていうと、舅と保を促した。私たちも一緒に玄関から外に出た。

太陽が輝いているとはいえ、表の空気はひんやりとしていた。軒下に吊るされた干し大根も塀の前の柿の木も、地面までもが寒さに強張っている。門をくぐると、霜のうっすらと降りた田圃の中にアスファルトの道路が延びていた。高田家の車庫兼納屋の前の小さな空き地に、両親の車が止まっている。

　父が車の鍵を開けるのを待ちながら、母がそっと聞いた。

「高田の皆さんは、ようしてくれるかね」

　私は、雷に打たれたように母の顔を見た。小さな目が心配そうに細められていた。一瞬、すべてをぶちまけたくなった。昨夜、殺されそうになったこと。正月女のことで、姑に釘を刺されたこと。

　しかし、口を半ば開きかけて気がついた。いって何になるだろう。姑が私を殺そうとしたと、誰が信じてくれるだろう。昨夜のことは私の妄想だったのだ、といわれるのがおちだ。さっきの正月女の話も、ただの世間話だといわれれば、お終いだ。

　それに、もしこの話を信じたなら、きっと両親は私を実家に引き取るといいだすだろう。そうなったら困る。私は保の傍にいたいのだ。もし明日、死ぬ運命にあるなら尚更に。最後の瞬間まで、夫と一緒にいたいのだ。

「心配せんといて」

　私は母に答えていた。母はそれでも案じるように私の背中を抱きしめて囁いた。

「何かあったら、すぐにうちにゆうてや」

そして、私の背を放そうとして、道の向こうを見ていった。

「あれ……美鈴ちゃんやないかえ」

私はぎくりとして振り向いた。

確かに美鈴だった。つい先の四つ辻のところを足早にこちらに歩いてくる。高校卒業して以来だから、もう十年以上、見てないことになる。だが、美鈴はちっとも変わってなかった。すらりとした長身に栗鼠に似た小さな顔。真っ赤なコートに、同じ色のブーツで決めている。

美鈴も私たちに気がついた。ざっと皆の顔を見て、真先に目についた者の名を呼んだ。

「保っちゃん」

その声は大風と化して私をなぎ倒した。

保っちゃん、という呼び方に、二人の親密さが現れていた。きっと、美鈴と保が付き合っていた頃の呼び方だろう。

美鈴は、保の名を呼んでから、私に気がついたらしかった。

「あら、登見ちゃん」

彼女は小走りに近づいてくると、私の全身をしげしげと見た。

「やっぱり、その服、よう似合うわ」

美鈴は、ねぇ、お母さん、といって、姑に顔を向けた。姑は、あんたに選んでもろうてよかった、と応じた。まるで美鈴こそ高田家の嫁のような会話だった。

私はそっと保の顔を窺った。保は、そわそわと視線を宙にさまよわせている。美鈴のことが気になるのだ。

「お年始かえ、美鈴ちゃん」

母が美鈴に聞いた。学校の父母会の関係で、母は美鈴の母親と親しかった。

「ええ、お正月やき歩いて氏神様に初詣に行ったがやけど……」

と、美鈴は顔を曇らせて、背後の四つ辻を振り返った。

「どうかしたが」

姑が聞いた。美鈴は口ごもって、私のほうを見た。

「登見ちゃん、大谷和也君、覚えちゅうやろう」

私は頷いた。大谷和也も、私たちの小学校の同級生だった。成績のいい、おとなしい子だったが、中学校からは進学率のいい私立学校に入って、村の同年齢の子供たちとは疎遠になっていた。

「大谷の次男坊やったら、確か、暮れの早うから村にもんてきちょったが」

舅が顎を撫ぜながらいった。姑が声をひそめた。

「なんやらノイローゼになったと聞いたけど。大阪の会社に勤めよったけど、おかしゅうなって仕事を止めてこっちにもんてきたと」

それそれ、と美鈴は意味あり気に周囲を眺めて、顔をしかめた。

「その和也君と、私、氏神様の境内でばったり会うてね。ちょっと挨拶(あいさつ)したら、何を思うたか、後を尾けてくるがやき」

ぼんやりと会話を聞いていた弟が、四つ辻のほうを指さして「あっ」と声を洩(も)らした。皆、そちらのほうを振り向いた。

四つ辻のところに、大谷和也が立っていた。遠目にも、昔の色白の少年の面影が残っていた。しかし以前は、いかにも優等生らしくきちんと分けられていた髪は今はだらしなく乱れている。灰色のセーターによれよれのズボンを穿(は)いた姿は浮浪者のようだ。

彼は、芯(しん)のしっかりしない様子で辻の中央に立ち、じっと美鈴を見つめていた。

「嫌や」と気味の悪そうに呟いて、美鈴は保に両手を合わせて、拝むようにした。

「悪いけど、保っちゃん。私を家まで送ってくれん？」

「あ、ああ」

保は口ごもった。横から、母がいった。

「美鈴ちゃんの家までやったら、うちの車に乗せて行っちゃるで」

一瞬、美鈴の表情が静止した。が、すぐに嬉しそうな声を出した。

「ああ、すみません。助かります」

父が、ほいたら行くか、といって、車のドアを開けた。助手席に母が乗り、弟と美鈴が後ろの座席に乗りこんだ。

「朝早うから、どうもお邪魔しました」

母が窓ごしに高田の義父母と保に頭を下げた。エンジンがかかり、車は四つ辻とは反対の方向に走り出した。車の後部の窓から美鈴が手を振っている。私たちに挨拶しているようだが、女の直観というものだろうか、私にはわかった。美鈴は保に手を振っていた。彼女は再び、保に興味を抱きはじめているのだ。

車が遠ざかっていくと、保は怒ったようにいった。

「おお寒い。入るぞ」

舅も姑も保に続いて門に入っていく。

「登見子さんも、中に入ろう。風邪、ひいたらおおごとやき」

姑の声が聞こえた。私は生返事をして、そのまま道端に立っていた。

先ほどの美鈴と保の雰囲気が私を動揺させていた。二人の間には、何もないのはわかっていた。ただ、私が死んだら、何かがはじまるだろう。きっかけさえあれば、また心に火がつくだろう。そして、美鈴はどんなことでも恋愛のきっかけにしてしまえる女だ。

私は奥歯を嚙み締めた。

私の死後の動きがすでにはじまっている。だが、私には黙って見ていることしかできない。

やりきれなさを覚えながら首を巡らせた時、四つ辻に立つ和也に気がついた。辻の真ん中で、きょろきょろしている。不意に美鈴の姿が消えたので、困っているように見えた。その姿を見ていると、今の私自身の姿と重なって見えた。

自分を取り巻く状況になすすべもなく、途方に暮れている私自身と。

人の運命とは不思議なものだ。大谷和也は、輝かしい将来を約束されていた。性格もおとなしく、優しかった。身を持ち崩す要素は何ひとつなく、順調にいい大学にはいり、一流企業に入社したはずだった。一方、私ときたら地味で成績もぱっとしない普通の子だった。高校卒業後、機械工場に働きに出て、見合いをして結婚した。農家の主婦となった後は、子供を生んで育てる人生が待っていた。私たちは、まるっきり違う人生を歩んでいたはずだった。なのに今、同じように行き場なく、途方に暮れている。

ふと、和也と言葉を交わしたくなって、私は四つ辻のほうに歩きだした。

彼は、私が誰かわからないふうにこちらを見ている。実際、わからないのだろう。

「和也君」

私は彼の前に立って、声をかけた。

和也は、しばらくじいっと私を見つめていた。そして、急ににこりとした。

「ああ、美鈴ちゃん」

「私、美鈴ちゃんやない。守屋登見子。覚えてないかえ」

しかし和也は聞いているふうではない。

「よかった。会いたいと思いよったがや、美鈴ちゃん」といった。

いったい、どうしたら、私と美鈴を間違うことができるかわからない。この服のせいだろうか。美鈴の選んだ服は、どこか彼女を思わせる雰囲気があるのかもしれない。

和也は一歩、私に近づいた。

「なんで俺が嫌ながや。あんなに俺が好きや、いいよったやないか」

彼のどこか焦点を失った目に苦しそうな色が浮かんでいた。和也の手が伸ばされて、そっと私の手首をつかんだ。しばらく風呂に入ってないだろう。むっと汗と垢の臭いがした。

「俺、おまんが、一流大学に入って、一流の会社に勤めてくれ、ゆうき、頑張ったがやないか」

私は、あっと思った。そういえば高校時代、和也と美鈴がつきあっているという噂が流れていた。

きっと、神経衰弱になった和也は、過去も現在も一緒くたになっているのだ。だから、神社の境内で美鈴を見て、昔のことを思い出したのではないか。だが、美鈴は過去を振り返るような女ではない。和也とのことも、数ある美鈴の恋のひとつに過ぎなかったのだろう。その証拠に、さっきの美鈴は、そんなことなぞけろりと忘れているようだった。

「なあ、美鈴ちゃん。俺のこと、嫌いやないやろう。好きやろう」

和也が、おどおどと聞いた。

私は美鈴ではない。そういおうとした。しかし彼の必死な顔つきを見て、声が消えた。何が彼を神経衰弱に追いこめたかわからない。だけど、そんな病気の中で思い出す過去まで苦痛に満ちている、なんて可哀そうだ。

私はゆっくりと頷いた。

「そうよ、和也君。あんたが好きや」

和也の顔に、幸せそうな微笑みが浮かんだ。私は、和也の手を握った。

「美鈴はあんたのこと、好きやき……しっかりしてや」

和也にどう伝わったかわからない。彼は、こくんと頷くと、私の手から自分の手をするりと放した。そしてまた、ふらふらともと来た道を引き返しだした。稲の切り株しか残ってない田圃の中の道を、灰色の背中が遠ざかっていく。

私はそれをじっと見つめていた。あの言葉ひとつで、彼が迷いこんだ世界から出てこられるとは思わなかった。それでも少しでも迷った心に光を灯すことができたのだったらいいのに、と思った。

やがて和也の姿は、田圃の向こうの集落の中に消えた。

家に戻ろうとして躰の向きを変えた時、四つ辻の角にある辻の神の石塚に目が留まった。子供の背丈ほどもあるずんぐりした岩には注連縄が張られ、餅と蜜柑が供えられていた。

その前で手を合わせようとして、私は苦笑した。いったい何を祈ればいいのだろう。祈りとは、未来のためにあるものだ。未来のない人間の祈ることは、極楽往生くらいしかない。だが、私はまだ往生したくないのだ。こんなに、この世に未練を残したままで、どうして往生なぞできるだろう。

私は、辻の神に背を向けて、家へと歩きだした。

障子の向こうが灰色を帯びてきていた。私は蒲団に横たわったまま、外の光が弱まっていくのを見つめている。

茶の間のほうからは、テレビの音が漏れてくる。先程まで、届いた年賀状を読み上げては笑う声が上がっていたが、保は舅と一緒に郵便局に出かけて、家には姑しか残っていない。

午後になると、どっと疲れが出てきて、私は再び床についていた。

この疲労感の原因はわかっていた。美鈴だ。実家の家族も帰り、御節料理を食べはじめても、年賀状を読んでいても、ずっと今朝会った美鈴のことが頭から離れない。美鈴の噂は前から耳にはしていた。短大を出てから、県外の会社に就職したが、何かの事情で村に戻ってきた。どうせ恋愛沙汰が絡んでいるに決まっている。さんざん男を泣かせてきた美鈴だもの。だから、若かった保もふらふらと惹かれてしまったのだ。

私は苦々しく思った。

美鈴と保が、十三年も前につきあっていたことは、姑ですらも知らない秘密だった。しかし、私たち、美鈴の同級生たちの間ではよく知られていた。美鈴が喋りまくっていたのだ。

どんなに保がかっこいいか、優しいか。デートの時、何を御馳走してくれて、いつキスをしたか……。

当時、私たちは高校三年生で、バスで同じ高校に通っていた。通学の行き帰り、美鈴はすでに社会人になった保との関係を鼻高々に語っていた。ひょっとしたら、彼こそ美鈴が自分から惚れた最初の男だったかもしれない。それまでの彼女の相手は皆、い寄られて、なんとなくつきあっていただけだった。

それだけに、美鈴は自慢したかったのだろう。私たちも、美鈴の恋人が社会人というだけで、何か特別な関係のように思えて、彼女の話を争って聞いたものだった。目を輝かせて話を聞きながら、私たちは美鈴と同化していた。美鈴となって、保との恋を味わっていた。私たち同級生の女の子の中では、美鈴が保とどこまで進んだか筒抜けだった。だからこそ、その終わりも知っている。

美鈴が他の男の子に手を出したのだった。彼女にしてみれば、何のことはない、気軽なつきあいだったのだろう。しかし保は怒って、別れた。

ひょっとして、その時の相手が大谷和也だったかもしれない。とにかく、しばらく美鈴は恋に破れたとわめき散らしていた。そして、まもなく春になり、高校を卒業してそれぞれの進路に別れていったのだ。

私はすぐに就職した。学生時代と変わりなく、真面目(まじめ)に生きていた。それが姑の目に留まったのだ。若い娘にありがちな醜聞のひとつもないところが気にいったらしかった。人を介して、保との結婚話が持ちこまれた。

その時、私は美鈴から聞いた保との恋物語を思い出した。あの時の興奮を思い出した。私はすぐに承諾した。私は、美鈴と一緒に、保に恋をしていたのだから、願ってもないことだった。

保が私との結婚に踏みきったのは、親に勧められたからだと思う。だけど、私のことは嫌いではなかったはずだ。容姿はそこそこ、面白味はないけれど、誠実なところが気にいった。一度、酔っぱらって、そんなことをいっていたことがある。

それを耳にした時、やはり、保は美鈴との思い出にまだ傷ついているのだな、と思った。彼女のことがわだかまっているのだ。

辛かった。美鈴の存在は、五年間の結婚生活の間中、私の心に刺さった棘のようなものだった。

それでも心の慰めは、私たちが結婚していることだった。とにかく、保は私を妻として受け入れてくれたのだ。最初はそれで充分だ。そして、長く連れ添えば、もっと深く愛し合うようになれるだろう。私はそう自分の心にいい聞かせた。

ところがどうだ。私は、明日をも知れぬ命となってしまった。

嫌だ。死にたくない。美鈴に保を残して、死にたくない。

私は、蒲団の縁にしがみついた。まるで、この世とあの世の境がその蒲団の縁であるかのように指で握りしめた。肩が震えて、涙がこみ上げてきた。

私が死んだら、きっと保は美鈴に近づくだろう。美鈴もまんざらでもなさそうだったから、誘いに乗るに違いない。そして、私の後釜に座って幸せに暮らすのだ。もう、美鈴は十七の小娘ではない。すぐにばれる浮気なんかしないだろう。舅や姑にも気にいられて、保と幸せに暮らすだろう。

神様は不公平だ。美鈴には何でも与えた。美貌も可愛らしい性格も。だけど、神様が私に与えてくれたのは、保との見合い話という、ほんのちょっぴりの運だけだった。

そして残された生きる時間まで、容赦なく取り上げてしまう。

私は蒲団の中に頭を突っこんで、両膝を抱えた。背中を丸めて、嗚咽をこらえた。歯を喰い縛って、しゃくり上げまいとした。

不公平だ、不公平だ。いっそのこと、美鈴も一緒にあの世に連れていってやりたい。心の中でそう叫んだ時、私の脳裏にひとつの言葉が閃いた。

正月女。

私は膝を抱えていた力を抜いた。そろりと蒲団の縁から頭を出した。

正月中に女が死んだら、村の七人の女を引いていく。あの世の果てまで引いていく。

私は、天井を見つめた。

今日中に私が死んだら、美鈴も一緒に連れていける。どうせ、長くはない命だ。ひと思いに、この元旦に死んでやって、この世に残しておきたくない女たちを皆、連れていってやるのは、どうだろうか。

胸がどきどきした。はじめて希望が見えてきた気がした。暗い希望ではあるが、ようやく、物事を正面きって考える勇気が湧いてきた。

そうとも、連れていってやる。私の後釜に座りそうな女を七人。最初の一人は、もちろん美鈴だ。それから、農協の農業指導員の北川知子。保は、彼女のことを「知ちゃん」と親しそうにいっていた。あの娘を夫の周囲に残しておくと危険だ。

他に誰がいるだろう。

私は視線を部屋の中に巡らせた。今日が終わってしまう。障子の向こうは、仄かに茜色に染まっている。夕暮れ時になっていた。早く決めなくては。

私は天井の波のような木目模様を見つめた。そういえば、夫がよく行く釣り具屋の店員がいた。釣り具の入荷問い合わせの電話で、いつも楽しそうに喋っている。やはりこの村の出身だから、話が合うのだといっていた。確か、中村さんとかいった。それから、保の同級生のちいちゃんとかいう女の人。同窓会のたびに、保が懐かしそうに話している。私は、その人が彼の初恋の相手ではないかと睨んでいた。

山本の美千代さんも危険な女だ。数年前、離婚した人で、時々、町の飲み屋で顔を合わすといっていた。

これで五人。後二人か……。

私は、保が気を惹かれそうな村の女たちの顔を思い浮かべた。恋愛のはじまりそうな、どんな萌芽も摘み取っておくのだ。

彼が時々行く理髪屋の娘を思い出した。まだ二十歳くらいだが、可愛い顔をしている。保が好きになりそうだ。

残る一人は、誰にしよう。

あれこれ考えたが、保の周辺で恋愛の対象となりそうな女はもう頭に浮かばなかった。

私はうっすらと微笑んだ。

これで、彼の周りから、若い女性はいなくなる。保は、ずっと一人暮らしをするのだ。農業をしていると、独身の女と知り合う機会は少ない。村から出ることもそう多くないから、再婚することは難しいだろう……見合いでもしない限りは。

私は、蒲団を平手で叩いた。

だめだ。姑がいる。高田の家を何より大切にしている姑だ、私が死んだら、黙っているはずはない。一周忌もすまないうちから、再婚をいいだすにちがいない。

今度は、子供をすぐ生みそうな、健康な人がいいねぇ。

そんなことをいっている姑の顔が目に浮かぶ。

七人目に連れて行く女は、姑だ。

私は、躊躇(ちゅうちょ)なくそう決めた。

姑も死んでしまえば、保に再婚を勧める者はいなくなる。保は、舅と二人で生きていくのだ。

いや、そうしたら、男所帯は不便だから、と、やはり後妻を娶りたいと思いはじめるにちがいない。親戚の者も、絶対、そういいだすだろう。

ああ、だめだ。七人の女を連れて行っても、何の解決にもなりはしない。

私は再び、蒲団の中にもぐりこんだ。喉の奥から呻き声がこぼれ出た。

何をしても無駄なのだ。私が死んだら、結局は、夫は後妻を見つけるだろう。この世から、女という女を抹殺しない限り、解決方法はありはしない。

熱い涙がこみ上げてきた。もう私はそれをこらえようとはしなかった。泣き声が漏れないように、頭から蒲団にもぐりこんだまま、私は涙を流し続けた。

息苦しさを覚えて、私は蒲団をめくって顔を出した。部屋は真っ暗だった。風に吹かれて、硝子戸に木の枝があたっているのか、障子の外でかたかたという音がしている。

もう夜になったらしい。目の縁がかさかさしている。泣いているうちに、いつか寝てしまったのだ。

家の中はひっそりしている。皆、寝ているようだった。深夜に違いない。きっと、眠っている私を見て、姑は夕食のために起こすのを遠慮したのだろう。

私は蒲団から両腕を出した。半日ばかり寝続けたせいだろうか。躰が軽くなった気がした。

ぼぉん、ぼぉん。

茶の間の柱時計が二度、鳴った。

夜中の二時。元旦はもう過ぎたのだ。

私は薄笑いを浮かべた。

今となっては、何と馬鹿なことを考えたことか、と思う。元旦に死んで、七人の女をあの世に連れて行こうと思うとは。大海の水を杓子ですくっているようなものだ。僅か七人の女を夫の前から消したとて、何にもなりはしない。

女は、どこにでもいる。出会いはどこにでもある。

夫をあの世に連れていかない限り、私の心は休まらない。

保を殺すのだ。

私にできることは、それだけだ。

自分でも驚くほど、冷静にその結論に達していた。私はそっと上体を起こした。冷たい夜気が躰を包む。今の私の心には、暖かな蒲団よりも、この冷たい空気がよく似合う。

襖の向こうに耳を澄ますと、舅のものらしい微かな鼾が聞こえてきた。大丈夫。よく眠っている。

私は立ち上がり、廊下に出た。

納屋に、農薬があることは知っていた。服用すると命取りになるほどの殺虫剤もある。今夜のうちに、あれを盗んでおこう。そして頃合を見計らって、夫に飲ませるのだ。

玄関の鍵を開けて、夜の中に滑り出た。冴え冴えとした星空が広がっている。私の心もまた、あの夜空のように澄んでいた。夫と一緒に死ぬのだ、と決心してから、私の心の底で渦巻いていた諸々(もろもろ)の想いは、見事に消えてしまった。どうして早く、このことに気がつかなかったのかと思う。これしか解決方法はなかったのに……。

門を出ると、道の向こうの蒼(あお)い闇に納屋兼車庫の黒い影が浮き上がっていた。

道路を横ぎって行こうとした時、向こうの四つ辻にぼうっと明かりが灯(とも)っているのが見えた。今時、珍しい提灯(ちょうちん)のようだ。提灯の周囲に人が集まっているらしく、路上に落ちた影が蠢(うごめ)いている。

こんな深夜に、何をしているのだろう。

私は四つ辻のほうに歩いて行った。

辻の神の石塚の前に、十二、三名の女が輪になってしゃがみこんでいた。皆、帽子や毛糸のマフラーを頭から被(かぶ)り、綿入り半纏(はんてん)や厚手の上着に身を包み、寒さを防いでいる。もこもこした影は、小さな石像が集まっているようにも見えた。

近づいていくにつれて、声が聞こえてきた。

「女でござらん、男でござる。女でござらん、男でござる……」

念仏のように、同じ言葉を呟いている。

見ると、輪の中には、一升瓶の酒と、御節料理の食べ物が寿司折りに入れて置かれていた。女たちは、茶碗に注いだ冷や酒を呑みながら、先の言葉を唱和していた。

女たちは皆、見覚えのある顔だった。この辻の近隣の者たちだ。

「女でござらん、男でござる。女でござらん、男でござる。女でござらん、男でござる」

何かの弾みで、ふっと言葉が途切れた。耳あてのついた帽子を被った女がいった。

「こんなんで、本当に止められるがかえ」

誰もがぴたりと口を閉ざした。居心地の悪そうな沈黙がその場を支配した。

「やるしかないじゃろう。正月女が出たがやき」

輪の中から、不貞腐れた声が響き、私はぎくりとした。

正月女が出た。

誰か、この村の女が死んだのだろうか。

「正月女の祟りは辻祭りでおさまる。死んだのは、女やのうて男じゃ、ということにしたらええ。昔から、そういわれちょる」

聞き覚えのある声だと思ったら、大晦日に辻の神を拝んでいた岡田の婆だった。

「けんど、それが元旦やったら、何したち祟りは止めようがない、ゆうがやなかったかね」

姑が恨めしそうにいった。

いったい誰が死んだのだろう。胸がざわざわと騒ぎはじめた。不吉な予感がした。

姑の言葉に、輪になった女たちの中から不安気なざわめきが起きた。

――村の女、七人、引いていかれたら、たまらんきねぇ――なんでまた、元旦なぞに死んでくれたがやろ――それゆうたら、気の毒やで。本人やち、死にとうて死んだがやないがやき――そうじゃ。まだ三十やったがや。誰が死にたかったものか。

そんな言葉の断片が聞こえる。

死んだのは、三十歳の女だ。村の女で三十歳の女といえば……。

背中にぴたりと刃を突きつけられた気がした。

その時、姑が大きく嘆息した。

「ほんまにかわいそにのう。美鈴さんも」

美鈴？

私は、耳を疑った。

「まったくねぇ。美鈴さんを殴り殺した大谷の次男坊は神経衰弱やったがやとねぇ。

そら、たまらんわ。恨みも何もないに殺されてからに」

「あれ、恨みがないにしちゃ、夕方、石で殴り殺される前に、道の真ん中で二人で言い合いをしよった、ゆうで」

「ああ、うちもその噂聞いたわ。美鈴さんは、あんたのことらぁ大嫌いや、と、大谷さんくの息子さんに怒鳴りよったらしいで」

女たちの話声を聞きながら、私の躰が震えだした。

昼間、私が和也にあんなことをいったからだ。和也は、てっきり美鈴がまだ自分のことを好きだと思いこんだのだ。しかし美鈴に拒絶されてかっとして、殴り殺した。

美鈴の死んだのは、私のせいだ。

――そうや。あんたのせいや。

耳許（みみもと）の声にぎょっとして振り向いた。

そこに美鈴が立っていた。

頭から黒々とした血が流れている。額は陥没して、くるくるした大きな瞳も、今では片方の白い眼球が半分飛び出していた。

気絶しないのが不思議だった。悲鳴を上げようとしたが、喉が動かない。

美鈴は、私に指を突きつけた。

――私はあんたを許しゃあせん。あの世に真先に連れて行っちゃる。七人引きの一人目はあんたじゃ。

足が地面に沈みこんでいくような感覚を覚えた。

そんなのは嫌だ。美鈴が死んだのなら、私は最後の瞬間まで生きていたい。どんなに短い命でも、保の傍で生きていたい。保も、美鈴の死を知ったなら、私のことをもっと本気で好きになってくれるかもしれない。その希望があるのなら、一日でも長く、保と一緒に暮らしたい。美鈴の道連れにされて死ぬのは、まっぴらだ。

「女でござらん、男でござる。女でござらん、男でござる……」

再び、闇の中から女たちの呪(まじな)いの声が湧き上がった。そうだ、辻祭りだ。正月女の祟りを免れるには、辻祭りしかないのだ。

私は四つ辻に向かって走りだした。

「女でござらん、男でござる。女でござらん、男でござる。女でござらん、男でござる……」

女たちの唱和が響き続ける。私はアスファルトの地面の上を飛ぶように走る。激しい運動をしたら心臓に悪いはずなのに、息切れひとつせずに駆け続ける。耳許で、冷たい冬の風がびゅうびゅうと鳴る。私は暗い夜道をひた走る。

ああ、だけど、どうしてだろう。

四つ辻は、すぐそこに見えるのに、ちっとも辿(たど)り着けない。それどころか、遠ざかっていくようだ。滲(にじ)むような提灯(ちょうちん)の光が弱々しくなっていく。女たちの丸まった背中が、影に包まれていく。

「助けてーっ、助けてーっ」

叫ぶ私の背後から、美鈴の声が聞こえてきた。

――無駄やち、登見ちゃん。もう七人引きははじまっちゅうがやきねぇ。

ニョラ穴

恒川光太郎

和重の手記

私はつい最近、怪物の手により現実を剝奪されました。

この手記は半ば遺書のつもりで書いています。もしも手記の傍らに死体があるとすれば、それは私です。

手遅れにならぬ前に記しておきましょう。これを読んでいるあなたがなんらかの理由でニョラの支配する無人島、アナカ島にいるのであれば、決して奥の洞窟に近づいてはなりません。

私は○島、○町の謝花和重というものです。現在二十四歳で、高校を卒業した後は、漁を手伝ったり、さとうきび畑を手伝ったり、内地に出稼ぎにいったりと、ふらふらと生きてきました。

今思えば、得難き幸福だったそんな日々からの転落は、唐突に訪れました。

六月のある晩、私は○島の居酒屋の扉を開きました。去年の冬に内地からやってきて、この店で働いている二十二歳の女の子のことが気になっていたのです。

店内を見回すと、客は三人しかいませんでした。隅では、無精ひげを生やした男がちょうど胡弓の演奏をやめたところでした。

店内にもカウンターの向こう側にも目当ての女の子の姿はなく、「マナちゃん、きょう休みね？」と同級生でもある店主にたずねると、店主は苦笑して、マナちゃんは数日前に店を辞めて、島をでていってしまったといいました。

私は失恋に肩を落としました。何度か遊んだこともあるのに、お別れの一言もなく島を去ったという事実には、怒りすら湧いてきたものです。

ビールを一杯飲んだところで、端のほうのテーブルに、観光客と思われる男が一人で酒を飲んでいるのが目に入りました。薄い髪に、げじげじ眉の男でした。

私が、どこからきましたかと声をかけると、男は神奈川からきたと答えました。

男のテーブルに移ってフーチャンプルーを食べながら話をしているうちに、何杯かおごってもらいました。

漁師小屋に酒があるので、ここでおごってもらったお礼に一緒に飲もうと、彼を誘いました。さほどその男との話が盛り上がったわけではないのですが、失恋の寂しさから独りぼっちで夜を過ごしたくなかったのです。

漁師小屋は浜辺の近くの木造のあばら屋で、銛(もり)や網などの漁具があちこちに置かれています。休憩するための座敷があり、そこで泡盛の瓶を前にして男と向かいあって座りました。

いろんな話をしました。男はこちらには何日か滞在しているといいます。きれいな海が目当てかときくと、海にたいした興味はないと答え、遠い目をします。

男は誰か人捜しをしました。どんな人間をなんのために捜しているのか、ということには口を噤(つぐ)みます。沖縄が好きかというと、さほど好きではない。捜している人に会ったら、二度とこないだろう、と答えます。

しばらくすると、私は自分の前にいる男が、どうでもいい会話の揚げ足をとったり、人を馬鹿にしたような当てこすりをすることに気がつき、不愉快な気分になっていきました。

私には酔っているときに侮辱を感じるとすぐに手がでてしまうという、たいへん恥ずかしい悪癖があります。いい大人ながら、どっしりと鷹揚(おうよう)に構えることができず、細かいことにとても過敏なのです。

殴りました。記憶はそこで途切れています。

ふと喉が渇いて目が覚めました。頭痛がしていました。深夜の漁師小屋を裸電球の光が照らしています。

見れば、一緒に飲んでいた男が土間に倒れているではないですか。

酔いが一気に引いていきました。

「おじさん」

私は座敷からおりると男の体を起こしました。男の顔は腫れて、鼻に血がこびりついています。さらに悪いことに白目を剝き脱力しています。

「ああ、ごめんなさい、ごめんなさい」

男に対する憎悪は消えていました。代わりにパニックがやってきていました。

「大丈夫？　ねえ、大丈夫ですか？」

脈も呼吸も止まっていました。

男の後頭部のところには踏み石があったので、頭をぶつけたのかもしれません。

腕時計を見ると深夜二時でした。大急ぎで私は、マモルにいにいと呼んで慕っている従兄の家に向かいました。彼は島で配管工と農家を兼業していて、私よりも六歳上、三十の男です。

マモルにいにいの家は漁師小屋から歩いて五分のところにある平屋です。灯りは消えていたので、庭からマモルにいにいの部屋の網戸をからからとひらきました。そして眠っているマモルにいにいを揺さぶり起こしました。

「マモルにいにい、夜中にごめん。たいへんだ、俺、人を殺しちまった」

私は囁き声でいいました。

二人で漁師小屋に向かいました。マモルにいにいはうんざりとした顔でいいます。

「やーが酔っ払って勘違いしているだけで、寝てしまっただけさあ」

そうであるなら、どれほど良いか。

扉を開くと、死体は私が寝かしたまま土間にありました。

マモルにいには、うっと息を呑み、私がやったのと同じように生死の確認をしてから、ああ、と呻き声をあげました。

「どうしよう？ なんか酔っていてあまりおぼえてないんだけど、わじわじしてきて、殴って死なしてしまったさ」

「だいたい、やーは人より力が強いんだから、いつでも手加減しろっていっただろ。このフラー。ここにいたことは誰が知っている？」

わからない、と答えました。居酒屋から二人で漁師小屋にいったことは知られていないはずですが、島にはあちこちに目があるので、見られていないとも限りません。

マモルにいには腕を組んでしばらく考えました。

「もしも、やーが自首するのがいやで試してみるってんなら、こういうのはどうだ？」

マモルにいにいは隠蔽(いんぺい)工作の筋書きを話し始めました。

「まずこの人を、かわいそうだがやーの舟に乗せて海にでる。ほれ、あの小舟」

「海に」

私は呟(つぶや)きました。

私は祖父から小舟をもらっていて、港ではなく浜辺においてありました。船外機もついていて、よくそれでリーフの外に魚をとりにいったり、漁の手伝いをしたり、仲間と遊ぶのに使ったりしていました。

浜は漁師小屋のすぐ前ですから、死体を引きずって乗せるには三十分もかからないし、海水浴場でもないので、夜は人目がありません。

「そう、今すぐ舟に乗せて。まだ暗いうちに沖にでるさ。水深があって鮫(さめ)がいるところまでいって、沈めてしまえばいい」

「いいかな?」

「いいか、悪いかって犯罪さ。でもやるんなら、黙っていてやる。続きだ。死体を捨ててから、そのままどこか近くの無人島に渡る。この浜からだったらアナカ島か。あそこは森の中に泉があるときいたことがある。水さえあればなんとかなるだろ。こっちでは一日待ってから、夕方ぐらいに和重がいないようだ、ということで騒いでみる」

マモルにいにいのアイディアは、死体を海に捨てた後、遭難を偽装するというものでした。

アナカ島に身を潜め、乗ってきた小舟は海に流しておく。そして、捜索にきたヘリだか、船だかが、無人島で手を振っている私を発見、救出する。救助された後、観光客の男で行方不明になっているのがいるけれど知らないかという話にきっとなる。ああ、知っています。飲み屋さんで出会い、意気投合して、一緒に早朝の釣りにでた。沖合いで大きな波に横からやられて転覆してしまった。自分は命からがら無人島まで泳いだが、一緒にいた人のことはわからない——。

うまくいっても、何かの罪になるかもしれませんが、〈殴って殺した〉よりはずっと軽いはずです。

私はこの手記で「死体を捨てることにしたのは従兄がそそのかしたからだ」と責任転嫁の言い訳をしたいわけではありません。マモルにいにいのことを書くのは仁義に反するような気もします。ただこれは最期の手記にもなるので、私の人生の転落の夜にあった詳細を、正確に記しておくべきだと感じているのです。

もちろん全ての責任は私にあります。最終的に決断したのは私ですし、海に捨てるというアイディアも、従兄にいわれる前から脳裏にあったことでした。従兄の意見は

《そうか、マモルにいにいも同じことを考えるんだ》と、行動の後押しをしたにすぎません。

マモルにいにいは、俺はここにはいなかったことにする。関わりたくないから、どんな行動をとるにしろ、決して俺の名をだすなよ、といってその場を去りました。

素早く準備をしました。舟に死体を積み込み、上からビニールシートをかけ、釣り道具を放り込み、水の入ったペットボトルと、空の一升瓶を放り込みます。

腕の時計を見ると四時過ぎでした。しばらくすれば夜明けがやってきます。

海の上を、月光を浴びた雲がぐんぐん流れていました。

私は出航しました。

☆

リーフの外にでると、ぐっと水深は深くなり、また風を遮るものがないので波も高くなります。揺れる船内で、死体の服は脱がさずに、一升瓶で水を飲ませ、また水を入れた一升瓶を重り代わりに服に入れました。

自分の島の灯りが見えます。岬の灯台が光っています。

死体をへりに寄せると重みで舟が傾きました。私はうまくバランスをとりながら、足を使って死体を海に落としました。

死体は黒い海にするっと沈んでいきました。

「堪忍してな、堪忍してな」

手をあわせます。

夜の海はいつになく恐ろしく、あの観光客が舟の下をついてきているような気がしました。

ぐらりと舟が揺れるたびに、私は手をあわせて祈りました。

アナカ島に到着したのは、午前九時でした。

浜辺と岩場に周囲を囲まれ、中央部はジャングルになっている小さな島です。

今は無人島ですが、百年ほど前に少数ながら入植者がいたときいたことがありました。

ずっと前に一度だけ、仲間たちと上陸したこともありましたが、浜で一休みして船に戻っただけだったので、ほとんど何も知りません。

到着したころには、風はさらに強まり、波も高くなってきていました。濡れた砂を踏みながら、これなら舟の転覆の話も説得力をもちそうだと思いました。ダイビングサービスや、漁師の船に見られたらと心配でしたが、ここまでくればひとまず安心です。

とりあえず舟を浜辺の奥の、木々の茂みの中に隠しました。無人島ですから、すぐに海に流してしまうには心理的に躊躇いがあったのです。

雲がでてきてぽつぽつと雨が降り始めました。

私は木の枝の間にビニールシートで天幕を張ると、その陰に身を横たえました。眠ろうとしましたが蟻が体中を這いずり回るので、なかなか眠れませんでした。自分が殺したげじげじ眉の男が何度も夢にでてきました。起きても男の気配が背後にはりついているようでした。

ばたばたとビニールシートが風にあおられる音で目覚めると、雨は止んでいました。時計を見ると午後一時でした。胃が重く、吐きました。

その頃になってようやく《本当に自分が殺したのか》と思い始めました。本当の死因は、酒が入った状態で急な運動をしたせいで心臓がとまったとか、吐瀉物が喉につまったというあたりではないのか。もともと何かの病気を患っていたということだってありえる。もしそうだとすれば、自首しても自分に罪はなかったのではないか？　でもそれは裁判をしないとわからないことです。なんにせよ、もう終わったことです。悔いても仕方がない。後はごまかし通すより他にないのだ、と思いました。

島の探索を開始しました。なるべく林の中を歩くように気をつけました。

小川があったので遡ってみると、森の中に落差二メートルほどの小さな滝が現れました。泉とはここのことでしょう。ペットボトルに水を補給し、ついでに水浴びもしました。

泉から少し離れたところに洞窟を見つけました。入り口の前に石の香炉が置かれています。ぽっかりと開いた真っ暗な穴から、何か得体のしれない気配が漂っていました。すぐにそこからは退散しました。

さらに歩き回ると廃屋を発見しました。コンクリートブロックを積んだ小屋で、雨よけにはなりそうです。救出されるまで、ここで暮らすことは可能だと判断しました。

舟を再び海にだします。リーフの外まで持っていき、沖に流すと、泳いで浜辺に戻りました。背泳ぎで海面を漂いながら見上げる空には晴れ間が覗いています。真っ青な部分を見ていると涙がでてきました。

海水に濡れた体を洗おうと再び滝にいったところで、私は蒼白になりました。

上半身裸の男が背を向けて水を浴びていたからです。

男は振り向きました。髪に白いものが交じっていますが、引きしまった体つきをしていました。

「あい、しかんだ」

「こんにちは」ここは最も近い有人島から十キロも離れた無人島なのにどうして、と思いながら私は小さく挨拶しました。

「あんた、どっからきたの」

男の目にはありありと警戒の色が浮かんでいました。私はおずおずといいました。

「自分、あの、遭難してしまったんですよ」

「はっさぶよ、そう、なん」男は、驚きだ、というように間の抜けた声をだしました。ここで何をしているのですか、ときいても、ああ、だからよ、などとごまかすばかりです。

アダンの茂みの奥にテントが張られていました。テントの床は、どこかから手に入れたのか朽ちかけた板パレットが置かれ、流木の椅子や、バケツなども置かれています。ハンモックもあります。

装備からして遭難者ではないようです。本格的に暮らしているようでした。

男はテントの前の流木の椅子に座り、私は促されるまま、逆さまにしたオイルの缶に腰かけました。

「はい、では自己紹介をよろしく」

「あ、はい」

　いつか繰り返し話すことになるのであろう内容の練習と思いながら、私はここに至るまでの経緯を話しました。

　自分の住んでいる島のこと、今日の早朝、舟が転覆して遭難したこと。命からがらここにきたこと。朝釣りをしようと一緒に乗った男の行方がわからないこと。

「まさか、ここに流れついていないですよね」

「知らないね」

「ああ、困ったな。無事かなあ。心配だなあ。なんとかしなくちゃ」

「でも、転覆ってにいにい、じゃあここまで泳いできたの？」

「ええ、はい。救命浮き輪があったんで、それにつかまって。死ぬかと思いました」

　ほう、と男は腕を組んで難しい顔をしてみせ、ふいに噴き出すと腹を抱えて笑いだしました。

　私は曖昧（あいまい）な追従（ついしょう）の笑いを浮かべました。

「これはでーじやしさ。ゆくし、ゆくし、大嘘」男は笑いながらいいました。「だって俺、あんたが小舟でここにくるの見ていたもん。舟を流すところも見ていたもん。なんであんなことするかねえ、と意味がわからんかった。で、今わかりました、はい。

そうかそうか、遭難したってふりをしたいわけね。当局に」

私は自分の顔から血の気が失せていくのを感じました。見られていたとは不覚もいいところです。この男が、この先証言することになれば、これまでの計画は水泡に帰します。

「にいにい、今、目に殺気がでたよ。殺しておこうと思ったんじゃない？」

「いえ、いえ」

私は慌てて首を横に振りました。

「ここでわんを殺したって、絶対ばれないもんな」

男はライターをとりだすと木切れに火をつけました。

「遭難して死んだってふりをして、誰かを心配させたいわけ？　それとも警察とかから逃げているの？　まあ、いいや。もうこれ以上つっこまないよ」

男はふっと笑いました。

「大丈夫だよぉ、お父さん」

お父さん？　ふざけたのかとっさの言い間違えか、どちらかわからず微笑みで返しました。

「もしも人と話すことがあっても、舟を流したことは黙っていてやるよ。それよりも、洞窟のほうにはもういったね？」

男は乾いた小枝や木屑を使って火をどんどん大きくしていきます。

「ああ、はい。洞窟。香炉があったところですか。中には入ってませんけど」

「すごいニオイするだろ。入るなんてとんでもない。あそこはな。今棲んでる」

嫌な気配はしたものの、特に臭いについては気がつきませんでした。

「何が棲んでいるんですか？　人ですか」

男は声を潜めていいました。

「ニョラだ」

私は首を捻りました。ニョラ？

「動物？」

「ニョラ」男は繰り返しました。「なんなのか俺にもわからん。怪物。巨大な蛸とか、ナマコとか、超大型の軟体動物よ。ニョラって俺が名づけたけどね」

私は、へえ、と小さく呟きました。

「大きいんですか」

「大きいよ。アキコ」

アキコとは女の名前でしょう。もちろんここにいるのは男二人で、そんな人間はいません。ちらりと男の顔を見ると、妙に視点が定まっていません。私はここで、ようやく男が少しおかしい、ということに気がつきました。

不意に男はジャングルに顔を向けていいました。

「エー、お客さんきてるんだから、テレビ消せよ。テレビ」

少し間をおいてまたいいます。

「なんば？　なにちゃーみーしとんのか、このやなばー」

これは話がかみ合わない、と黙っていると、男は、ここにいない誰かと会話をしているような独り言を、なおもしばらく続けました。どうやら男の精神の半分は、夢の中にいるようでした。

しばらくして、妄想から戻ってきたのか、男は私の顔をまじまじと見ました。

「あげ？　あんた誰？　なんでここにいるの？」

「え、いや、漂着したものです、さっき話していたんですが、忘れちゃいましたか？」

「ああ、それ、ああ、ごめん。さっき、きいた。だった、だった。にーぶいしているうちに忘れてしまったさ。あんた本当に存在しているんだ。幻かと思ったよ。触っていい？」

男が手を伸ばしてきたので私はその手をかわしました。

「洞窟に怪物がいるという話の途中でしたけど」

「そうそう。石器時代に絶滅しちまったような怪物が、たまたまこの孤島で生き残っていたみたいな、そんな感じ。ニョラは神よ。凄(すご)いニオイすんだよ。ニイニィに今いったってわからないだろうけど、俺が手なずけている」

その夜は、コンクリートブロックの廃屋で寝ました。夜半、蚊に襲われ、浜辺にでたのですが、浜辺にも小さな虫がいて、眠っては起きるの繰り返しでした。

翌日になるとよく晴れました。

早朝、ヘリコプターが海上を飛んでいくのを木々の間から見ました。急いで浜辺にでたのですが、距離が遠く、すぐに機体が見えなくなりました。

あまり焦ってはいませんでした。むしろすぐに救出されても、いろいろ嘘をつく心の準備がまだできていません。

時間だけはあるので、ニョラとやらがいるという例の洞窟に一人でいってみました。

男のいう悪臭は感じ取れません。やはり黒々とした穴は不気味な気配を放っており、立っていると、なんとなく胸苦しく、不安な落ちつかない気分になりました。たかだか洞窟の前に立ったぐらいでそんな心持ちになるのは初めてのことでした。

釣りをして魚をとり、男と一緒に焚き火を囲みました。とってきた貝や、魚を、男のキャンプ地にある網で焼きました。

さっき洞窟にいってきたのですが、と話題にすると、男は喜び、身を乗りだしました。

「ニョラはいたか」男は含み笑いをしながらいいました。「ニョラよ」

「いえ、留守だったみたいです」

「ニョラのフェロモンは、やみつきになる」

私は適当に笑みを浮かべて応じました。男は網の上の貝をいじりながら、まだなんにもわかってないねえ、と呟きました。

「怖くないですか？」

男は、ちょっと待って、と私の言葉を片手で制し、落ちている空き缶を拾うと耳にあて、「もしもしい」といいました。しばらく電話機にみたてた空き缶と会話した後、私を見て「あ、で、なんだっけ？」と真顔でききます。

壊れた男でしたが、時々、幻の世界にいってしまう以外には会話もできますし、特に私に攻撃をしてくるわけでもなく、一昼夜、一緒にいると、親近感も湧いてきました。なにしろ無人島でたった一人の話し相手なのです。私があまり逆らわずに話をあわせていたのが良かったのか、男も打ち解けて、私にきかれるままに自分の過去を話してくれました。なかなか衝撃的な過去でした。

☆

男は本島、那覇の生まれで、名をシンゴというそうです。

アナカ島には、滞在して一ヵ月ほどになるとのことでしたが、それとは別に、十五年も前にこの島にきたことがあるといいます。

当時はシンゴの父と、シンゴ、シンゴの妻のアキコ、あわせて三人で、クルーザーでこの無人島に上陸したのだそうです。

表面的にはレジャーでしたが、シンゴは上陸してまもなく、背後から手斧で、父親の頭を割ったそうです。

私が動機について訊ねると、「親父がアキコとやっていたから」とのことでした。

「わんは、親父が十八のときの子供で、当時の親父はまだ四十二だった。あっちもおさかん、ね。アキコは内地嫁で、そのとき二十歳だった。出張がとりやめになり、家に帰ったとき、何か気配を感じて庭から自宅に入ったんだ。そしたら、朝は開いていたカーテンが、閉まっているわけ。あれ？　と思ったね。どうして閉めているんだろう、と隙間からその現場を覗いてしまったさ。向こうは気がついていなかった。踏み込みはしなかったけど、ああ、こりゃ何度もやっているな、と思った」

　そのときからシンゴは父親を殺すことに決めたそうです。

「親父が計画した無人島クルーズは、これを逃したらないだろうという最高のチャンスだった。ちょうどあんたが上陸した浜のあたりだったよ。手斧がガツン、というあの手ごたえは忘れられないね」

「アキコさんはどうしたんです」

　シンゴは少し黙り、記憶をたぐっていました。やがてぽつぽつと話を続けます。

「アキコは啞然とした顔で俺と、頭を割られて倒れる親父を見ていた。浮き輪片手にピンクの水着姿でな。わんは自分が見たことをいったんだ。そうしたらほれ、あれ、悪いのはおまえだ、とかいい始めてな。仕方がなかった、とか。二、三発殴ると命乞いを始めた」

　シンゴはアキコにシャベルを渡し、親父の墓を掘るように命じました。

　アキコは墓を掘るふりをして、一瞬の隙にシャベルを投げつけると、木々の間に逃げ込みました。

　シンゴはゆっくりと追いかけました。ここは無人島ですし、アキコは船の運転ができないので、慌てることもありません。

「山羊がそこらじゅうにいたよ」

ふと思い出したようにシンゴはいいました。

「今いないですよね」

「うん。でも、十五年前はそこら中にいた。で、アキコは、洞窟の前に立っていた。わんに気がつくと、涙目で洞窟を指差し、《何かいるぅ！　何かいるぅ！》と叫んでしゃがみ込むんだ。少し呆れた。自分の状況わかってるのかね、と思った。うん、で、アキコを殺すか生かすか考えながら立ち尽くしていたとき、洞窟から、飛びだしてきたんだ」

シンゴは一呼吸おいて、私の目を見据えて興奮気味にいいました。

「ニョラが。おう。ニョラがでてきたのさ。はっさぶよ。なんだかよくわからない、ぐねぐね、うねうねした魔物さあ。そいつは触手でアキコを包むと、洞窟の中に引っ込んでいった。ぶわって。

えっと思った。

次の瞬間には怪物もアキコの姿もなかった。

それがわんとニョラとの初めての出会いだった。しばらくぼうっとしていたけど、親父の死体を洞窟の前まで持っていって置いて、後は逃げた」

シンゴはクルーザーに戻ると、エンジンをかけて出発しました。港に戻る頃には落ち着いてきていて、すぐに捜索願いをだしました。警察にはシュノーケリングをしていたら、二人の姿が見えなくなった、と嘘を話しました。

「ばれなかったんですか」

「とりあえず、ばれなかった。まあ大騒ぎにはなったさ。その後も警察にいろいろきかれたが、大丈夫だった」

留守番をしていた母は何もいわなかったそうです。

「親父とアキコのことも、わんが何をしたのかも、もしかしたら薄々感づいていたのかもしれない。アキコには神奈川に住んでいる兄がいるんだが、こいつはずっとわんを疑っていた。何度か嫌がらせみたいな内容の手紙をもらった。開封したのは一通目だけで後は全部ゴミ箱に捨てた」

そしてシンゴは那覇を離れて東京にいきました。

那覇に戻ってきたのは十五年後で、母親が入院したのが主な理由です。シンゴは病院で母親にだいたいのことを話しました。十五年前に行方不明になったアキコと父親は自分が殺したという話です。ニョラのことは話しませんでした。

「それ、残酷じゃないですか」

「うん、まあな。どうしても知りたいというもんでね。無表情にきいていたけど、ショックだったか、ほどなくして死んでしまった。それでね、それから少しして、アキコの兄貴から、電話がかかってきたんだ。

母は、わんの告白を、最後の最後に手紙にしてアキコの兄に送ったんだ。ちょうど自分が死んだら、送付されるように細工をして。どうしてそんなことをしたのかわからない。自分が知ったことを教えてあげなくてはアキコの兄がかわいそうだと思ったのかもしれない。

アキコの兄は、神奈川からすぐに沖縄にくる、といいだした。とにかく、まずはいろいろ話をきかせてください、という。もうだめだ。わんは話の途中で電話を切った。

それからずっとここさ。テントなんかも全部用意してきたからね。銛も網もあるし、米も調味料もあるし。

十五年前にたくさんいた山羊は一匹もいなくなっていた。骨なんかもほとんど見ない。ニョラ穴に、一匹、また一匹と山羊が自分から入っていったんじゃないかね。あいつは特別なんだ。ニョラはアキコも親父も喰っただろう。つまりニョラの体にはアキコと親父の血肉が混ざっていると考えられる。すごいよ？　感動だよ。で、俺は、ニョラに餌をやってるんだ」

「餌？」

「網で海から魚をとって、一日に一回あげている」

私はため息をつき、話を変えました。

「その追ってくる……アキコさんのお兄さんは、神奈川出身」

気になるところです。

「アキコは横浜生まれよ」

「げじげじ眉ですか。アキコのお兄さん」

「あ？　うん、まあそうだが、なんでわかるの？」

遭難する前日、居酒屋にいましたよ、と教えました。さらに年齢や、恰好をきかれたので詳細を答えると「そりゃあ、アキコの兄だ。間違いない」とシンゴは手を打って笑いました。

「わんの足取りを追ってすぐそこまできていたわけだ。で、まさか無人島までいったとは知らずに、どこかに現れるのを待っていたんだろうよ。遭難の前日って一昨日？」

私は、はい、と小さくいいました。もうそれ以上のことは教えたくありませんでした。

「アキコの兄がどこかで野たれ死んでくれていたら、ちょっと戻ってもいいんだけどな」とシンゴは呟（つぶや）きました。

私はぼんやり空をながめました。私が彼を殺したのだと教えれば、シンゴはとびあがって喜ぶでしょう。もちろん、私はシンゴと違い、みすみす自分の犯罪を、他人に暴露したりはしません。さらに、私が遭難を偽装しようとした事実を目撃しているシンゴに、人のいる場所に戻ってほしくありませんでした。気の毒ですが、シンゴには、ずっと無人島にこもって妄想と戯れていてもらうのが私の理想なのです。

シンゴは私が押し黙ったことを勘違いしたらしく、「わったーをふりむんだと思っているのか？」とききました。

「ああ、まあ、いえ」

「自分でも、もうよくわからんのさ。何がなんだか全然わからんのよ。人生を何に捧（ささ）げようが、その人の勝手だから」

シンゴはそこで、私の隣の空間に声をかけました。

「なあ、アキコ。横浜生まれだよな？」

☆

翌日の昼、私はシンゴに「ニョラに会わせてやる」と強く誘われて、洞窟（どうくつ）に向かいました。本当はもうあまり関わりたくなかったのですが、無下にもできませんでした。シンゴは地面に線を引くと、ここから先には出るな、と私を立たせ、自分は前に進みました。

「おうい」穴に声をかけます。「こりゃあ、凄い臭いだ」

私には相変わらず臭いはしませんでした。

「ニョラ様」男はさらに洞窟に近寄ると手をあわせて拝みました。「ニョラ様あ、シンゴがきましたよお。今日は魚はないよう」

シンゴはぶつぶつといいました。

「ビリヤードの玉のようなものだ。ころころ、あちこちぶつかって、最後には落ちるべき穴に落ちる」

「あの、穴に近づきすぎで、危ないですよ」

シンゴは私のほうを振り向き、少し苛立たしそうにいいました。

「ねえ、ずっと思っていたんだけど、あんたって本当に存在しているの？」

「はあ？」

間の抜けた空気が流れ、私の肩から力が抜けました。

全ては妄想男の茶番。ニョラなどというものが現実にいるはずがありません。きっと私と同じく人を殺したのは本当なのでしょう。無人島に逃げてずっと独りでいるうちに、精神が蝕まれ、妄想のなかの怪物を信仰するようになってしまったのです。シンゴにしか見えぬ怪物、シンゴにだけする臭い。痛々しいことです。

だから、それが、うねりながらでてきたときには、え？　と思いました。

初めて見るニョラは、激しく、雄大でした。

私はえ？　え？　と、戸惑うことしかできませんでした。

そこで私は初めてニョラの臭気——シンゴが何度も言及していたけれど自分は嗅ぎとれなかった忌まわしいあの臭い——を嗅ぎました。嗅いでしまうと、これまで臭いに気がつかなかった自分が恐ろしく鈍感に思えてきます。あまりにも常識はずれで想像を絶する臭いだったために、鼻の臭いセンサーが働かなかったのかもしれません。

臭いだけで殴られたような感覚でした。体中の全ての細胞に、小さな臭気の胞子が植えつけられるような、何か嗅いだだけで自分がまったく別種の生物になってしまったような、衝撃でした。

シンゴは、なんだかよくわからないぐにゃぐにゃしたものに包まれて、最後の瞬間、私に微笑みかけたような気がします。気がします、というのは、そのまま目の前が真っ白になって私は気を失ってしまったからです。

目を開くと暗い洞窟の前に倒れていました。シンゴの姿はありません。

私はその日から、シンゴの残したテントで眠り、シンゴの残した装備品を使って生活するようになりました。


歩いていると誰かが「カズシゲ」と私を呼びます。振り返ると、そこには学生時代の友人がいます。彼は、これからバーベキューをやるけれど、買い出しにいこうと私を誘います。ゆっくりとあたりを見回すと、そこは無人島ではなく、私が暮らしていた島のビーチです。私もまた、学生時代の自分に戻っています。どこか朦朧とした感じで友人と話しながら、人を殺して無人島に逃げたのは夢だったのかと考えました。

「ニョラは」

ふと思いついて私が口にだすと、友人の顔がぐにゃりと歪みました。

「ニョラは、今食事中」


また気がつくと、私は学生服を着て放課後の教室にいます。夕日が窓から差し込んでいます。コクヨの机に頬杖をつきながら思います。これは本当の世界ではないのだ。本当の自分は学校などとうに卒業して、人を殺してアナカ島にいるのだ。

無表情な生徒会長が私の席にやってきて、人を殺していいのかと咎めるようにいいました。

「カズシゲ、ニョラ当番だろ？　ニョラに餌をやらないと怒られるよ」

つまり――シンゴが陥っていた世界に私も足を踏み入れてしまったのです。専門的なことはわかりませんが、おそらくニョラが現れたあの一瞬で、脳を少しやられたのでしょう。

ずっと白昼夢の世界にいるわけではなく、断続的に覚醒（かくせい）します。一日のうち半分ぐらいは霧が晴れるように現実のアナカ島に戻ってきます。

現実に戻ると、網で魚をとり、ニョラの棲（す）む穴の前に運ぶようになりました。洞窟は静かでニョラは姿を現しません。が、しばらくして見に行くと魚は消えています。

起きていても、白昼夢の世界にいてもニョラの気配を感じます。どこからともなく、ニョラの臭気が漂ってきます。餌をやるのを怠れば、眠っている間に腹をすかせたニョラに喰（く）われるのではないかという恐怖が私の心にとりつきました。ニョラの臭いが遠いとき私は安心し、近いときは不安になりました。

また白昼夢の世界は慣れてしまうと、悪くない居心地でした。何しろそこでは私は人殺しではないのです。これまでの人生の中で、どちらかといえば楽しかった時間だけがフラッシュバックし、女の子とお酒を飲んだり、那覇のような都会のレストランで食事をしたりと、退屈な無人島の現実ではとうてい叶（かな）わぬ時間を過ごすことができます。

私は一度、マモルにいにいの声をききました。

《おおいカズシゲ、いるなら浜辺にでてこい》

もしも現実であるなら、船で様子を見にきて、浜辺に拡声器で声をかけたのでしょう。実際、そのときの声はアンプを通したような割れたものでした。

ちょうどそのとき私は白昼夢の居酒屋にて、マナちゃんを口説いている最中でした。愚かなことに私はマモルにいにいの声に対して、冬の朝の目覚まし時計のように《うるさいな》とだけ思い、《今はいいや》と妄想の中に留まることを選択してしまったのです。自分が逃走中の人殺しである現実から少しでも遠ざかっていたかったのでしょう。

目が覚めたときには、さっきの声はもしやと慌てて浜辺に向かいましたが、海には何もなく、波が寄せては引いているだけでした。もしも助かる機会があったとすれば、私は自らそのチャンスを放棄してしまったのです。

恐るべきことですが、ニョラの都合の良いように操られているようでした。

私はニョラ穴から最も遠く離れたアナカ島先端に位置する崖の上に胡坐を組み、今後のことを考えました。遠くには水平線が見えます。海上を通過する船は一隻もありません。

どこかにシンゴが乗ってきた舟があるはずだと思い、捜してみました。あればそれでここから逃げられます。しかし、無人島のどこを捜しても舟は見つかりませんでした。理由はわかりませんが、きっとシンゴが壊すなり、流すなりしてしまったのでしょう。私には彼自身の意図というより、ニョラの意図のように思えます。

かつて友人が「賢い犬が従順なのは、自分がいる場所が人間の社会であり、人間に従わないと生きていけないと悟っているからだ」といっていたのを唐突に思い出しました。人間も同じで、自分よりも強大なものが支配する特殊な環境においては、その存在の機嫌を損ねずに使役されたほうが長生きできるのかもしれません。

しかしこのままではニョラの奴隷ですし、最後には喰われてしまいかねません。シンゴにとってニョラは神だったかもしれませんが、私にはただの怪物です。いつ救出されるかもわからないのですから、今の状態はたいへん危険です。本腰を入れてニョラを退治することに決めました。

薪を集めました。ニョラ穴の前で、火を焚き、煙で燻しだしたところを、シンゴの持ち物にあった銛で突き刺してやろうと計画しました。また盛大な焚火で狼煙でもあがれば海上の船舶の注意を引くこともできるかもしれないな、と都合のよいことも思いました。

洞窟の前に薪を積み上げ、火をつけ、煙があがり少ししたところです。

ニョラ穴は、潮を噴きました。

猛烈な放水に、火は一瞬にして消え、薪はずぶ濡(ぬ)れになりました。穴の中から、何か怒りに満ちた異様な気配が漂ってきます。私はもうそれだけで戦意を喪失し、ずぶ濡れのままその場から退散しました。

しばらくして様子を見に戻ってくると積み上げた薪は、どこにもなくなっていました。

その晩、遠くから臭いがやってきました。

臭いは霧のようにじりじりと近づき、テントを包囲し、世界をニョラの領域へと変えていきます。

逃げようとしましたが、体が痺(しび)れて動きませんでした。私はなんとかテントからでると真っ暗な地面を這(は)い、やがて気を失いました。

おぞましい夢を見ました。夢の中でニョラに蹂躙(じゅうりん)されました。いえ、夢ではなかったのかもしれません。この手記にさえ詳細を書くことが躊躇(ためら)われる、思い出しただけで吐き気がこみあげてくる嬲(なぶ)られかたをした後、最後にニョラは私の頭をこじあけ、中に入ってくると、そこをひっかきまわし、滅茶苦茶(めちゃくちゃ)にしたのです。

朝になると、私はどこだかわからない島にいました。隣に居酒屋のマナちゃんがいます。

ぼんやりと居酒屋のマナちゃんと話します。私の興味が薄れると、マナちゃんは、百合の花に変化します。

歩いていると、向こうからげじげじ眉の男とシンゴが連れだってやってきます。私は挨拶します。向こうは、ふん、と鼻をならします。振り返ると、男たちの姿が薄れて消えます。

太陽光はぎらぎらと痛いほどです。真っ白な山羊が三匹、サトウキビ畑の上を飛んでいます。背中に白い羽がついていて、ペガサスのように羽ばたいています。

今回はいつまでたっても、いっこうに夢から覚めません。

誰もいないビーチに屋台がでていて、アイスクリームを売っています。

丸い箱のブルーシールを一つ買い、木べらで食べると、ソーキそばの味がします。

店員の顔を見ると、両目がなく、真っ黒な唇から緑色の舌がつきでています。

私はふらつきながら屋台を離れました。

もう自分は長くはない。はっきりと死を予感しました。本当の自分はもしかしたら、倒れたまま起き上がれていないのかもしれません。私の死因は何になるのでしょう。病気か、餓死か、あるいは這いでてきたニョラに喰われるのか――どうせ死ぬなら、むしろ最後まで目覚めないほうが、よいのかもしれないと思えてきました。

とぼとぼと歩いていると、森の中に拝所があり、そこに、かつてシンゴの持ち物の中にあったのと同じノートが落ちていました。ノートはまだ未使用のようです。薄ぼんやりと光っていました。

御先祖様が私をノートに導いたような気がしてきました。

拾い上げ、人生転落の始まりの夜から今に至るまでを、思い起こしながら書き連ねたものがこの手記です。

もちろんこのノートも夢の産物だとすれば、何もかも徒労なのでしょう。しかし、もしかすると、御先祖様の力による何かの奇跡で、ノートだけは現実と繋(つな)がっているということがあるかもしれません。今の私はそんな奇跡を祈るばかりです。

或るはぐれ者の死

平山夢明

ＪＪはまるっきり人畜無害だった。人に優しく、ことのほか自分に優しく生きてきたＪＪは、苦しいけれど為すべきことより何の役にも立たない楽しいことを優先させる男だったので御歳六十七歳になるいま、路上で暮らしていた。夏というよりは熱と呼んだ方がぴったりの炎天下。窓辺に近づけすぎたベビーベッドのなかで赤ん坊が火膨れて死んでいたとのニュースが流れる季節。昼間は冷房の利いた図書館、夜は頭のおかしな餓鬼が近寄らないような公園の片隅でＪＪは寝起きしていた。

その日は六年ぶりに万札の入った財布を拾ったので、その中身を使い宵から朝まで表通りのパブでビールやスコッチウィスキーを腹に詰め込み、スツールからずり落ちた。と、同時に胃の中身も床にぶち撒いたので店主に蹴られ、殴られ、引きずられて、外に叩き出された。それでもＪＪはご満悦だった。何しろ酒屋の空き瓶から集めて回ったブレンド酒じゃなく、本物の洋酒をたらふく飲んだのは久しぶりだったし、客として扱われたのも久しぶりだったからだ。途中までＪＪの臭いに辟易しても金は歓迎という店主の姿には清々しささえ感じられた。

それにあそこはしょぼい店のわりには冷えてたし、とＪＪは思った。ほどよく冷えた店というのは真夜中でも滅多に三十度を下がらない青邯暮らしでは貴重なオアシスだ。ＪＪはビールとウィスキーを一杯ずつ頼むと実にゆっくりと飲んだ。あまりに見事な低スピードに業を煮やした店主から『あんたここは病院じゃないんだ。唇を消毒するんじゃなくアルコールは飲んで貰わなくちゃな』と皮肉を食らったりもしたのだが、ＪＪは笑ってそれをやり過ごした。他にも客が大勢いたのでその夜ばかりはＪＪの売上に店が目くじら立てる気配はなかったし、店主は常連があれやこれやと話しかけてくるのをさばくのに忙しく、ＪＪだけに構ってはいられなかったのだ。

とにかくＪＪにとってその夜は最高の夜だった。唯一気掛かりなのは、酔いがいつまで続くかということだった。人は誰でもそういうもんだとＪＪは思っているのだが、酔っている間は大抵のことは許せるものだ。悪口でも、いじわるでも、ツキのなさでも、ズボンの真ん中についた染みのことでも、大抵、気持ちよく酔ってさえいれば『別にダイジョウブ』と笑っていられる。しかし、一旦、酔いが覚め始めるとそうしたツキのなさが、耳の詰まり水が抜けたみたいに一斉にガヤガヤしく迫ってくる。そうすると長年の悪友でもある【ウンザリ】が、やに下がった顔をしてぽんぽんと肩を叩いてくるっていう寸法だ。考えただけでウンザリだった。

店主に蹴られた腰が痛んで、うまく立てないＪＪは這って移動することにし、店の入口から離れると、柱の陰に凭れ掛かった。目の前には片側二車線の目抜き通りがあり、景気よく車が流れていた。背広や背広じゃない奴ら、若者や若者じゃない奴ら、女や女じゃない奴らや中途半端に女な奴らが生真面目な顔で、あっちの通りでも、こっちの通りでも右へ左へと行き来していた。ＪＪは彼らを眺めながら男なら友だちになれそうな奴、女ならカミさんにできそうな奴を探してみたが誰も相手になりそうになかった。みんな次から次へと忙しそうに弾かれていくパチンコ玉野郎ばっかりだ、そうＪＪは苦笑した。莫迦にしているわけではなかった。世の中にとって必要なのは自分なんかより、彼らの方だということは承知していた。ただ友だちやカミさんにするとなると話は別だ。

ＪＪは膝を抱え、うつらうつらぼんやりぼんやりすることにした。狂った日差しが多少でも緩むまで、こんな感じで今日は過ごしてみたかった。膝の間に顎を載せ、埃っぽいズボンの臭いを嗅ぎながら、腹が減ったり喉が渇いたりしても、そのまま動かず、日がな一日、ぼーっとしていたかった。暑さも日陰なら我慢できる。ありがたいことに風が通りを抜けていた。ＪＪは膝の高さと平行に視線を固定し、それ以上は見上げたりしないようにした。見上げれば自分を見下ろす視線に出会うに決まっているし、大方の淑女の皆様は見上げられるのを嫌う。スカートの中身に探りを入れていると勘違いするらしい。

視線の先には砂で汚れた黄色っぽい店が並び、食器や鍋を並べた雑貨屋、郵便局、本屋、定食屋、蕎麦屋、金物屋、和菓子屋、八百屋と続いていた。郵便局は角にあり、目抜き通りと交差するように細い路地があり、それが町の向こう側へ延びていた。街路樹が歯抜けの櫛のように植わり、その前には車がぽつりぽつりと停めてある。ＪＪはそれらをぼんやり眺めながら耳のなかでどくどくと脈打つ、己が鼓動を聴いて楽しんでいた。

ふと、ＪＪの気を惹いた物があった。道路のほぼ中央。真正面。汚らしい服の塊。泥や町の塵芥の堆積にしか見えない潰れたそれはずっと前からそこにあり、ＪＪも目にしていたかもしれない。トラックの積み荷、それとも風に飛ばされてきた洗濯物、廃品回収車からのおこぼれ、それとも単に酔っぱらいが夜中に脱ぎ捨てたシャツ……などの残骸。いずれにせよ、いまとなっては僅かな厚さを残すばかりの乾涸らびたアスファルトの瘡蓋であった。幾たびも雨に濡れ太陽で乾くを、くり返したのだろう。既に道路の一部のように固く路面に縫い付けられていた。ＪＪがそれに目を留めたのも、その柱に凭れたからだった。いつものように小銭や食べ物を探して町をほっつき歩いていれば、決して目に留まるようなことはなかった。

不思議なことに、ＪＪは目が離せなくなっていた。きっとあの薄汚れた、いまとなっては元の姿を想像することも難しい塊に自分の有り様が重なっているのだとＪＪは思った。何百、何千という車輪に完膚無きまでに轢かれ、圧縮されたそれは自分そのものだと。その姿が甘美な恐怖となって迫ってくる。俺もああなるのだと覚悟すると、何か腑に落ちるものもあり、興味深かった。……だから気になるのだ、ＪＪはそう理解した。

そしてそのまま一時間が経ち、二時間になろうとした。

かつて〈と言ってもつい半年ほど前のことだが〉、十キロほど離れた場所にショッピングモールが完成した。建設期間中は大型トラックがひっきりなしに、この目抜き通りを走っていた。特に完成も大詰めになると台数も増え、昼夜を分かたず走り抜けた。それを見るにつけ多くの飲食店主が運転手の立ち寄るのを期待したが、結果は散々だった。運転手は物資を運ぶのに忙しく、とてもじゃないが店で休憩したり、一杯やったりする暇はないのだった。路上で寝ているＪＪはそれらが走り抜ける度、地面ごと揺さぶられていた。この塊ができたのも、そんな頃ではなかったか。ＪＪは確信が持てないまま、たぶんそうに違いないと納得した。

ふと尿意を覚えＪＪは立ち上がり、店の裏手ではなく道路を横断し始めた。頭で考えたことではなかった。ただ軀がそう反応しただけのことであった。日陰から出た途端、レンズで掻き集めたような陽がじりじりと首の後ろを灼き、カッと背中が熱くなった。汗が毛穴から噴き出し、脇や頬を滑っていくのがむず痒い。目の前を一台、乗用車が横切っていった。朝のラッシュが一段落するこの時間は、車の流れがひと息つく。通り全体にも、のんびりした雰囲気が漂っていた。ふらりふらりと反対側へ向かいながらＪＪはそれに近づき、やがて目をやった。その間、ＪＪ側を二台、反対車線を三台の車が行き過ぎた。

見たとおり泥まみれの服だった。長さは五十センチ弱、端は道路と一体化してぺしゃんこだったが中央の部分だけが僅かに厚みをもっている。黄粉餅（きなこもち）を適当に塗り付け、固まらせるとこんな感じになるかもしれない。ＪＪは興味なさそうに爪先でそれを突（つつ）き、再び、道路を渡り終えてしまおうとした。と、その瞬間、ＪＪが震えた。道行く経済的漂流者（ドリフターズ）になど誰も注意を払うはずもないのだが、もし誰かがその時のＪＪを見たら〈あ、小便を漏らしたな〉と思うほどにぶるりと震えた。

ＪＪは振り返った。そしてそれの表面。単なる皺（しわ）と圧縮された生地の重なりにしか見えない部分を凝視し、一度、惚（ほう）けたように通りの店に目を向けた後、再び目を落とし、今度は確実に助けを求めるような視線で両側の店を見つめた。けたたましくクラクションが鳴らされ、ＪＪの脇を一台のトラックが掠（かす）めていった。ＪＪはそれに驚くでもなく、最前と同じ表情のまま店の前を行く人々と足下を交互に眺め直した。ＪＪは何事かを呟（つぶや）きながら反対側には渡らず、凭れていた柱に戻ってくると、立ち尽くした。

り十分ほどはその場でぶつぶつ言い、再び、道路を横断し始めた。その足取りはもう先程のように頼りないものではなかった。はっきりとした意志を持ってＪＪは道路の中央へ歩いていき、もう一度、それを見つめた。茶色の泥の塊。固着しながらも線が走っている。皺も寄っている。その線と皺の個々を見るのではなく全体として見た時、まるで森の木々を描いた絵のなかに浮かび上がる騙し絵のように腕を軀に押しつけた小さな胴体が現れた。左側をやや下へ捻るようにしたまま潰れた軀。頭も足もなく、ただ衣服に包まれた部分だけが残された歪んだ胴体。ＪＪは屈んで触れてみた。表面は泥や埃でがさがさし、柔らかさは微塵も感じられなかった。しかし、指で触れたことでＪＪにはそれが紛れもない子供の体の一部であると確信できた。ＪＪは軀であることを示す皺と生地と生地の重なりにも指を這わせ、それが丁度、ベッドで寝ている子供のように背を軽く丸め、足を引きつけた状態で潰されているのだと理解した。

「た……たいへんだ……」ＪＪは慌てた足取りで戻った。そしてそのままパブの入口に駆け寄ると樫でできた重いドアの握りを引き、鍵が掛かっているとわかると手の平でドアを殴りつけ、何の反応もないと知ると裏手に回った。裏手にはまだ箒とモップが片付けられないままになっていた。裏手のドアも開かなかったが、ＪＪは勢いよく鉄の扉を叩き続けた。大抵、こういう場合、店主が店仕舞い後の一杯を引っ掛けているのをＪＪは知っていた。

「よう、だんな！　よう、おいよう！」ＪＪは叩きながら酒焼けした喉でがなった。反応はなかった。仕方なくＪＪは正面に戻ると樫のドアや硝子を叩き始めた。なかにいれば必ずわかるはずだった。

男女、若者、老人……辺りを行く人々が眉をひそめてＪＪを遠巻きに通り過ぎていく。薄汚い酔っぱらいが店に喧嘩を売っているのだ、煩わしいなとそれらの瞳が告げていた。

しかし、ＪＪはそんなことは気にならなかった。

「おい！　よう！」

不意に錠の外される音がし、ドアが細目に開いた。店主が顔を覗かせていた。シャワーでも浴びたのか毛先から水が滴っていた。

「だ、だんな」

店主はＪＪを睨みつけたまま無言であった。

「だ、だんな。すみません。ちょっとお話ししたいことがあるんですよ。実は……」

「誰だ。おまえ」店主の目はＪＪの軀や様子を窺おうとする気配すらなく、ただひたすら顔だけを睨みつけていた。

「いや……あの、あっしは昨夜、ここにお邪魔させて貰った者ですけど。あのちょっとだけ……相談したいことが」

「おまえはビールをゆっくり飲んでいた。それも信じられないほど、ゆっくりとな」

「だんな、どうも大変なことが起こっているようなんですけれど」

「あんなに、あんなにゆっくり飲む奴を俺は見たことがないな。三十年以上、俺は店をやっているが、あんなにゆっくりビールを飲む奴を俺は見たことがない」

「自分の見間違いかもしれないんですが、とんでもなく怖ろしいものを見つけちまったんですよ。それをお知らせしたくって……どうしたらいいのか」

「あんなにゆっくりビールを飲む奴を俺は見たことがないな」

JJの前でドアが閉まった。

ドアの向うから『あれじゃビールが可哀想だ』と呟くのが聞こえた。

「だんな！　ビールの、酒の話じゃないんですよ！」

JJはドアを叩いた。

しかし、もうドアは開かなかった。

JJは拳がすっかり痺れてしまった。ふと我に返ると、自分を避けるように歩く品の良さそうな老婆に近づいた。

「おじょうさん！　あのちょっと良いですか……」

老婆は一瞬、ハッと警戒してみせたが、すぐ笑顔で頷いた。

「ええ、ええ。わかりますよ。あなたが大変だってことは」

「いや、あのね。あそこの……あれ、見えますか？　真ん中ら辺で、こんもりしてるじゃないですか。あれがですね」

「ほんとうに頑張って、頑張ってくださいね」

老婆は足を止めずに進んでいき、ＪＪは取り残された。老婆は手で埃を払うような仕草でＪＪの触れたシャツの袖を叩き叩きし、数軒先のブティックに入って行った。

ＪＪはまた行き交う人々を振り返った。通行人はみな、ＪＪと視線が合わないように通りを見たり、腕時計を見たり、足下を見たりして視線を逸らした。ＪＪは構わず、声を掛けた。

「ねえ、ちょっと。すみません」

「ちょっと良いじゃないですか？」

ＪＪが、すがればすがるほど人々は速く歩き、大回りして去って行った。なかには歩道を下り、車道から迂回する者まで現れた。

紳士然とした男がいた。

ＪＪは目が合うなり、男の腕を摑んだ。

「ねえ、お願いしますよ。話だけ」

するとＪＪの手首に痺れるような痛みが走った。男がＪＪの手を振り払った際、腕時計が当たったのだとわかった。舶来の高そうな時計だった。

「むう」JJが思わず手を押さえて呻くと胸元に何かが当たって落ちた。

五百円玉だった。

JJはそれを拾い上げた。人が遠巻きにしながら歩いてゆく。不意にJJは自分が間違ったことをしているのではないかという不安に駆られ、道路を渡った。そしてあの塊に近づくと再び、見つめた。バスが大砲のようなクラクションを鳴らし、JJの前で停まった。

フロント部が手を伸ばせば届くところにあった。フロント硝子越しに運転手が怒鳴り散らしている。JJは塊を眺め、元の柱の辺りに戻った。しかし、今度は先程のように闇雲に通行人へ声を掛けることはしなかった。柱に背を預けぐずぐずと崩れるように座り込むと黒く汚れた爪を齧りながら、眩い日差しのなかに放置されているあれを見つめた。

あれはやはり人の子だ……人間だとJJは思った。人の子が死ぬのは珍しいことじゃない。しかし、死んだ後、あんな風に置いとかれる子供なんかあるはずがない。あれじゃまるで犬や猫と一緒だ。いや最近じゃあ、犬猫だって人間様並みに葬式までするところもあるっていうじゃないか……。なのにあの子はあそこで潰されて、そのまんまになっている。そんな可哀想なことが許されるわけがない。人間なんだ。犬や猫じゃないんだ。あんなところで誰にも知られずたったひとりで潰れたまんまにされていて良いわけがない。そこまで酷くなってるはずがない。

　ＪＪは商店街の入口へ目を向け、自分の側の通りの端に青と赤と白のねじりん棒があるのに気づいた。三週間ほど前、ＪＪはその床屋の店主からミカンジュースを貰ったことを思い出した。化け物じみた暑い日で、犬のように口から舌をこぼしたＪＪが通りを行ったり来たりしているのを見かねて声を掛けてくれたのだった……ＪＪは腰を上げた。


　幸いなことに床屋に客はいなかった。ＪＪはゆっくりドアを開け、なかに入った。

「いらっしゃい」そう言いながら隅の丸椅子に座っていた五十代後半、頭の天辺が見事つるつるになった店主が腰を浮かし掛け、ＪＪを見ると「あっ」と呟いて、また座った。「なんだ、おまえさんか。今日はなんだい？」

「だんなさん……ちょっと教えときたいことがあるんだ。俺一人きりじゃ、どうして良いのかわかんなくって……」

　すると店主の銀縁眼鏡の顔に険が浮いた。「面倒は御免だよ。金もダメ」

「そういうんじゃないんです」

　ＪＪは初めてまともに取り合って貰った嬉しさから〈泥の塊〉について一気に捲し

たてた。

店主は難しい顔のまま話を聞き終えた。

「とにかく一度、見て欲しいんっす」ＪＪはそう言って頷いた。「すぐそこなんすから」

「ああ、そうだねぇ……」

ＪＪは煮え切らない店主の腕を取り、外へ出た。

「こっち！　こっち！」ＪＪは先に立つと早足で現場へと連れ出した。

ふたりはパブの前、道路の中央に立っていた。

「どう？」

ＪＪの言葉に店主は難しい顔をしたまま塊を見つめ、黙っていた。

「この部分が腕ですよ。こう軀にぴったり寄せるように」

ＪＪが塊に触れ、身振りを交えて懸命に説明した。クラクションが四度、鳴らされる間、ふたりはそこに立ち続け、やがて店に戻った。帰り道ではＪＪも店主に歩調を合わせていた。

「申し訳ないが、わしには何とも言えんな。あんたの言っていることが正しいのかもしれんが、そうであれば警察の仕事になる」

「ええ、ええ。そうなんです。警察なんですよ。だからだんなさん、連絡して貰えませんかねえ」

ふたりは店前のねじりん棒の前で話し合った。早くも店主の禿げた額には汗がぬらぬらと浮かんでいた。

「うーむ。そいつはどうかな。正直なところ、わしにはあれがおまえさんの言うような代物なのかどうか、いまひとつ確信が持てんのだよ。そんなわしが通報したところで意味がないんじゃなかろうか……」

「ただ警察は俺なんかの話はまともに受け取っちゃくれない。警察っていうのは、そういうところだから」

「しかし、わしには確信がない」

「でも、子供が潰されて放っておかれてるんだ。見殺しにしておくつもりじゃありませんよね」

「だからそれはわからないじゃないか。あんたが勝手にそう言い張ってるだけで。わしにはただの泥の塊にしか見えなかったんだから」

「だから警察に言ってはっきりさせてみたらどうでしょう」

「なんでわしがわざわざそんなことをしなくちゃならないんだ。こっちは仕事があるんだ。警察なんかで遊んでられやしない。あんたとは違うんだ」

「そんな……可哀想じゃないですか。あれは子供です。あの子はあそこにいるんだ。

ずっとひとりで。殺されて潰されて、そのまんまになってるんですよ。あんた達が笑って暮らしてる、そのすぐ横でペッチャンコになって放っておかれてるんですよ。あんたらはこんな近くにいて何も気づかなかったのか？」

「忙しいんだ」店主はそう言って店のなかに戻ってしまった。

「あんた親切だったじゃないか。ジュースくれただろう。そこをもう一度使ってください よ」

JJは懇願するかのように床屋に向かって叫んだ。

再び、周囲の人間が気味悪げにJJを避け始める流れを作る。

JJはもう一度、塊に近づいた。何か手がかりになるものはないかと泥のあちこちに触れてみた。しかし、何度も踏み固められたそれは柔らかい岩のようで探りを入れられるのを拒否していた。が、繊維と繊維が癒着し、ひとつになってしまっているような生地の端が少しだけ浮いていた。JJはそれを千切ってしまわないように注意深く持ち上げた。シャツの裾に思えた。その折り返しに普通の汚れや染みではないものが認められた。カタカナだった。全体的に薄く、なんとか読み取れたのは後半の三文字のみだった。【ハルカ】と読めた。

と、突然、拡声器の音がした。一台のパトカーがあった。

JJはのろのろと立ち上がった。

「なにをしている」

降り立った若い警官が拡声器で一度、そして、窓ごしに地声で一度、訊ねてきた。

ＪＪは首を振った。

過去において何度も殴られた経験が甦ってきた。濃紺の制服、腰の警棒、全ての厭な思い出の象徴だった。

「此処で子供が死んでいるんです……」それを言うだけで口のなかがからからになった。奴は俺をパトカーに押し込む、そして人気のない町外れまで連れて行くと憂さ晴らしに殴ってから放り出す……。おなじみのパターンを覚悟した。

「ほんとうか？　それは大変だ」警官はＪＪの前に立った。顔に緊張が走っていた。

「被害者はどこだ」

ＪＪは自分の足下を指差した。「ここ」

警官は不審そうにＪＪの指摘した場所に視線を走らせ、次いでＪＪを見た。二度、それはＪＪと塊を行き来した。顔を上げた警官の顔からは緊張が消え、妙な笑みが貼り付いていた。

「舐めてるのか？」警官が通りからこちらを窺っている野次馬たちには聞こえない程度に囁いた。「それとも、こんなことをしてどうなるのかわからないほど酔っぱらっちまってるのか」

　ＪＪは首を振った。

「ちがう。ほんとうです。よく見て！　よく見てくれ！　これは子供だ！　名前もある」そういうとＪＪは蹲り、塊にしがみつくようにした。「ほら！　これが手だ。お腹の線。ぺっちゃんこだが、ちゃんと見てやってくれ。部分じゃなくて全体を見れば浮かび上がってくるはずだ！　ここに名前が書いてある」

　ＪＪは泥の表面を手で叩いた。

　警官はＪＪに近づくと示された生地の表面を見つめた。その顔にはＪＪが期待していたような驚きは浮かばなかった。

「何も見えないね」

「そんな莫迦な！」ＪＪは叫んだ。「ここに書いてあるじゃないか。ハルカ……この子の名前だ!!」

　警官の顔に困惑が広がった。「一体何なんだ？　罰ゲームか？　それとも警官をからかったら缶ビール一本とかいう賭けなのか？」

　警官は物陰からこちらを窺っている仲間がいるのではないかと辺りを見回した。

「ちがう！　ちがう！　ほんとうなんだ！　これは人間の子供だ！」ＪＪは悲鳴のような叫び声をあげた。「胴しか残っていないけれど。ああ……なんであんたらにはわからないんだ」

「わからないのはおまえの脳味噌だ。それが人間の子だとしたら親はどうしてる？　なぜ自分の子供がいなくなったのに黙っているんだ？」

警官の言葉にＪＪは詰まった。

「おまえの言っていることが正しければ、その丸っこいゴミの大きさからして、その子は推定三、四歳ということになる。親はどうした？　どこにいる？」

ＪＪはその若い警官の顔を見つめた。不思議だった。この男には子供が轢き潰されたかもしれないという重大事より、自分の言葉が相手を凹ませているかどうかといった方に関心があるように思えた。

「親なんかどうでも良い」ＪＪは呟いた。「親なんか関係ない。そんなのは後回しだ。いま、やらなくちゃなんないのはこの子をここから引っ剝がして人間らしく扱うこと。そしてここの町の人間がまともじゃないということを証明すること」

「まともじゃないのはおまえの方さ」警官が腰の警棒を抜き取ると手の平でぽんぽんと叩き始めた。目が細くなり間合いを詰めてきた。「公衆の面前で、こいつを使うわけにはいかないが何も奴らだってずっとここにいるわけじゃない」

「待ってくれ。俺は何もしてない」

「あちこちから苦情が入ってる。営業妨害されたという店もあるし、あんたに軀を触られたという女性の通報もある。当たり屋だという者も……」

ＪＪは警官の言葉の意味を理解し、肩を落とした。先程までの威勢の良さは微塵も残っていなかった。「つまり、あんたはいつでも俺をしょっぴいて行けるってことですね」

警官は頷いた。「どうする？　ここで温和しくするか、それともうちで泊まってからセンターへ行くか」

センターという言葉にＪＪは身震いした。ありとあらゆる種類の負け犬と狂人をごった煮にしたスープ。社会復帰矯正援助センター。味のない飯と蚤と虱の巣、戯言と妄言と悲鳴と嘆きの缶詰。ＪＪは四十代の終わりに一度、そこへ収容されたことがあった。半年で出られたのが幸いした。それ以上いたら、狂ってしまっていただろう。そこは生きている限りもう二度とは戻るまいと決意した場所だった。

「どうする？　まだ面倒を続けるつもりか」ＪＪの様子を眺めていた警官が訊ねた。

ＪＪは力なく首を振った。そして頭をがっくりと前に垂らすと、とぼとぼと歩道へと戻り、路地へと消えていった。

警官はたっぷり時間を掛けてその後ろ姿を見送り、ＪＪが決して従順なふりをしているだけではないと確かめてからパトカーに戻り、走り去った。

ＪＪは目抜き通りから十分ほど歩いたところの公園のベンチに座っていた。目の前には滑り台やブランコ、砂場があった。あまりに暑いので木陰にも人気はなかった。

とっくに昼を過ぎているはずだった。JJは自分が朝から何も食べていないのに気づいた。ベンチから立ち上がると遊具の端にある水飲みで、たらふく水を飲んだ。顔も洗い、頭も濯いだ。びちょびちょに濡れたまま木陰にあるベンチに倒れ込むようにして座ると首筋を撫でる微かな風が心地よかった。

JJは諦めてしまうことにした。所詮、自分はいままで何度もそうした為すべきことから逃げ、避け、忘れてきた。なぜ、今日に限ってあれほど執着しなければならないのか自分で自分がわからなかった。JJは溜息をつくと顔を覆った。町を出よう、どこへ行こうと変わりないが少なくともここよりはマシだ……JJは目を閉じた。そしていつの間にかうつらうつらと寝入ってしまった。

気がつくと周囲はすっかり暗くなっていた。この辺りは日が暮れると頭のおかしな餓鬼が湧く。JJのような経済的漂流者に火をつけたり、撲殺してどぶに投げ込んだりして憂さ晴らしをする連中だ。彼は立ち上がると伸びをした。そうしている間にも頭のなかには泥のことが甦ってきた。ふと目をやると街灯の脇、低い灌木の下に何かが転がっているのが見えた。

拾い物で生活する習慣のあるJJならではの目配りだった。コップよりも少し大きめの白い物体。JJは好奇心から灌木に近づくとしゃがみ込み、手を伸ばした。指先が平たいストラップに触れた。そして人差し指と中指に引っ掛け静かに引きずり出すと乾いた音をたてて、それは手元に現れた。水筒だった。外側にはアニメのキャラクターがプリントしてある。女の子用のピンクの蓋（ふた）の付いた水筒。中身は空っぽ。随分、長いこと捨てられていたのかすっかり泥だらけになっている。明かりの下で確かめるとプリントに手書きの文字があった。【ホ◎ジョ△ハル◆】。最後の文字は【カ】のようだった。JJはぐらりと風景が回るような気がして、たたらを踏んだ。弾みでポケットから五百円玉が落ちた。暗がりへ逃げようと転がるそれを慌てて捕まえるとJJは暫（しばら）く街灯の下で立ち尽くした。

パブは開いていた。店主は相変わらず無愛想にJJをちらりと一瞥（いちべつ）したが昨日同様、ごった返す客の応対に忙しく、ビールを置き、五百円玉を持ち去ると後は無視を決め込んでいた。JJにはありがたかった。水筒はスツールに腰掛けた股（また）の間に置いてあった。やはりハルカは捨てられたのだと思った。親は何か事情があって彼女をあの公園に置き去りにした。遊びに夢中になっていたハルカは親が消えたことに気づかず、暫くして捜しに出たに違いない。そして深夜、大型バスかトラックとの事故に遭った……。

可哀想に、まともな家の娘ではなかったのだろう。たぶん、ここまで彼女を連れてきたのは母親だ。夫の暴力から逃げたのではない。たぶん自分で逃げ出したのだ。別の男と。そしてこの町でいよいよハルカを捨てる決心をし、せめてもの親心として水筒に水を入れ、喉が渇いたら飲めるようにしておいたのだろう。誰か親切な人がハルカの養い親になるか、児童福祉施設に運ぶかしてくれることを期待して。

　しかし、ハルカはそのどちらでもなかったのだ。

　一台目に轢き逃げられれば、続く二台三台は人だとも思わなかったろう。その後、手足も首もばらばらにされ次から次へとやってくる車輪にくっついたまま西へ東へと分断されてゆき、最後にはあの泥の塊のような、馬の糞のような堆積だけが残された。それを知らぬ母親はいまでもぬくぬくしたベッドに横たわり、時折、どこかで暮らしている我が子を思い、子を手離さざるを得なかった我が身の不幸をぬくぬくと抱きしめ涙しているのだ。

「ねえ、あんた。ここの目抜き通りで人が撥ねられても知らん顔なんてことはあるのかね」

　ＪＪはカウンターに並んでいた同い年に見える男に訊ねた。男は「そんな莫迦なことあるわけがねえ」と言下に否定した後、ちょっと周囲を見回してから頷いた。「けどな、大きい声じゃ言えねえが、ここらに住んでる奴らはみな自分のことだけしか考えねえ。車のなかで人が死んでいても放っておくし、赤ん坊が窓から身を乗り出していても平気で商売を続けるような奴らばかりさ。去年もそんな話を聞いたよ。ひとり暮らしの婆さんが料理の最中、服に火がついたんだが、通りに助けを求めに出てきても誰も助けに来なかったって話だ。火だるまで暫くあっちにぶつかりこっちにぶつかりして自然に消えるまで燃え続けたもんだから骨まで真っ黒だった……」

「なんてこった。どうしてそんな……」

するとと男は目を細め、さらに小さな声で囁いた。

「銭にならねえからだ」

JJはそれっきり黙りこくってしまった。

ハルカは自分が去った後も、地べたにへばりついているだろう。そして俺は地面に何かを見つける度にハルカのことを思い出し、何もせずにおいた自分のことも思い出す……。

三十分後、JJはジョッキを摑むと、半分以上残っていたビールを一気に喉の奥へと流し込んだ。

店主が隅で拍手をしたが、JJの耳には届かなかった。

思った以上に骨の折れる仕事だった。

JJはいま、道路の上にいた。しゃがみ込み、ハルカを剝がそうとしていた。

アスファルトとハルカの間に爪をこじ入れ、千切ってしまわないようにゆっくり剝いでいくのは想像以上に骨が折れた。車は街灯の切れ目になった場所に突然、道路にしゃがみ込んでいる人影を見つけ、急ブレーキを踏み、クラクションを鳴らし、窓から怒鳴りつけた。すんでの事でＪＪも撥ね飛ばされそうな瞬間もあった。しかし、ＪＪはそうしたことが一切、目にはいらぬのか、一心不乱にハルカを剝がし続けた。

そしてようやく剝がし終えるとＪＪは自分のシャツにハルカを包んだ。

ハルカのいた路面は脂染みで黒く変色していた。

微かな腐臭が鼻を突いた。

ＪＪはハルカを両手で抱えると町外れの墓地へと向かった。せめて自分の手で埋葬してやろうと決意していた。

小さな霊園に近づくと、いつもと違って涼やかな風が出てきた。

細く寂しい道を死骸を包んだシャツを胸に歩いていると遠くで家族団欒の笑い声が聞こえてきた。ＪＪはひたひたと自分の足音を聞きながら進んだ。普段なら避けているはずの道だった。

ぼすっと音がし、息が苦しくなったので驚いた。背中がじんじん疼いた。見ると足下に野球の硬球が転がっていく。指笛、口笛の類が両脇の鬱蒼とした林の間からし、ＪＪは身を硬くした。

「こいつプーの爺だぜ」木々の暗がりから声がした。「大事そうに持ってるのは何だい？」「それを置いていけば逃がしてやんよ～」それぞれが別々の口で話された。幼さが残っているにも拘わらず人間性の欠片も感じさせないゾッとするような奇妙なトーンをそれらは含んでいた。

「じじい……」

それらは姿を全く現さなかった。

ＪＪは駆け出した。

一斉に歓声があがり、足音が迫ってきた。

・ニュース

昨日、○○霊園の奥で絞殺死体が発見された。遺体は首にロープが巻かれ、両脇から綱引きの要領で引き絞られた為、頸部はほぼ切断寸前になっていた。周辺には当人の物と思われるシャツと損傷甚だしい別の人体の一部が発見され、捜査本部では鑑定を急いでいる。

雛

服部まゆみ

1

淋しいから四囲の段に点在させておいたお雛様だったが、元どおり並べるとやはり綺麗だ。

金の屏風に内裏様、三人官女に五人囃子、右大臣に左大臣、そして仕丁。衣装は少し褪せてしまい、真っ白だった顔も飴色になってはいるが、かえって風格がある。それに、毎日手入れをしていた蒔絵のお道具など昨日誂えたように綺麗だ。貝桶の蛤だって、源氏箱の本だって、一つも欠けてはいない。箪笥や茶棚、鏡台、書見台、文台、長持に乗った挟み箱、針箱や御殿火鉢、女乗物と牛車、膳の上の小指の先ほどの椀だけは子供の時、落として罅を入れてしまったが、『五彩堂』はこんなところにまで気が付かないだろう。

毎度雛を奪っていくがさつな男。

年毎に増えていた私の雛が、今は年毎に減っていく。とうとう最後の雛になってしまった。だが今日、電気代を払わなければ、電気も止められてしまう。貴方(あなた)たちがいなくなったら、灯が消えたように淋しくなるけれど、このがらんどうの部屋で暖房まで止まってしまったらやりきれない。いえ、淋しくなんかない。彼がいる限り淋しくなんかない。だが、まだ二月、あと二ヵ月は寒い日が続く。それに明日は私の誕生日。電気代を払って……なにか美味(おい)しいものでも買ってこよう。彼もなにか欲しがればよいのに。

一時を過ぎたのに五彩堂は来ない。私を焦(じ)らせてまけさせるつもりだろう。五十万……びた一文まけはしない。これで数年過ごせるはず。いや、明日にも父が帰るかもしれない。父さえ帰れば新しい雛だって、着物だって、母屋だって、取り返してくれる。

姉が笑っている。身動きもできないくせに。もう雛壇に残るのは貴女だけ。真先に売り払おうとした貴女が最後まで残るなんて……皮肉なものだ。

小さいころは姉の雛が嫌いだった。

〝厄除け〟とか〝形代(かたしろ)〟とかいって、父は姉の髪を幸介(こうすけ)に渡した。

幸介は家の使用人の子だ。皆が〝変人〟と呼んでいた。私が生まれる以前から人形が好きで、とうとう人形師になると言いだし、父が助けてやったのだそうだ。

初めて人形師として独立する時にも父がお金を出したそうな。その代わり最初の注文として姉の雛を頼んだ。姉が六歳、私が四歳の時だ。

半年も経って、もう二、三日で雛祭りという時になって、幸介はようやく雛を持ってきた。立ち姿、直衣の男雛と十二単の女雛……私の背とさして変わらぬ大きさで髪は姉の髪だと父が言った。今にも歩きだしそうだった。そして幸介はこれから〝畸揚〟という名になるとも聞いた。〝変人〟〝幸介〟と、二つの名を持っているだけでも変なのに、と私は思ったものだ。それに持ってきた雛だって、大きさこそあったけれど、私の雛のように綺麗な金襴や錦の着物ではなく、つまらない。

私の誕生日は雛祭りの少し前だ。

翌年、私は私の雛をせがんだ。生まれた時、祖父から贈られたという五段の立派な雛があったが、友達の家で、七段のもっと綺麗な雛を見たからだ。幸介の作った変な雛などではなく、七段の綺麗なのが欲しいと言った。

父は私の願いは大概聞いてくれる。年毎に私は新しい、より美しい雛をせがみ、雛祭りになると私の部屋は金や錦で目眩むようだった。初めて招いた子のびっくりした顔、羨ましげな目……使用人たちが運んで来るお赤飯やあられ、萬年堂の色とりどりの菓子、白酒には桃の花びらを浮かせた。そして私はお雛さまよりもっと綺麗な着物を着て……なんて素敵な日だったろう。

　そして水を差すのはいつも姉だ。

姉の部屋には幸介の作った雛だけ。お雛祭りにお客様も呼ばなかった。お祭りだというのに、雛と同様の地味な恰好（かっこう）で「皆、貧しいのよ」などとつまらぬことを言った。あの頃、貧しい人が多かったのは私だって知っていた。外に出れば汚い恰好の人や、見すぼらしい家が一杯あったからだ。でも私の問いに父は「皆、怠け者なのだよ」って言った。怠けて貧しいなら仕方がないじゃないかと思った。

二時……『五彩堂』はまだ来ない。

ああ、今の私の恰好……あの頃の貧乏人のようだ。でも、父さえ帰ってきたら。

私は働くことなど教わらなかった。父は「お前が働くことなど一生ない」と、いつも言っていた。帰ってきたら同じことを言うだろう。

　雛壇の上から姉が笑っている。今では私だって、私のお雛さまより貴女の方が素敵だということくらい判る。幸介の、いえ畸揚の技が凄（すご）かったということも判る。子供だった私はただきらびやかな雛に憧（あこが）れただけだったが、大して年も違わなかった貴女は、最初から〝本物の美〟を知っていた。そして私を笑っていたのだ。そう、いつも今のように取り澄まして笑っていた。でもね、いくら立派でも片割れでは誰も引き取ってはくれない。いえ、いえ、いえ、片割れなんかじゃない。貴女は独りよ。ずっと独りよ。

来た！　五彩堂だ。

2

追儺も過ぎ、立春も過ぎたというのに、春とは名ばかりの、凍てついた日であった。九段一口坂で画商を営む坂井修造が「雪でも降るかな」とつぶやいて、暖房の目盛りを上げたのが小一時間ほど前、表に面した吹き寄せ格子の硝子は白く曇って、外も見えなくなっていた。

加湿器の調子が二、三日前から悪く、シュウシュウと耳障りな音とともに、必要以上の蒸気を店内に放射していたが、いつも隙間風でうそ寒い戦前からの母屋に比べ、新しいとは言えなくとも店は温かで潤いもあり、南国にでもいるような心地よさである。

「なんといっても我が家が一番」

そうつぶやくと、修造はにったりと笑ってこの休暇のために用意しておいた本を手にした。むろん店は開けている。休暇というのは今朝方、妻と娘がそろって二泊三日の金沢旅行に出たからで、修造は今日から三日間、勝手気ままに一人で過ごすからである。娘はともかく、妻が三日も家を空けるのは二十数年の結婚生活で初めてのことだ。まるで独身に返ったような心躍る三日というわけだ。

それに昼前、玉堂狂いの埼玉の顧客に先週オークションで手に入れた軸を渡して、ほっとすると同時に懐も温かくなり、これも修造を心身共に寛がせていた。

「こんな日は客ももうないだろう」

飛び込みの振りの客が絵を買うことは稀である。大半は古くからの顧客や、その紹介で、欲しいものも最初から決まっていることが多い。玉堂を売って、今日の商いは充分ともいえる。

いそいそと茶を煎れ、ゆったりと椅子に坐り「さて」と本の頁を開いた時、がらがらと格子戸の開く音がした。

冷気と共に、ぼんやりと目を上げた修造が眼鏡越しに見たのは、いつの間にか降りだした雪だった。人のいるべき所に見えるのは雪と、見慣れた向かいのビルの壁である。視界の隅に入った影を追い、視線を落として、初めて格子戸の引き戸の辺りにある、しわくちゃの老婆の顔と行き合った。

ぎょっとして思わず身を強張らせたのは、見た瞬間、猿かなにかのように思えたからである。だが、よくよく見れば、猿と思えたのは、お辞儀をしたように湾曲した腰と背の上に乗った白髪の老女の顔であった。

老女の方では臆する風もなく、目の合った修造をじっと見つめたまま、開けたとき同様、勢いよく格子戸を閉めると、つかつかと修造のいる卓に歩み寄ってきた。右手にはなにやら大きな風呂敷包みを乗せたカートを引きずっている。

呆気に取られた修造の前で、彼女はおもむろにカートの締め具を外すと、彼女の胸の高さにある黒漆に螺鈿を鏤めた卓——茶碗すら気をつけて置く卓の上に、その大きな風呂敷包みをどんと置いた。修造の胸が縮み上がる。

老婆は置くと同時に「引き取ってください」と切り口上で言った。

目は相変わらず修造を凝視したままだ。

時代物のドラマにでも出てきそうな、唐草を白く染め抜いた緑の大判の風呂敷包みから、箱だろうか、組紐で縛った銀鼠の袋が覗いている。幅、奥行き共に三十センチ、高さは六、七十もあるだろうか。風呂敷も袋も、そして老婆は勿論のこと、その身に纏った衣服も、随分と古ぼけていた。

「これって、貴女……」と、修造は未だ呆気に取られたまま、本を置いたが、老婆の方ではお構いなしに、修造の向かいの漆の椅子に這い上がるとそのまま膝を立て、はや、風呂敷を解き、袋の紐をも解きはじめている。

茶道具だろうかと修造は想(おも)った。大きさからして、どう見ても絵とも軸とも思われない。

「ここは画商ですが」と言ったのと、老婆が紐を解き、現れた桐箱の蓋(ふた)を開けたのは同時だった。そして、玉手箱から紅梅の香りが立ち上がった。

　立ち姿、十二単(じゅうにひとえ)の艶(あで)やかな人形だった。

　箱一杯、つまり六十センチほどの背丈である。が、人形と片付けるには息を呑(の)むほど美しく、また優雅な女人であった。思わず知らず、顔を寄せた修造の鼻を、花の香ならぬ樟脳(しょうのう)の強い臭いが打ったが、そんなことより、思いがけず卓上に現れた高貴な女人に修造の目は引き寄せられ、魂も奪われていた。

　古い物らしく、左右に大きく張ったおすべらかしの髪は幾分乱れ、着物も色褪(あ)せてはいたが、隅々まで実に良くできた人形である。まず顔が良かった。生え際を隠すためか、髪が少し膨らみすぎているようにも思えたが、その豊かな髪に埋もれるように覗いた顔はそれでもゆうに白桃ほどの大きさである。観音菩薩(ぼさつ)のような高雅な面持ちで、切れ長の伏目がちの目は聡明(そうめい)でかつ優しく慈愛に溢(あふ)れ、すっと延びた可愛(かわい)い鼻といい、僅(わず)かに両端の上がった小さな唇といい、これ以上はないほどの絶妙なバランスを保って、品良くふっくらとした顔に納まっている。手を合わせたくなるような気品高い、しかも優しい、柔らかい顔であった。

「いいですか？」と言いながら、その実、了承も確かめず、修造は箱から人形を取り出していた。厨子から歩みでた菩薩のように、明るい明かりの中でその顔は一層輝きを増した。

作られた当時は恐らく真っ白であったろう胡粉の肌は、時に洗われ、幾分黄味を帯びていたが、面全体、陶器のような滑らかな、そしてつやつやとした胡粉特有の暖かな光沢を持ち、硝子であろうか、その眸は照明の光を受けてなお活き活きと透明な眼差しを修造に投げた。小さな冠は金に貴石を埋めた精巧な作りで、十二単の衣装も褪せてはいるが、紅梅の、それも地文の上に別糸で上文を織り出した二陪織物と呼ばれる生地はなおかつ人形用に柄や紋も小さく織った贅を尽くした作りで、これも見事な檜扇を持つ繊細な手といい、すっと優美な立ち姿の緋色の袴に、幾重にも重なった色とりどりの五衣、表着、唐衣、裳と、唸るような出来である。

「五万円」と、頭上に降りかかった居丈高な声に、うっとりと見惚れていた修造は水を浴びせられたように我に返り、目を上げた。天上の天女から一足飛びに地獄の餓鬼に出会ったようだった。皺に埋もれた小さな眸が修造の目をとらえ、再び「五万円で結構」と声がかかる。

夢から醒めたような面持ちで、修造は「家は画商——つまり、絵を商っておりますが」と告げた。

傲慢にひたと据えられた眸が一瞬揺らぎ、次の瞬間、それが忙しく店内を見回している。

「まあ店構えも古臭いし、店名も『幽玄堂』、古美術商とでも思われたのかもしれませんが、ご覧のとおり、絵しか扱ってはおりません」

ただでさえ小さな老婆は、空気の抜けたゴム人形のように縮こまると、ぎくしゃくと椅子を下りて「ウィンドに古そうな掛け軸やら壺なんかあったもので」と、修造から顔を逸らしたまま、ぼそぼそと言い訳を始めた。

「掛け軸は売り物で壺は単に飾りですがね」と、修造は憮然と答えたが、椅子から下りた老婆の頭の高さは卓と殆どかわりなく、態度こそいやに威張ってはいるが、奇異に思えるほど曲がった腰や、粗末な身なりに声は和らいだ。「なんで家に？」

「先週、靖国神社に来て、お宅が目に入ったんですよ」

「古美術商の知り合いもおりますからご紹介しましょうか？」

「これを持ってまた歩くなんて真っ平……四万……いえ、三万円で結構です」

老婆の眸はまたもや修造にひたと向けられた。愛らしいとはとても言いかねる、きつく依怙地な眸、そして声だったが、切迫した声音は縋るようにも聞こえた。

修造は目を逸らした。曇った硝子の向こうには夕闇が下り、本格的になった雪が後から後から舞い落ちていた。

人形に目を移す。売り買いの対象になっているのも我関せずと、その周りだけがいとも長閑で雅びやかな空気に包まれていた。この店を建てるとき、死んだ父が泣く泣く手放した上村松園の絵を思い出した。

「ゆっくり売れば、あの三倍の値がついた」と、父は後々まで漏らしていたが、修造にとってはただ観られなくなることだけが悲しいと思った絵だ。艶やかな十二単の女人……観ているだけで現世の煩雑さなど忘れさせてくれる力を持っていた。だが絵を売るのが商売なのだ。気に入ったからといって、一々残していたのでは商いにならない。手元に置き、思う存分観るには客にならねばならないと、割り切ってきた。それが今、おもいもかけず、絵から抜け出して、修造の元へと単身、帰ってきたかのように思えた。

「いいでしょう。引き取らせていただきます」

老婆の顔は見たくなかったので、素っ気なく引出しから台帳を取り出し、頁を開くと差し出した。「一応、ここに住所と名前を書いてください」——時々は素人が所蔵している絵を売りに来る。その為に用意したものだ。そして卓と揃いに誂えた背後にあるキャビネットに向かい、手提げ金庫を取り出した。人形に興味を持ったこともなく、このような古人形がどれほどの価値かもよくは知らなかったが、昼頃売れた玉堂での、かなりの収益が気を大きくしていた。

絵から抜け出した美女が修造の元へ帰って来たようにも思え、また娘の身代わりにでもなりに来たかのようにも思えた。娘は来月、さっさと嫁いでいく——いや、ともかくにも修造はこの人形を一目で気に入ってしまったのだ。

金を取り出し、振り返ると、老婆の方では猜疑深そうに修造の手元を凝視していた。五万円の札をわざと扇形に卓に置くと、一瞬、その目が大きく見開かれ、修造を見たが、何も言わずに奪うように札を取り、巾着袋に押し込む。そのまますたすたと格子戸に向かい、戸を開けると「今日は私の誕生日でね」と振り返り言った。笑ったのか、しわくちゃの顔が絞られた縮緬の風呂敷のようになる。「紀元節の生まれなんですよ、私は」と誇らしげに続けると、後を追った修造の鼻先でぴしゃっと戸を閉めた。「建国以前に生まれてたんじゃないか」——思わず言うと、修造は吹き込んで衣服に付いた雪を払った。

と、ぶつかるように勢いよく入ってきたのは、馴染みの表具屋『真源房』の親父である。

「おっと、なんでぇ、こんなとこにぼやっと……ありゃ？　ありゃなんでぇ」

　修造が顔を上げた時には、もう親父は人形の前に立っていた。

「こりゃ立派な女雛だねぇ」と感嘆の声を上げる。

「女雛？　お雛様なのか？」

修造が近寄ると「なに寝ぼけてやんでぇ。ここに雛って書いてあるじゃねぇか」と得意気に箱の蓋を差し出した。

老婆が箱の蓋を開けた時には、そこに大きな朱色の抱河骨の紋が目に入ったのは覚えていたが、紋の下の文字までは読まなかった。いや、読み取る以前に、人形に目を奪われていたというほうが正しい。

なるほど、桐地に鮮やかな墨で〝立姿有職雛〟とある。

言われてみれば確かに女雛の装束である。ふつう立ち雛といえば袖を合わせたこけし型の女雛しか知らなかったので、このようにリアルな姿形に雛とは思いもよらなかったのだ。考えてみれば単品の人形でこんなのは見た覚えがなかった。一字開けて〝佐山崎揚〟と有るのは作者の名か。だが……雛とある以上、対で在るべきではないか？　男雛は？　と思った矢先、親父の方で「男雛は？」と、聞いてきた。

修造は外へ飛び出した。既に路地には老婆の姿はなく、雪だけが舞っていた。靖国通りに出て左右を見回したが、あの小さな人影は見当たらない。老婆が店を出てからまだほんの一、二分である。つい先の角を曲がりでもしなければ、この広い通りから姿が失せるとは思えない。傘も忘れたまま、修造はその先の路地を、そして靖国通りの裏通りを覗いたり、踵を返して市ケ谷の有楽町線の地下鉄の階段まで下りてみたが、無駄だった。

降りかかった雪を払いながら店に戻ると、真源房の親父が目を丸くして「どうしたんでぇ?」と聞く。

「いや、べつに」と応えてから、ウエストの辺りに掌を広げながら修造は聞いた。

「これくらいの背の……腰の曲がった婆さんと擦れ違ったはずだが……」と言い「いや、まぁいいよ」と腰を下ろす。あれだけ駆け回って見つからなければ、今更聞いたところで始まらない。それに〝べつに〟などと虚勢を張ったのは、本来――対の物の片割れを、それとは知らずに買わされてしまったという商人としての憤りもあった。右脳では美に溺れながらも、左脳では冷然と価値判断を下しているのが画商、即ち商人である。絵ではなく、従って売り物になるわけでもないが、今まで培ってきた画商としての目で〝一級品〟の折り紙をつけた美術品が〝対〟の片割れ、つまり価値を半減させたというのが悔しかった。表具屋としては一級と見なしている、やはり美には目利きの真源房に、己の迂闊さを露したくはない。

さいわい、真源房のほうでは先程の修造同様、人形に見とれ、しきりに感心していた。

「いや、たいしたもんだ。びかびか金襴やなんか使ってないのもいいし、なんといってもこの顔がいい。やっぱり昔のもんは出来がちがうねぇ」と顔を上げ、「さっちゃんのかい?」と娘の名を出した。

「いや、べつに」と修造はかわし「江戸か明治の物だろうか？」と言った。

「なに言ってんでぇ。佐山崎揚作ってあるじゃあねぇか。古いったって、まぁ戦前だあね」

「佐山崎揚って？」

「ほれ、崎栄の先生だよ」と真源房は得意気に言った。「先生というより、奴さん神様みたいに崇めてらぁ」

「ほお……」対の片割れで年代物でもないというので幾分がっかりしていた修造の気持ちがまた持ち直してきた。〝崎栄〟というのは、以前真源房が表装の――それも人形に合わせたミニアチュールの軸やら絵やららしいが――その技法を教えてやり、以来付き合っている人形師だが、修造も一度会ったことがある。

『日本伝統工芸会』とかの展覧会にも常時出品、著作も多く、テレヴィにも何度か出たと、へんにふんぞり返った男だった。あの男が神様と崇めるならそれこそ大した作家なのだろう。人形自体に魅せられて購入した物ではあるが、立派な作家の作となれば、なお気持ちもよい。

「この大きさでまさか七段飾りなんてこたぁねぇだろうな」

「あ、ああ。内裏雛だけだ」と、知りもしないで修造は応えた。立ち雛でこの大きさ――二、三歳の幼児ほどの背丈である。しかも人形は繧繝錦――赤や黄や緑が縞になった、よくある雛台にも乗っていない。直観的に内裏だけだと思ったからだ。

「ふーん、たいしたもんだ」と真源房はまた繰り返した。「五十万……いや百万は下らねぇだろうなぁ」

修造の心臓は飛び上がったが「人形だよ、たかが」と言ってみる。

「いや、畸栄の新作でもっと小さいのだって四、五十万の値がついてる」と親父は人形を凝視したままつぶやいた。「これだったら百万は下らねぇ」

「そんなもんかねぇ」と修造も改めて人形に見入る。

人間と違って、女雛は下世話な話にも顔を曇らせることもなく、超然と立っていた。神々しいような美しさである。

ヴィィンと水のなくなった加湿器が悲鳴を上げた。

調節機能が壊れ、過剰の蒸気を吐き出している分、水もすぐなくなる。もう止めてもよいのだが、修造は機械的に空になったタンクを持ち上げた。

「そうだ」と親父が言う。「傘を借りに寄ったんだった。はは、あんまり綺麗なお雛様ですっかり忘れちまった」

「ああ、傘か」と修造も外を見た。向かいのビルの灯も消え、すっかり暗くなった路地に、今や本格的になった雪が花吹雪のようだ。

「こりゃ積もるね」と、タンクを置き、母屋の玄関に傘を取りに行った。

もどると「二人とも、今日から旅行だろう?」と親父。——金沢行きは妻が一月も前から誰彼問わず吹聴していた。「どうだい、今夜あたり一手」と、ぴしっと卓に人差し指をつく。囲碁のことである。

傘ではなく、これで来たのかと思いつつ、修造は「いや、今夜は止めとくよ」と言った。貴重な休暇だ。独りでのんびりしたかった。

「そうか」と親父。「じゃ、気が向いたら明日でも」と傘を受け取った。からっとしているのが真源房の良いところだ。「じゃ、ありがとよ」と、もう格子戸の外である。

独りになって、修造はまた女雛に目をやった。〝天女〟という言葉が浮かぶ。次いで〝百万は下らねぇ〟という真源房の声が蘇った。凄い掘り出し物に当たったという満足感が沸き起こる。思わず笑みが零れたが、次の瞬間、卓の上で開いたままの台帳に走り寄った。女雛である以上、男雛がなくては……ちゃんと内裏雛でなくては価値がないと思ったからだ。いやに威張ってはいたが、明らかに金に困って売りにきたとしか思えぬ老婆……言えば男雛も簡単に手放すと思えた老婆の住所……だがそこには〝河野富美子〟という名前しかなかった。

住所も電話番号も記してはいない。名前の欄からもはみ出して、乱暴な字で河野富美子とあるだけだ。

舌打ちしながら、修造は電話帳を捲ってみたが、記載されてはいなかった。しかたなく加湿器のタンクに水を満たし、改めて茶を煎れると椅子に落ちついた。〝まったく、まったく〟と心の裡で繰り返しながら、対策を練る。こんな日に、あんな大きな物をカートに積んで運んできたということは、徒歩で来た可能性が強い。そう住まいは離れていないだろうと思う。それにこれだけの人形だ。店で購入というより、特注品ではと思う。作者に……弟子の畸栄に問い合わせれば畸揚の連絡先も判る、そして畸揚に問い合わせれば発注人も判るだろう。

これくらいしか想い浮かばなかった。眼前にすっと立った人形に目を向ける。打算的に〝対にしなければ〟と思った自分が恥ずかしくなった。〝女神だ〟と想う。そう、もともとが思いがけず飛び込んで来た女神なのだ。これだけで良いではないかと思いなおし、本を手にした。

ラフカディオ・ハーン――小泉八雲の『日本の面影』だ。青年時代に読み、ハーンを好きになった、言わば修造にとってのハーン入門の書だが、先月書店で復刻版を目にするまで忘れていた。この〝休暇〟にゆっくり再読しようと楽しみに取っておいたものである。

しばらくはハーンの文に浸りきった。

優しく繊細、それでいて華麗な文、文を読むだけで喜悦を味わわせてくれる作家はそういない。そして常にあたたかいハーンの眼差し。感銘を受けた青年時代の瑞々しい心まで取りもどしたかのように、修造はハーンの文に心地よく酔いしれた……『人形の墓』という短篇を読み終えたのは何時だったか？　四十も半ばの頬に思わず涙を流し、修造はホゥと溜め息をついた。それと同時に、感銘や感傷とは別に腹の虫が泣き、尻も痛くなってきたように思う。出前でも頼もうかと腰を浮かせ、人形に目をやった。

「うわー」と叫んだのは誰だったか？

気がつくと、修造はシュウシュウと水煙を上げる加湿器の傍らに尻餅をついていた。

人形の顔が一変していた。

恐ろしい鬼女の面……いや、面などという生易しいものではない。シュウシュウと上がる水蒸気の向こう、つり上がった眼はひたと修造を見据え、引き裂かれた口からは真っ赤な舌がめらめらと燃えている。人形の辺り一面に妖気が漂い、怨念が渦巻き、呪詛が波のように修造に押し寄せてきた。

どうやって店を出たのかも覚えてはいない。気がつくと、靖国通りを走っていた。

降りしきる雪の中、車のテールランプの明かりが次々と修造に威嚇射撃をし、そして通り過ぎていく。後は雪の中に点々と瞬く街灯のみ、大雪の中で人影はなかった。

靖国通りを転がるように下り、俎橋を越えて真源房の家に飛び込み、親父の顔を見ると、ようやく修造は人心地を取りもどした。

戸を開ければすぐに仕事場の真源房の住まいである。刷毛を手にした親父は呆れたように「どうしたんでぇ」と言った。

人声と共に修造も理性を……というより見栄を取り戻していた。「い、いや。相手しようかと思ってね」と、三和土の柱を指でぴしゃと叩いた。

親父はまだ呆れたように修造を見たままだ。

荒い息を必死で抑えながら、凍ったような顔を笑顔にし、修造は笑ってみせた。「碁盤が目先にちらついたら矢も楯もたまらなくなってね。はは……」びっしょりと濡れた頭をなでつけながら、酷い恰好だろうなと笑顔が強張り、顔が歪んでくるのが判る。〝言ってしまおう〟と思った矢先、親父の声。

「まぁ、上がりねぇ」と、傍らにあった手拭いを放った。「人に傘を貸しておいて、自分がささないで来る馬鹿がいるかい」と、手早く仕事中の紙を巻き上げる。相好を崩していた。

「はは……そうだな」と言って、仕事で使っていたらしい、糊でごわごわになった手拭いで衣服の雪を払い始めた時には〝受け入れられた〟という安堵感と共にしっかりと理性ももどってきていた。と、同時に〝あれは本当に起こったことか？〟という想い……続いてあの顔が……世にも恐ろしい顔が浮かび上がり、ぶるると身震いをする。夢、幻の類ではない。酒も飲んではいなかった。確かに見たと思いつつ、理性では否定していた。また、続いて〃戸は閉めてきただろうか？〃という現実的な思い……どうやって出てきたのかまるで記憶になかった。

衣服からの雫で小さな水溜まりを作り始めた三和土を悄然と見ながら、容赦なく雪が吹き込んでいる店内の光景が脳裏を過る。

「いったいどうした？」という親父の声で顔を上げると、いつの間にか奥から出てきた親父の細君と、息子までそろってこっちを見ていた。

「いや」と、応え「戸締りしてきたかどうか忘れちまって」と苦笑し、ズボンのポケットから鍵を取り出した。だが、戻る気など毛頭なかった。

「とんちきが」と親父。「おぅ、新吉」と息子に目をやる。「一っ走り行って見てきてやんな」

声と同時に三和土に飛び下り、にこにこと修造に掌を広げた青年——親父の跡継ぎの……洟垂れ小僧としか思っていなかった二十歳の青年……が、これほど頼もしく思えたこともなかった。

「悪いね、新ちゃん。電気も点けっぱなしだった気がする」

「ちゃんと点検してきますよ」と、息子は鍵を受け取るや飛び出して行った。

ボーンと鳴りだした振り子時計の音に目をやると九時である。修造と違い、早寝早起きの真源房の家ではそろそろ就寝時間のはずだ。ただ笑顔の細君に「すみません」

とぼそっとつぶやくと、修造はほっとして部屋に上がった。

　それから半時、気が気ではなかった。束の間ほっとしたものの、なにも言わずに行かせてしまったと、まともに親父の顔も見られない。第一このまま新坊が帰らないなんてことになったらどうしたらよいのだと、あれやこれや。碁盤に向かいながらも、帰宅した息子の声を聞くまで、修造は上の空だった。

「店の戸は閉まってたけど」と息子は快活に話した。「鍵はかかっていませんでした。あと母屋のほうの玄関はちゃんと閉まっていたし、窓の戸締りもちゃんとしてたから、店のほうの暖房を消して……あと加湿器が水切れで凄い音を立ててたけどね……コンセントを抜いて、電気を消して、店の戸を閉めてきました」

「ありがとう」と鍵を受け取った修造はおそるおそる聞いてみた。「人形を……店のテーブルに乗っていた人形は見たかい？」

「ああ、綺麗な人形ですね」と屈託のない返事が返ってきた。

「じゃ……」と、明るい笑顔のまま、息子が座敷から出た後である。

　修造の打った石に「そこは駄目押しだよ」と言った真源房だが、目が合うと「いったいなにがあったんだい？」と聞いてきた。

「いや、べつに」と、いつもの見栄で言いながらも、後の言葉に詰まった。碁盤は酷い様相を呈していた。

「あの女雛が鼠にでも喰われちまったのかい？」

はっとして親父を見ると、目は碁盤に向けたまま、平穏な顔をしている。

「顔が変わった」と、修造は今度こそ素直に言った。「天女だった顔が夜叉になっちまった……と、見えた。見間違いだったんだろうか？」

パチッと石を置いた親父は「新吉は綺麗な人形と言ったぜ」と、つぶやいた。その後、どんな冷やかしか毒舌が降るかと構えたが、ふぁーと欠伸をしただけだった。

「俺ぁ、もう眠いよ。続きは明日にしようや。新吉が戸締りしたことだし、あんたも泊まっていけよ」

翌朝、というよりは昼近くになって、修造はようやく親父に起こされて起床した。

「平日だぜ。店を閉めとく訳にもいくめぇ？」

「ああ」と言ったきり、修造の体は動かない。帰らなければならぬのは判っている。自分の家だ。

親父はがらがらと勢いよく窓を開けるとさっさと部屋から出ていった。昨日とはうって変わった眩しいほどの青空が見えたと同時にすーっと寒気も入り、いやでも目が醒めた。ぐずぐずと布団をたたんでいると、盆に朝食か昼食かを乗せた細君が入って来た。

「あらあらお寒いでしょうに」と、盆を置き、窓を閉めると、手早く出したちゃぶ台の上に食事を並べた。「一晩で二十センチも積もりましたよ。ひさしぶりですね、こんな大雪」

生返事のまま食卓に向かう。

一晩経ち、昼の光の中で思い出しても、あの顔が見間違いとは思えなかった。どうしたものかと考えつつ食事をし、食後の茶を飲んでいると、また親父。

「やぁ、済んだかい？　借りた傘を返しがてら送ってくぜ。表装に出すのがあるって言ってただろう？」

「ああ、ある、ある！」

そう言いながら、修造にはそれが思い出せなかった。

からっと晴れた靖国通りは商店の人たちが早々と雪掻きをしたようで綺麗だったが、もどってみると店の格子戸の前は当然のことながら積もったままである。だが、母屋の玄関のほうへ入る路地は、隣が雪掻きをしてくれたらしく、整っていた。

「雪掻きしなきゃな」と、つぶやいたまま、修造はついぞ使わぬ母屋の玄関の方へ回った。格子戸の前の雪など大したこともなかったが、戸を開ければすぐに人形が目に入る。親父がいてはくれたが、足は勝手に路地に向かっていた。

しんとした玄関に入り、ぐずぐずと靴を脱いでいる修造を尻目に、親父はさっさと上がり、勝手に店のほうへ行った。

書斎の角を曲がれば店だったが、修造の足は動かない。悲鳴はない。(一分は経っているはずだが)と、静寂の中で修造の胸だけがどきどきと鼓動していた。(気絶でもしているのだろうか？ まさか……)と思いつつ、人気のない廊下で突っ立っていた。

目の前の中庭も雪に埋もれ、センリョウの赤い実が雪の谷間から鮮やかに顔を出している。周りをビルに囲まれてからはヒヨドリも来なくなり、昨日まで〝丸坊主にされずにすむ〟と喜んでいたのに、いまは鳥でも虫でもなんでもよい。生きた……動く生命を見たかった。

「幽玄堂！」の声に飛び上がったのは、それからまた一、二分経ってからだった。

それが生きた親父の声だと判り、ようやく廊下の角から顔を覗かせてみると、廊下の先、二段ほど下がった店内に、親父の後ろ姿が見えた。なにやら屈み込んで人形に見入っている。そして……肩越しに目に入った人形の顔は天女の顔である。

「ああ」と、掠れた声を上げて、修造も店に入った。

「なんともねぇ」と、振り向きざま親父は言う。「着物もきちんと着ているし、顔も綺麗だ」

声も出なかった。確かになんともない……昼の光の中で、人形の顔は昨日、修造が初めて見たとおりの美しく、穏やかな顔をしていた。

びくびくと、親父の背越しに人形を見ていた修造に「判らねぇ」と、親父の声。

「今朝方、畸栄に電話してみたんだよ」と親父は言った。「なに、この人形を創ったってぇ、神様みてぇな大先生のことを聞こうと思ってね。畸栄から貰った『日本伝統工芸会』のカタログにも載っちゃいねぇから、それほどの大先生がって、聞いてみたんだ。そしたら奴さん、〝先生はアカデミズムと訣別していますからね〟と応えやがった」――親父は胡散臭げに人形を見下ろし、腕組みしていた。「〝戦後、からくりに興味を持たれて、今は、からくり人形の創作。それに修理しかなさってないんですよ〟って返事さ」

「からくり⁉」と修造は思わず問い返した。

「ああ」と親父。「だから昨日、幽玄堂が〝夜叉になっちまった〟って言ったのは……てっきりこれが……」と、人形に顎をしゃくる。「からくり仕掛けになってるんだと思ってな。大きさも文楽の人形くらいはあるし、あの程度のからくりなら仕込めるんじゃねぇかと思ってね。ほれ『日高川入相花王』の清姫や、『戻橋』の鬼女みてえに口が裂け、目が剝きだし、角でも生えるのかと思ったのよ」

修造の頭に〝ガブ〟と呼ばれる文楽の特殊な首……内部の仕掛け糸で変化する首が

浮かんだ。だが、あの夜叉の顔はそんなものではなかった。今、眼前に見る美しく繊細な顔同様、もっとリアルで、その分もっと……とてつもなく恐ろしく、凄まじい顔であった。

　呆然と人形に見入ったままの修造にはお構いなしに、親父は得々と話し続けた。

「だから目や口許にと、まずはとっくりと御面相を拝見奉ったが、溝どころかつるんと綺麗な顔ときた。そこで尾張や美濃なんかのからくり山車、たとえば『紅葉狩』の更科姫みてぇに胸元がぱくっと開いて鬼女の面が飛び出して被さるとかってぇ仕掛けじゃないかと思ったんだ。だが、さっきも言ったように着物は一枚仕立て、胸の開きようもありゃしねぇ。どうにも細工の跡が判らねぇ」

「からくりねぇ」と、修造も人形に近寄ってみた。からくりであれば怖くもなんともない。

「だがね、細工は判らねぇが」と脇に退いた親父の声。「その髪の毛は人毛だね」

「人毛!?」修造は思わず親父を見ながら、反射的に、人形からまた遠のいていた。生理的な嫌悪感が瞬時沸いたからだ。

　親父のほうでは臆することもなく前に出、また屈み込むと、人形の髪に触れた。

「百パーセントかどうかは判らねぇが、人毛だよ。文楽の人形なんぞは、人毛と中国のヤクの毛を混ぜて使うとかいうから、そんなところかもしれない。それにふつう雛人形なんかは生え際は面に溝を掘って、そこに毛を植え込むだろう？　ところがこれは」と、張り出したおすべらかしの前を上げるように人差し指で抑え、生え際を剥きだしにしてみせた。「ほれ、この通り鬘（かつら）になってる。丸坊主の頭に別個に鬘を被せてらぁ。丁寧と言やぁ丁寧だが、変わった創りだよ。だが、それだけだ」と腰を伸ばして修造を見た。「些（いささ）か変わった創りだが、あとは至って綺麗なもんだ。これじゃあ夜叉になりようもねぇ」

「じゃあ、見間違い……」尻窄（しりすぼ）みの声が中途で消えた。

からくりの跡がないとすれば、幻影を見たか……それとも頭が変になったのか……いずれにしろよい気分ではない。

「崎栄から大先生の住所と電話を聞いといたぜ」と親父は紙片を差し出した。「納得がいかなきゃ聞いてみたらどうだ？　昔の作だろうが自作の……これだけの力作だ。そう忘れるもんじゃねぇだろう。じゃ」と、ぼんやりと紙片を持ったままの修造にはお構いなく、店の戸を開けると、吹き寄せたまま固まっている雪を乗り越え外に出てしまう。「みっともねぇから早く雪掻きしねぇ。ま、かみさんがいなくて淋しかったらいつでも家に来な」

親父が帰ってしまうと、雪渡りの冷たい風だけが入ってきた。チェーンを巻いた車の、表通りを走る耳障りな音以外、妙に人声もないしんとした午後である。

修造はのろのろと納戸にシャベルを取りに行った。一時から根津の顧客が、そして二時には上得意の建設会社の社長が来ることになっていた。取り敢えず体裁は整えなければならない。

入口を綺麗にし、こざっぱりと着替えた時にはもう一時になっていた。店に戻ると思い切って……親父が帰って以来だが、人形に目を向けた。長閑な美しい顔である。それでも脅えは消えなかった。だが、応接用の卓の真ん中に置きっぱなしにしておくこともできない。母屋のほうのどこかの部屋に放り込んでしまおうかとも考えたが、持っていく途中でまた顔が変わったらと思うと、容易に手が出ない。卓から一メートルほど離れた店の隅に花が活けてあった。

花瓶を床に置き、花台に人形を素早く移す。顔は変わらなかった。卓に残った空き箱の方は怖くはない。くしゃっと落ちていた銀鼠の外袋を箱に放り込むと、蓋をし、母屋の居間に放り込んだ。そして、それと同時に「ごめんください」と客の声。店内に取って返し、卓に唯一残った親父からの紙片をポケットに押し込むと、いそいそと客を迎えた。

なんとか、まあまあの商いをし、客が帰ったのは三時頃、雪明かりでいつもよりは幾分明るいとはいえ、冬のこと。空の光も失せてきていた。

お愛想を言って客を送り出し、店内にもどると、見たくはないのに自然と目が雛人形に行ってしまった。女雛の顔は綺麗である。ほっとして、客相手に卓の上に広げた軸やら、出してきた絵をしまう。一通り片付け、帳簿を付け始める頃には、修造の気分も随分と治まってきていた。

時折、ちらちらと横目で盗み見ていた女雛は穏やかに美しく、変わらない。帳簿を付け終わる頃には、女雛よりもむしろ、ラフカディオ・ハーン……あの豹変の前まで読み耽っていたあの本——のせいだったのではと思うようになっていた。快活な世人と数時、話を交わしたせいかもしれない。理解を越えた超常現象よりも、ハーンに耽った己の精神の感じやすさとみたほうが納得がいく。あの顔も一日ほど間を置くと、そう怖くはなかった……と、帳簿を閉じた修造は隅の女雛に目をやった。

「うわぁー」と、自分の声とも思えぬ声を上げたときには、もう店の外に転がり出ていた。

靖国通りを走りながらも「変わった！　変わった！」と口走っていた。

だが、俎橋を渡り、真源房の家への路地に入る途中で足が止まった。

「また夜叉になった」と言って、親父に付き添ってもらい、家に帰るのか……いやだ！

親父はあれだけしげしげと見て〝判らない〟と言ったではないか――一緒に帰って、元通りの顔なら今日と同じことだし、夜叉の顔であっても、説明などつきはしないだろう――止まった足は、ともかくも人の行き交う大通りへと出、次いで――目に入った喫茶店に落ちついた。

注文を取りに来たウェイトレスは、……まともな人間だ。そして周りの席にいる男女も……まともな人間だ。音楽が流れ……人声に囲まれ……運ばれてきた珈琲（コーヒー）を喉（のど）に通すと、ようやく一息ついた。ここはまともな世界。俺は狂ってはいない？　世界は狂ってはいない――今まで通りだ……だが……だが、またしても女雛の……顔が変わった……夜叉の顔……憎悪と怨念（おんねん）に満ちた総毛立つほど醜い顔……人声に包まれながら、修造の体が震えた。どうしたらいい？　どうしたら……

〝どうしたら〟ばかりで考えが進まない。温（ぬる）くなった珈琲を体内に流し込む。思わず知らず煙草をとポケットを探った手が紙片に触れた。

佐山崎揚　台東区浅草二の二十の……崎揚の住所である。修造の行動が決まった。

電話一本入れず、突然の来訪という無礼な形ではあったが、戸を開け、狭い三和土（たたき）を挟んだ唐紙一枚向こうの仕事場というのは真源房の家と変わらず、飛び込んできた修造を迎える目も真源房が他人へ向ける目、即ち、馴染（なじ）みのない客人を迎える目、そのものだった。一度会ったことのある畸栄とは違った地味な……根っからの職人、頑固一徹な職人の眸である。八十、いや九十前後にすら見える、骨に皮を張り付けたような痩身の老人だった。禿上がった平らな頭と尖った顎、三角形の小さな顔に目ばかり大きい。そして筋の浮いた奇妙に長く細い首がカマキリを連想させた。

〝信頼できる〟と修造のアンテナが感じ取っていた。

「画商をしております九段の幽玄堂と申しますが……」と、動揺を抑えつつ、そそくさと名刺を差し出した。畸揚は受け取ろうともしない。修造を胡散臭げに見たままである。仕方なく畳の上に置くと、修造は昨夕の老婆の来訪から切り出した。

玩具のような小さな鉋を手にしたまま、黙って新種の動物でも見るように修造を見ていた佐山畸揚の顔が、箱蓋に書かれていた〝立姿有職雛〟という言葉で変わり、鉋をぽろりと床に落とした。「その婆さんの名は？」と、ぶっきらぼうに問う。

「河野富美子……とありました」

「富美子さんが……」と畸揚は言った。

雛も、あの婆さんも知っている！　覚えている！　修造はもう見栄も外聞もなく、雛の顔が変わり、家を飛び出して来たことを泣き声で伝えた。「このままではとても家には帰れません。どういうことなんです？　御存知なんでしょう？」

持ち堪えていた気力が一気に失せ、三和土にへたり込むと腹の高さになった仕事場の畳に両手をついて畸揚を見上げた。

修造に向けられた畸揚の目が変わっていた。あたたかく、親しげな眸、真源房のような眸である。

「驚かれたことでしょう」と、顔をほころばせ、嬉(うれ)しげに言うと「申し訳ないことをしました」と頭を下げた。上げた顔を見ると、やはり嬉しげである。

なにが可笑(おか)しいと修造はいささかむっとした。が、続いて「女雛だけを貴方(あなた)に売り払うとは」と顔を曇らせた畸揚は、そのまま黙って手元を見つめたきりであった。

やがて――「雛を名入りで創ったのはあれだけですよ」と、ぼそりと言った。「富美子さんにじゃない。あれの姉さんの雛だった。河野家の援助で私は人形師になれましてね、その独立の最初の注文があの雛だった」

――とつとつと語る畸揚の目はもはや修造から離れ、先程まで鉋をかけていたらしい左手の木片に注がれていた。

「美弥子(みやこ)さんといったが、天女のような可愛いお嬢さんだった。旦那さんたちからも玉のように愛され、〝美弥子の災いを受け止めてくれるように〟とお嬢さんの髪を受け取ってね。独立し、もう雛なんぞは興味もなかったが、とにかく大恩ある河野家の、それも美弥子嬢さんのものだと、私なりに精魂傾けて創りましたよ。昭和五年……昭和の大恐慌の年で、世間じゃ一家心中やら身売りやら大変だった。そんな中で人形創りに打ち込めるなんて河野家のおかげだとね、半年……無我夢中で打ち込んだもんだった」

遠くを見ていた畸揚の眸が修造に向けられた。「あんたを驚かした説明にはなってないね」と、淋しげに微笑む。「回りくどいことを言っちまった。ただね、最初は女雛も綺麗だった。美弥子さんみたいに……ただくもりなく綺麗に、精一杯創ったってぇことを知ってほしかったんですよ。男雛も女雛も美弥子さんの髪を植えて、精一杯綺麗に創ったつもりだ」

よくは判らぬままに「はぁ」と相槌を打った修造から、畸揚はまた目を逸らし、口を噤んでしまった。戦後生まれの修造には、畸揚の脳裏を過っているだろう昭和初期の想いは共有する術もない。

「その後も……」と、ようやく畸揚の重い口が開いたのは、相槌を打ってから大分経っていた。「年に一度くらいは河野家に顔を出していました。美弥子さんは私の創った雛を気に入ってくれ、何年経っても大事にされていましたよ。それから戦争になり、私もニューギニア……ラバウルに行って……帰ってきたのは終戦から二年経った二十二年だ。ここに掘っ建て小屋を建てていた弟に会い、次に行った河野家は、家だけは無事だったが、美弥子さんの妹の富美子さんしかいなかった。〝母も姉も戦時中に亡くなりました〟と富美子さんから聞いた時には驚きました。〝父は変な箱が送られてきたけれど、骨も入ってはおりません。そのうち戻るでしょう〟と、妙に快活でした」

晴揚の陰鬱な顔に今度は相槌すら打てなかった。だが晴揚のほうでも、もはや修造の反応など気にも留めてはいないようだった。

「それきり河野家には行かなくなりました」と晴揚は話を続けた。「こっちもそれどころではなかったしね。三年ほど経って朝鮮戦争になり、特需景気になってからようやくまた人形を創れるようになりましてね。その時だ。富美子さんが女雛を持ってここへ来たんです。〝雛の顔を変えて欲しい、世にも醜い顔にして欲しい〟と……」

「醜い顔！」と、修造は思わず声を上げた。瞬時にしてあの夜叉の顔が蘇り、ぞーっと鳥肌立つ。

「醜い顔……」と、晴揚も遠くを見たままつぶやいた。「〝髪も入り用なら切ってきました〟と富美子さんは雛と一緒に髪も差し出しました。ざんぎり頭だったところを見ると、女雛を持って来る直前に自分で髪を切ったとしか思えなかった」

その頃なら……と修造はあの婆さんを思い浮かべながら、へたり込んでいた三和土からそろそろと腰を上げ、座敷に坐りなおした。その頃なら、あの婆さんの髪も黒く、あんなに腰も曲がっちゃ……いや、まだ若い娘だったはず……だが、若い娘の顔などいっこうに想像がつかない。と、晴揚の声。

「〝旦那さんは、帰られましたか〟と聞いてみた。〝まだ〟と富美子さんは応えたが

〝でも、すぐに戻ります〟と言った。そして〝とにかく直してちょうだい。父さんの言いつけだと思ってね〟と言うや、女雛を置いて帰っちまった。——河野家の命ならしかたがない。首をすげ替えれば済むことだ。だが、どうにもその気になれなかった。あんた……」

　畸揚はぎろりと修造に目を向けた。「最初あれを見た時〝天女のように思えた〟と、言いなすったね？」

「ええ」と修造はうなずいた。「あんな美しい人形を見たのは初めてでした」

　畸揚の渋面は変わらなかったが、頰に赤みが差した。「自分で言うのもなんだが、あんな良い顔を創れたのはあの時だけだ。あれは奥さん……河野の奥さんと、それに美弥子さんに似せて創ったんだ。だが創っているうちに、自分でも知らずに腕が動き、そう、どんどん良い顔になっていった。あんなことはもう二度とないでしょう。あの顔を胴から離す気にはなれなかった。——しばらく人形を見て思案にくれていたが、そのうち富美子さんの置いていった髪に目が行ってね。その時ちょうどからくりに凝りはじめていたときで、なにか新しいからくりはと考えていたときだ。前からあたためていた、髪を使ったからくりを試してみようかと思ったんだ」

「からくりですか。やはり！」と修造は身を乗り出した。心の底から救われた思いだった。俺の頭は正常だ。幻でもなんでもない。たかがちょいとした仕掛けに驚いただけだったんだ。種さえ判りゃぁ怖くもなんともない。だが……

「だが、調べても判らなかった」

「ちょっと目には判りませんよ」と、畸揚が初めてにやりと笑った。「鬘一つだって絹地の目に一本、一本、髪を植えて創ったんだ。表に細工の痕なんぞ残しはしなかった。動くのも一瞬。首が回転するだけだ。それも一秒とかかりはしねぇ」

「首が回転すれば後ろ向きになるだけだ」と、修造はぼんやりとつぶやいた。よく呑み込めなかった。

「毛髪湿度計を知ってますか？」

「はぁ、髪の毛が湿度によって伸び縮みする性質を使ったもんでしょう？」

――湿度計という言葉から加湿器が浮かんだ。

壊れた加湿器……もうもうと水蒸気を吹き上げていた加湿器……そうか、それが動力だったんだと朧気に察せられたころ、また畸揚の声が聞こえた。

「細工のために植えられていた美弥子さんの髪を剃り取ったが、捨てるには忍びない。あの雛は美弥子さんの雛……美弥子さんだ。だから体内にもどしてやったのよ。胴の長さも充分にあった。首を回転させる仕組みも創った。後は坊主頭の表裏二面の顔にして、首が回転する時に持ち上がる鬘を、こちらはたっぷりとあった富美子さんの髪で創った。二面の顔の一方は前のままの美しい顔だ。裏は……お宅も御存知のとおりだ」

修造の背に新たな悪寒が走った。「作り物とは思えない……凄い顔だった……」

「はは……」と、晴揚が笑う。「天女のようだと言われたのも嬉しいが、それだけ震え上がらせたと聞けば、醜い顔でも嬉しいね。あの時もなにかが乗り移ったようでしたよ。いやいや始めた仕事だが、創るうちにまた夢中になって……半面の美しさに負けないほどの醜い……恐ろしい顔にしてやろうとね。鬼のような顔と心で創ってた。私ん中にも鬼がいたと思いました」

またしても修造の眼前にあの顔が浮かび、震え上がった。

からくり、作り物と聞いて、どれほど安堵したかしれなかった。話を聞いているうちは恐怖心も薄らいでいた。馬鹿馬鹿しいと己の臆病さ加減を笑ってもいた。だが、浮かんだ顔は作り物と己に言い聞かせてみてもやはり恐ろしかった。いや、なによりその背後にある思い――どのような思いか判らないが――

その思いにぞっとした。

「なぜ、その……富美子さんはそんな注文をしたんです？」

「さあね、人形を届けたときに聞いてみたが、あの女は私の細工に……前の顔を残したことを怒っただけでしたよ。それ以上聞いたって応えてくれるような女じゃない」

「富美子さんのお住まいは御存知ですか？」

「あれを届けて以来、行ってませんが……変わってなければ六番町……千代田区ですが……だが、四十年も前のことだ」

「いや、そのままだと思います」と修造は勢い込んで言った。「店の側ですから」

「六番町五の……」とすらすらと諳んじた畸揚は「どうなさるんで？」と聞いた。

「返します」とすぐに修造。「い、いや。金は要りません。ただ返したいと……見事な……実に見事な人形とは思いますが……それに……対の物は、やはり対で在ったほうがいいでしょう？」

「そうですね」

また己の手先に見入ってしまった畸揚に修造は慌ただしく一礼した。「突然、失礼を致しました。改めてまた伺わせていただきます」──もう一度ぺこんとお辞儀をすると外に飛び出した。

──なんだかとんでもない物を背負い込んでしまったという気しかなかった。恐怖心に代わって理不尽な災難に遭ったような怒りが沸いてくる。

畸揚の話から、からくりとはっきり判り、ここへ飛んできたときのようなとてつもない恐怖心は消えてはいたが、もはや人形に対して嫌悪感しかない。あの半面の顔が美しければ美しいほど、もう一面の恐ろしい顔が今までとは違う重みを持って、なにやら忌まわしい、忌避すべき物としか映らなかった。

泥に塗れた雪のようだと思う。そう思ったとたん凍り始めた雪に足を取られ、悪態をつこうとして思わず口を窄めた。血のような夕焼けである。

首を竦めて、修造は夕暮れの人も疎らな路地をせかせかと歩いた。


九段に戻る頃には二月の寒々とした空にもう星が瞬いていた。と言ってもまだ六時過ぎ、靖国通りは勤め帰りの人々が溢れ、道路は例によって渋滞、道路際の店は照明と音楽に包まれて、浅草の裏通りとは比べ物にならない賑やかさである。

それでも、路地に入り、店の格子戸を目にしたとたん、修造の背に悪寒が走った。

帰途、ラッシュの人波に揉まれながら、帰ったらすぐにあの婆さんに突っ返しに行こうと考えていた。路地に入るまで、そのつもりだった。それが……背後の大通りからは絶え間なく車や人々の喧騒が聞こえるというのに……いやにしんとした路地と暗く閉ざされた店の戸を見たとたん……足が動かなくなった。たかがからくり……玩具じゃないかと言い聞かせる。振り返ると行き交う人、そして顔を戻すと暗い……よそよそしく閉ざされた格子戸……突如として理性の淵に立たされたような心許なさ、寄る辺なさを覚えた。今、一歩踏み出せば背後の人々――温かい人の世から永久に外れ、混沌の闇に呑まれるような不安である。馬鹿な、自分の家、我が家ではないかと思うそばから息が苦しくなった。

妻がいてくれたらと思う。よりにもよってこんな時に妻も娘もいない。雪明かりと街頭で仄白い路地に、我が家の格子戸の奥だけが暗い。心なしかいつもよりずっと暗く見える。見ていると格子の間から闇が迫り出してくるような不気味さである。物の怪が格子の向こうの闇に隠れ俺を見ている。

脇の下につーと汗が流れたとき、肩を叩かれ、修造は飛び上がった。とんでもない大声を上げ、飛び退り、ビルの壁で崩れかけた体勢を辛うじて支えた目の前に「どうしたね」と懐かしい声と、真源房の顔。

浮かんできた涙が真源房の声で止まった。

「案山子みてぇに突っ立ってどうしたんでぇ」

（救われた）という思いとは裏腹に「いや、べつに……」と、他人のような声が口を突いていた。もう一度「べつに」とつぶやきながら、空威張りしている自分に腹が立つ。このまま置いていかれたら……と思うだけで背筋が寒くなった。

俯いた修造に「かかぁがよ」と、屈託のない声がかかる。「寿司を作ってね、どうせ一人じゃ店屋物だろうって、持ってけってきかねぇのさ。じゃあ俺もこっちで食べようって、二人分詰めさせて持ってきたんだよ」

「ありがとう」――やっと素直に言ったが、聞き取れたかどうかは自信がなかった。

それでも連れ立って――足は店の格子戸とは反対の母屋の玄関に再び回ったが、少なくとも我が家に入ることはできた。

居間に落ち着き、茶を煎れ、心尽くしの重箱を開くと、血相変えて飛び出したことだけは伏せて、浅草の畸揚の家へ行き、そこでのやりとりをありのまま告げた。そして食べ終わる頃には、修造には珍しく殊勝に「付き合ってくれないか？」と聞いてみた。

「これからかい？」と、一瞬目を丸くした親父だったが、すぐに「ああ、いいよ。まだ早いし、丁度いい腹ごなしだ」と言ってくれる。

水切れでまたもビービーと喧しい加湿器の向こうで人形は美しい顔をしていた。それでも近寄るのを躊躇う修造に、結局、梱包から持つのまで、親父が引き受け、六番町に来たのは七時半、賑やかな靖国通りから十五分とは歩いていないのに、屋敷町はひっそりと暗く、所番地を頼りに表札を見て回っても〝河野〟という家は見当らなかった。しかたなく東郷公園の脇、二七通りの商店街までもどって店仕舞いを始めた煙草屋に聞いてみる。

〝河野家――河野富美子〟と言っても首を傾げていた煙草屋の女は、事細かに人相風体を説明し始めた修造に、ようやく「蔵の雛婆さんかしらね」とつぶやいた。

「雛婆さん!?」と頓狂な声を上げた親父を抑えて「そうです」と勢い込んで修造。

「その人です!」

――〝山田〟という家の敷地内の蔵だと聞き、場所も確かめて訪ねると、山田家ではあからさまに迷惑そうな顔で「裏に回って下さい」と高飛車に言う。「そちらに河野さんの出入口がございますから」

「敷地内と伺いましたが」と修造は尋ねた。

「いいえ」と、うんざりしたように山田家の女は言った。「元はそうでも、今は別個でございます。ここは河野さんから正式な手続きを経て、譲り受けたものですから。河野さんとはなんの関係もございませんわ」

「それは……」と言いかけた修造の前で、戸が閉められた。

道路に引き返し、石造りの立派な塀の角を曲がると、確かに塀の向こうに蔵が見える。そしてもう一度角を曲がると――石二つ分ほど塀が崩され、入れるようになっていた。そして中の山田家とは垣根で区切られ――蔵が在った。

街灯もよくは届かぬ塀の側面に〝河野〟と、これは立派な表札がかかっている。

「雛婆さんとやらは……」と、真源房がへんに感心したような声を上げた。「どうやら蔵だけ残して、あの高慢ちきな女に家を売ったようだな」

「蔵に住んでるってことかね」と修造。

吹き溜まりとなった蔵の横に、確かに足跡と二本の線――これは多分あのカートの跡だろう――がつき、戸の方に続いている。どうにも塀の中に足を踏み入れる気がしない。このまま、ここに人形を置いて帰りたいと思った。

だが、凍りついた雪面の足跡から顔を上げたときは、既に真源房は背を見せて、蔵の角を曲がろうとしていた。

「おい」と修造が小声で言ったのと「ごめんください」と真源房が声を張り上げたのは、ほぼ同時である。諦めて修造が追いつくまでに、真源房はもう一度大声を出していた。

中からはなんの応答もない。蔵の戸は頑丈そうな一枚板だが、歪んでおり、隙間から灯が洩れていた。人の気配もする。

「夜分すみません。河野さん」と、三たび真源房が声をかけると、戸のすぐ向こうで「どなた？」と聞こえた。あの婆さんの声だ。

真源房に促され、修造はおずおずと「幽玄堂です」と告げる。「昨日、人形……女雛を譲り受けました九段の店の者ですが」――返事はなかった。しかたなく修造は言葉を続けた。「家にはやはり合わないようで……もともと対の物ですし、揃えておいたほうが宜しいのではとお返しにあがったのですが……いえ、別に代金のほうはもう結構です。ただお返しに上がっただけで……」

突如開かれた戸に、修造は息を呑んだ。

真先に目に入ったのは赤い段である。がらんとした土蔵の中、赤い布が階段状に、まるでコロシアムのように三方の壁に広がっていた。天上からは裸電球が心細い灯を放ち、目を落とすと、すぐ目の前にあの老婆がいた。

「帰っとくれ！」と吠えるような老婆の声に、修造は二段ほどの外階段を踏み外して引き下がった。バランスを崩した体を真源房が支えてくれた。

「二度と家には入れないよ」と、呆気に取られた修造の前で老婆が言う。「お宅に売ったんだ。ここのもんじゃない！」

「いや、お金は別に……」

「あんたも誑かされたんだね」

言葉よりも老婆の目に――それは二段上の階段上にいても修造より低い位置に在ったが――脅かされて言葉を呑んだ。

「戻ろうったって、そうはいかない」つぶやくように言うと、ようやく視線は外されたが、それは女雛の箱に止まり、今度はそれを持った真源房に向けられた。この夜の闇よりも暗い、憎しみに満ちた眸である。

「ここは家の敷地だ。その女をさっさと出しておくれ」――地団太を踏むように、金切り声で叫ぶと、また唐突に戸が閉められた。

闇の中で二人は顔を見合わせた。庭続きの山田家の灯も消され、蔵の戸から細く洩れ出た灯が真源房の顔に細い筋を引く。

「帰ろう」と真源房。

終始黙って、また家まで付き添ってくれた真源房だったが、玄関に入ったとき、初めて「どうするね、これ？」と聞いた。

「どうするって……」と言葉に詰まった修造に「まるで生身の女みてぇな言い方だったなぁ」と、これは問いというよりつぶやきに近い。

店の方の電話が鳴ったのはそのときである。はっとしたまま、立っている修造を尻(しり)目(め)に、真源房が箱を置き、さっさと上がって行った。

明るい応対の声に、店に行くと「畸揚先生だ」と、受話器を差し出す。

「なんとなく気になりましてね」と言う畸揚の声に、修造は雛を返しに行き、拒絶されたことを話した。

老婆に毒気を抜かれてしまったのか、思考能力が麻痺(まひ)したようで、ぼそぼそとそのまま話した。

「蔵に……あそこの蔵に住んでいるのですか」と、驚いた声を上げたきり、畸揚は熱心に聞いていた。結局、また持ち帰ったと話し終えると、しばらくの沈黙の後、「それで、その雛はどうなさいますか？」と真源房と同じことを聞いてきた。

修造の思考回路は切れていた。このまま家に置こうという気は無論ない。だが塵のように捨てるというのも何か憚られる。

答えに窮した修造に「どうでしょう」と畸揚の声。「私に引き取らせてはいただけませんか？」

「そう願えれば、ぜひ」今度は即座に応えていた。

「私の作品ですし……」と話しだした畸揚の声も上の空である。一遍に呪縛から逃れたような晴れやかな気分になって、修造には似合わず「いえいえ代金など……」と送料もこっち持ちで畸揚に送ることにした。

受話器を置くと、やりとりを聞いていた真源房が「家の側に……」と、宅配便を扱っているコンビニエンス・ストアーの名を上げ、帰りがてらに出してきてやると言う。ミイラのような五十面のその顔に抱きついて、接吻でもしたいほどの喜びを感じながら「手間を掛けるねぇ」とだけ修造は言った。

ぼーん、ぼーんと、居間の柱時計がゆっくりと十時を打った。真源房をあの箱と共に送り出し、居間にもどったとたん力が抜けて坐り込んでいた。

重箱を返し忘れたと思いつつ、のろのろと夕食の後片付けをし、改めて茶を煎れて坐る。テレヴィのスウィッチを押すと途端に賑やかな笑い声が耳に入り、茶をごくりと飲んだ。

いつもなら欠伸を噛み殺しながら、ここでテレヴィに見入っているのは妻である。羊羹やら最中やら、季節によっては蜜柑や柿がこの茶碗の横にあり、部屋の隅の座卓では娘がレースだか毛糸だかを編んでいる……いつもいる者がいないというのは、こうも雰囲気が変わるものかと、妙にそわそわと落ち着かない気分でチャンネルを変え、やがて消し、そしてまたつけと……しているうちに、思い出したくもないものを思い出してしまった。

蔵……

赤い布で周りを囲んだ異様な内部……今になってようやく修造はあの赤い段々が雛段だったことに気付いた。あの煙草屋の女も〝雛婆さん〟と呼んでいたではないか。だが……雛などどこにもなかった。色褪せ、白っちゃけた赤い段だけだった。そしてあの婆さんの背後に垣間見た……雛段に押し寄せられたような狭い床に雑然と置かれた食事の跡……電熱器の上の鍋、そして周りには盆も置かずにじかに皿や小鉢が並んでいた。階段の裏側に無理に設置したような流しは見えたものの、人の住まいとは思えない。

……なんと奇妙な生活だろう。多分あの母屋を売った時点で蔵だけ残し、住んでいるのだろうが、もっとましな住まいを見つけることもできたはずだ。あんな土蔵で暮らすなど正気とは思えない。いや、畸揚の話を聞いただけでも正気の人間とは思えない……父親とかの帰りを今でも待って、あそこから動かないのだろうか？

まさか……戦後も五十年近いではないか。続いてあの婆さんの顔まで蘇り、修造はぶるっと身震いして余計な想念を追い払った。

「とにかく済んだんだ。あれはもうないし、忘れてしまえばいいことだ」ぶつぶつとつぶやき、改めて吐息をつくと、時計のかちかちと時を刻む音だけが耳に付く。音の吸い込まれたような静寂の中で、冷え冷えとした空気に今度は体の方が身震いをした。

昨日出掛け、明日には帰ってくるというのに、もう何年も妻子と別れているような寂寞を覚え、見慣れた居間が寒々と感じてしかたがない。

「風呂にでも入って寝よう」と、また声に出して言うと、もう一度テレヴィのスウィッチを入れ、家中に聞こえるほどにボリュームも上げた。

「とにかく済んだ」今度は大声で言うと、居間を出て湯殿に向かった。

雛の顔が変わっていた。

店の隅、花台の上で、もうもうと上がる水煙に揺らめきながら、またもや鬼女のような顔になっていた。暗い怨念を秘めた眼差しがひたと修造に向けられ、裂けた口の裏は真っ赤な火炎が渦巻くように燃え上がり、震えている。（ないはずだ！）と理性が悲鳴を上げる。（親父が持って出たじゃないか。なぜ帰ってきた！）――わっと目覚めて飛び起きたのは寝室だった。まだ夜は明けず、僅かに廊下に面した障子が仄白く闇に浮かんでいる。

闇の中で上半身だけ起こし、荒い息を吐きながら手は堅く――捲り上げた掛け布団の端を握り締めていた。それなのに、修造の目には不思議にも廊下の果て……店の中の雛が見える――凄まじいまでの呪詛の念を辺りに放ちながら、雛の裂けた口がゆるゆると赤から黒に変わっていく。口中を塗り潰した黒い塊はやがて口から溢れ、狂ったように水煙を上げる加湿器のほうへ向かった。くねくねと身を捩じらせる黒い水蛇――いや、畸揚によって体内に押し込められた黒髪である。生あるもののごとく髪はうねり、蛇のように、竜のように店内を蠢き、とぐろを巻き、やがて母屋へと繋がる廊下に向かった。今は這うように廊下を蛇行し、それでも徐々にこちらに向かってくる！　くねくねともつれ、絡み合いながらも着実に近付いて来る数万本の髪を手に取るように見つめながら、体の方は寝室で身動きもつかずに震えていた。そくそくたる妖気が押し寄せてきた。ずるずると蛇の這うような音が聞こえてくる。蔦が伸びるように床に取りつき、壁に取りつき、修造の家を真っ黒に覆い尽くして、向かってくる。

「助けて……誰か……助けてくれ……」

かちかちとなる歯の間で、舌ももつれがちに必死でつぶやきながら、体のほうは金縛りにでもあったように動かなかった。

ざらっと音がした。障子の向こうに影が躍る。障子が徐々に黒くなっていく。「誰か……誰か……」遠くのほうから非常ベルのような音が聞こえてきた。（助けが来る）そう思った瞬間、障子が真っ黒になってこちらに倒れてきた。

金切り声を上げ、目の前が暗くなり……気がつくと最前の通り、布団から上半身を起こして掛け布団を握り締めていた。

障子を通して柔らかな陽射しが足元のほうにまで届いている。

夢――夢だったのか？　狐に抓まれたような思いでしばらくはぼんやりとしていた。一度目覚めたと思ったのも夢の中でのことだったのか？　陽射しを受けて真っ白に輝く障子の向こうからはいつもの街のざわめきが聞こえてくる。人の気配、車の音、微かな音楽、それらに包まれて部屋はあくまで明るい。

はっきりと夢だと知り、今度こそちゃんと目覚めた……起きたのだと判ってみても、一笑に付すほどの余裕も生まれなかった。頭の芯がまだ痺れたように朦朧としていた。

首を回し、強張った体をひねって時計を見ると昼近い。呆然とした耳に店のほうから声が聞こえた。

忙しい声に寝巻のまま、格子戸を開けると晧揚だった。

「雛が届きました」と、挨拶もなしに言う声も変だったが、顔つきも違う。「顔が変わったと……貴方、おっしゃいましたね」

とたんにあの顔が浮かんできて、ぞっとしたが「ええ」と辛うじて応えた。店も明るい。もう夢ではないと己に言い聞かせる。「まぁ、どうぞ」と招じ入れながら「それが、なにか？」と聞いてみる。

「髪がないんですよ」と晧揚。「いや、何十年振りにもどってきたので、いろいろと見てみたのです。外観はそのままでした。年月の傷みは仕方がないとして、飾り紐一つ失せてはおりません。だが、中を、体内を見てみると髪がない。湿度計の動力になる髪が入ってないのです。首がただ差し込まれているだけで……あれでは首が動くはずもないのですよ」

思わず洩れた悲鳴。もう少しで坐ったばかりの椅子から転げ落ちるところだった。蘇った悪夢――晧揚の顔が遠くなる。

裂けた口からゆるゆると這い上る黒髪……夢ではなかった……いや、馬鹿な……それともこれも夢……まだ……まだ夢なのか？

「確かに変わりましたよ。二度も変わりましたよ！」と修造は叫んだ。

「貴方が取り出したのですか？」

「誰がそんなもの！」と言ってから「出たんですよ。勝手に口から」と思わず言ってしまう。「昨夜……」

さすがに口を噤んだ。晴揚も黙っている。

すっかり混乱していた。このまま外に飛び出したくなった。もう嫌だ。なにも聞きたくない。関わりたくない。俺になんの関係がある……

「あれは美弥子さんの髪です」と晴揚。「取り出されたのなら、譲っていただきたいと上がったのですが……捨てられてでもいたらと、矢も楯もたまらずに飛んで来てしまったのですが」

「触ってもいませんよ」と修造はまた叫んだ。「出たと言ったのは……」と、言いよどんだが、苦々しく「夢で見たんです」と告げる。

「夢で？」と呆気に取られたように晴揚。

「そうですよ」とむっつりと修造。「昨夜、貴方に送って、晴々としていたんですよ。それなのにないはずの人形がまたここにあり、おまけにあの形相で口から髪が這い上がってくる夢を見た。好い年をして馬鹿げた悪夢にうなされたものです。滑稽でしょう？　我ながら可笑しくなる」

笑おうとしたが、顔が強張り、笑えなかった。

晴揚も笑わない。笑わずに顔を伏せた。

頭の芯が痺れたように、まだ朦朧としていた。寝巻姿で夢の話など人にしてと思うと、情けないというより苛立ちを感じた。（幽玄堂の主ともあろうものが）と頭のどこかから声が聞こえてくる。おまけに昼過ぎだ。悪夢にうなされ昼まで寝ていたとは。好い年をしてと、またもや思い「失礼、着替えて参りますから」と腰を上げる。

悲鳴を上げたり、叫んだり、夢まで話して、失態を演じたものだと忌ま忌ましさは残ったが、悪夢の直後だ。寝ぼけていたのだからしょうがないとネクタイを締め終わる頃には幾分落ち着きを取り戻していた。

鏡を見れば、四十半ばの思慮深げな風格ある男が立っている。九段で店を構える画商の主、祖父の代から続いている幽玄堂の主である。「よし！」と声に出すと、修造は店に向かった。口を動かしてみると、今度はスムーズに接客用の笑顔も浮かんでくる。

店に入ると、畸揚は俯いたまま。修造の着替えの間、まるで微動だにしなかったようである。

「失礼を致しました」と修造は落ち着いた渋い声で話しかけた。「先程はたわいもない夢の話など致しましたが、とにかく私は人形に触れることもろくにせず、お送りしましたので……」

「行きましょう」と畸揚の声に遮られた。

「は?」と声を呑んだ修造を、顔を上げた畸揚の眸が真っ直ぐに捕らえている。鎌首を持ち上げたカマキリの眸……鋭い刃のような眼差しである。

「行ってみましょう。河野家に」

カマキリは立ち上がり、射竦められた獲物の前で身を躍らせ、老人とは思えぬ素早さでもう店を出ていた。

「ちょ、ちょっと待ってください」——修造はあたふたと店を出、後を追う。ほんの二、三秒で〝主〟も〝風格〟も消え失せ、混乱が舞いもどっていた。

通りで畸揚を見たときには、もう止めたタクシーに乗り込むところだった。敏捷なカマキリの動きである。

「さぁ」と促され、訳も判らずについ乗ってしまうと、車はすぐに動きだす。

「どこへ?」と言ってから「なぜ、河野家へ行くんです?」と聞いてみた。

「判りません」と畸揚。「判らないが……とにかく行ってみようと思いました」

車は既に東郷通りから二七通りに入っていた。歩いても十五分ほどの所である。和らいだ陽射しに満開の白梅が目に入り、瞬く間に消えた。空は青く、春の気配が満ち溢れている。だがうららかな景色とは裏腹に、畸揚の顔は暗く、混沌とした思いの中で、ただ修造の胸も騒いだ。

「四十数年も前……人形を届けた時だ」と、晧揚が唐突に口を開いた。「あの広い家に一人で暮らしているようなんで、つい……無理だとは思っていたが〝早く旦那様が帰られるとよいですね〟と言ってしまった。〝ええ、父は帰ります。もう、すぐに〟と富美子さんは断固として言いました。ついで〝淋しくはありませんわ。彼もいるし〟と、うっすらと笑ったのです。あの女が私に笑顔を見せたのはあの時が初めてだ」

「彼……と言うと、結婚していたのですか？」

「いや、結婚したという話は聞いていません。あの時の笑顔が……なんと言うか……それに、今までの……」

歯切れの悪い晧揚の言葉の合間にあの石塀が見え、晧揚が「そこを左に」と運転手に声をかけると、もう蔵が見えた。

昨夜、真源房と訪れたときには、ただ闇夜に白く浮いていた蔵だったが、こうして真昼の光の中で見ると廃墟としか思えない有り様である。亀裂の入った生子壁の下にはかすかすになった氷状の雪が残り、オスカー・ワイルドの童話『わがままな大男』の庭のようにここだけが冬だった。

車から下り、ぼーっと突っ立った修造の脇を抜け、晧揚はまたもや老人とは思えぬかくしゃくとした歩みで戸の方へ歩いて行く。

「河野さん」と呼びかける声が一度、二度、やがて「佐山崎揚です。河野さん」と声高に聞こえる頃には、修造も慌てて戸の前に立った。

「おや？　開いている」と崎揚が戸を浮かせ、修造は視線を落とした。途端にぞーっと総毛立つ。足元から蔵の中にそれと判るほどに数条の髪の毛が蛇のようにうねって落ちていた。

崎揚の方では頓着なしに大きく戸を開いていた。

誰もいない。光も入らぬ薄闇の中に白っちゃけた赤い雛段だけである。ほっとしたのも束の間、崎揚は傍らの階段を凄い勢いで昇っている。訳も判らず、修造も後に続いた。

急勾配の古い木の階段をつられて闇雲に駆け登ると、上で立ち止まっていた崎揚にぶつかりそうになった。だが、辛うじて横にずれた修造の目に映ったのは……

悲鳴を上げて崎揚に抱きついてしまったのは、飛びすさったとたん、ぽっかりと口をあけた階段に、転げ落ちそうになったからである。そのとき、なにかが部屋をひらひらと舞い、老婆の枕元に落ちた。セピア色の古い男の写真だ。そして老婆……

足元に敷かれた布団の上で、あの老婆が死んでいた。やはり雛壇に囲まれ……雛もないなにやら古ぼけた写真を並べただけの雛壇に囲まれ……乱れた布団の上で、幼児ほどもある人形を抱きかかえて。

「あれが……彼ですよ」と畸揚が言う。

何千という夜を添い寝したのか、くしゃくしゃになった衣装……と言うより、ぼろ布に包まれた人形……直衣(のうし)姿の……光源氏のような人形……あの女雛の対に当たる男雛と知れるには随分とかかった気がする。

目を見開いたままの老婆の首には、およそ不自然な黒々とした髪が巻き付いていた。

3

姉がいなくなったらここはとても清々しくなった。もっと早くあそこへ持っていくべきだった。

それにしても姉は動けもしないのに、あんな男すら誑(たぶら)かした。誰も彼も誑かすのだ。でももうおしまい。二度とここへは入れない。ここは彼と私だけの家だ。

それにしてもなんとがらんとした部屋になってしまったことか。父が帰ったら悲しむだろうか。怒るだろうか。「あんなに買ってあげた雛はどうしたね」と言うだろうか？

手元に残った父の最後の写真——私と二人で撮ったのが最後というのが嬉しい。

そうだ——なぜこんなことに気付かなかったのだろう。私たちが雛になれば良いのだ。

私が女雛（めびな）、父が男雛（おびな）……立派な内裏（だいり）様になった。

二段目は……三人官女……私の写真を並べよう。そして五人囃子（ばやし）はまた父。ああ、また賑やかな段になった。綺麗な、綺麗な雛壇になった。

人獣細工

小林泰三

太后遂に戚夫人の手足を断ち、眼を去(えぐりと)り、耳を煇(やきつぶ)し、瘖(くちをきけなくする)薬を飲ます。厠(べんじょ)の中に居らしめ、命(なづ)けて人彘(ひとぶた)と曰う。

『史記』呂后本紀より

父が亡くなって一年ほどの間はほとんど何もする気が起こらなかった。と言っても父への思慕の情に堪え難かったと言うわけではない。それどころか、父が死んだことで長年の確執から解放され、気が抜けてしまったのだ。

しかし、一年が過ぎた今、わたしは漸く自分と父との関係を客観的に見ることができるようになってきた。

世間では父のわたしへの愛情をとても強いものだと考えていたようだが、わたしには到底そうは思えなかった。もちろん、他の家庭の父親が子供にどのように接しているのかを本当に知っているのかと尋ねられれば答えに窮してしまうが、少なくとも数少ない友達の家に遊びに行った時の様子やドラマなどで、一般的に父親が子供に対しどのような態度をとるかはわかっているつもりだ。

父からは愛情は感じられなかった。

そんなことを言うと、きまって父を知る人達から反論される。

「お父様はあなたのことをとても愛しておられましたよ。話をしていても話題はいつもあなたのことばかりだったし、出張した時もあなたへの御土産を探すことを最優先していましたよ。もう覚えておられないかもしれませんが、あなたがまだ小さい頃にわたしたちがお宅を訪ねた時など、お父様はずっとあなたを膝の上に座らせておられました。あなたがお父様の愛情を感じられなかったというのは、病弱なあなたの体を心配するあまり、あなたの前でつい暗い顔をすることが多かったからではありませんか？　そんなことをおっしゃっていては亡くなられたお父様がかわいそうですよ」

彼らの言葉はもっともだ。確かに父はそのような行動をとっていた。小さい頃、いつも父の膝の上に座っていたことも確かに覚えている。

しかし、一方で彼らはやはり間違っている。彼らが見ていたのは父の言動だけなのだ。表に出たものだけしか見ていないのに、心の内側まで知っていると思い込んでいるのだ。なんと愚かな者たちだろう。みんな父の演技に騙されていたのだ。

人が見ていない時、父がわたしを折檻していたというわけではない。むしろ、二人っきりになった時の方が演技は過剰になった。

父は周りの人々やわたしに、父がわたしを愛しているということを信じ込ませたかったのだ。なぜなら、父がわたしの体にしたことは愛が前提でなければ許されることではなかったから。

時々しか父に会わない人達は父の演技に簡単に騙されても、毎日一緒に暮らすわたしは父の言動が演技であることを敏感に嗅ぎ取っていた。

父の膝に乗っている時にもわたしは常に重苦しい緊張感を背中から感じていた。はたして、父親という者は愛する三歳の我が子を膝に乗せている時に極度に緊張したりするものなのだろうか？

わたしはぴんと張り詰めたものに耐え切れなくなって、父の膝から離れることが多かった。そんな時、父は必ずわたしを引き戻し、頭を撫でながら言った。

「夕霞（ゆか）、どうしたんだい？　お父さんのお膝の上が嫌なのかい？　お父さんの抱き方が悪かったのかな？　もう一度、お父さんのお膝に座っておくれよ。お父さんはおまえに座ってもらうのが大好きなんだから」父は作り笑いをした。

うっすらと額に汗を光らせる父の表情から、父の本心は手に取るようにわかった。できることなら、わたしが自分の意志で父の膝に座ることを拒否してもらいたがっていた。わたしだって、気詰まりな状態に長くとどまるのは本意ではない。

「夕霞は自分の席に座るの。もう大きいもの」わたしも演技をすることを覚えていた。

父は医者だった。自分の病院を持っている上、大学にも講師として勤務していた。父の専門は臓器移植。そして、わたしは父の患者だった。

わたしの体は隅々までメスを入れられていた。先天性の病気で、心臓や肺を含めほとんどの臓器に欠陥があったのだ。生後まもなくから、わたしは度重なる移植手術を受けてきた。物心がついてからの記憶もほとんど手術に関したものばかりだ。わたしの部屋は病室兼用だった。勉強机はベッドのすぐ横にあり、わたしは椅子を使わずにベッドに腰掛けたまま机に向かった。わたしの部屋にはしょっちゅう看護師や医者たちが出入りし、プライバシーと言えるものはなかった。

移植手術は十代の後半まで断続的に続けられた。小学校の頃からずっと休みがちだったけれども、父が多額の寄付をしている私学だったせいか、高校を卒業するまで落第することはなかった。

自分の境遇をはっきり意識し出したのは思春期の頃だった。女子校だったので体育の授業の時は更衣室を使わず、カーテンを閉めた部屋の中で着替えをしていた。わたしはいつも見学をしていたので、着替えることはなかったが、同級生たちの若い肉体は嫌でも目に入る。もちろん、完全に裸になるわけでも、これ見よがしに見せびらかすわけでもなかったが、下着の間に見える滑らかな肌はわたしのものとは似ても似つかなかった。

わたしの肌はでこぼこしていて、色も斑になっていた。顔や手首から先はそれほどでもなかったが、服に覆われている部分は酷かった。わたしはそのことに気付いて以来、夏でも長袖の服を着るようになった。最初のうち、教師たちは夏には夏の制服を着させようとしたが、父を通じて学校に申請するとすぐさま許可された。

わたしは色付きの眼鏡をかけた。顔も含めて、できるだけ肌の露出を避けたかったのだ。いつも前髪をだらりと下げ、風邪でもないのにマスクをすることが多くなった。

家の風呂場には大きな鏡が取り付けてあった。父のわたしへの愛情がないことはその鏡の存在がはっきりと語っていた。いたる所に醜い手術痕が残っているわたしの全身は否応なく目に飛び込んでくる。父の移植医としての才能は高かったのかもしれないが、形成医としての才能には疑問があった。わたしの手術痕は実に無造作に付けられ、縫い合わされていた。自然な皺と交わるように切られているかと思うと、明らかに両側の皮膚がずれている縫い目もあった。縫い方も目立たなくする努力はいっさい感じられない。むしろ、失敗のないように、念入りに強く縫合されていることが感じ取れた。愛情を持つ者への扱いではない。

もちろん、父に悪気はなかったのだろう。傷口が再び開かないように、ただ一生懸命強く縫い付けたはずだ。しかし、本当に愛情があったのなら、無意識のうちに美しさを保つ努力をしたのではないだろうか。

わたしは鏡を恐れた。しかし、なぜかわたしの目は鏡に吸い寄せられた。鏡の中の継ぎはぎだらけの裸身から目を離すことができなかったのだ。わたしは瞬きすら忘れて、無残な傷痕を見つめ続けた。

パッチワーク・ガール。そう。わたしは継ぎはぎ娘。

その傷痕の下にはわたしのものではない臓器が埋められている。傷痕を見ていると皮膚が透けて、臓器がゆっくりと蠢動し、じゅくじゅくと液体が染み出してくるのが見えてくる。わたしのものではない臓器。人間のものですらない臓器。

豚の臓器。


わたしが生まれた頃、移植に関しては大きく二つの障害があった。

一つは免疫の問題である。人間を含め、動物の体には免疫系が備わっており、異物を排除しようとする。たとえそれが本人を生存させるために必要不可欠な要素である臓器だとしても異物と判断したからには免疫は徹底的に攻撃する。いわゆる拒絶反応である。これを避けるための方法としては、できるだけ自分と近いHLA型を持つ臓器を使う方法と、免疫抑制剤を使う方法がある。HLA型については双子以外では親兄弟といえども完全に適合するとは限らず、ましてや他人に至っては一致するのは非常に低い確率でしかない。また、免疫抑制剤についても、人工的免疫不全にするわけだから、当然予想されるように副作用がある。したがって、実際にはこの二つの方法を組み合わせることによって欠点を補おうとする努力が払われることになる。

もう一つの問題はドナー不足である。親兄弟であれば、他人に比べてHLA型が適合する可能性は高い。だからと言って、肉親のために犠牲となることは決して強制できない。しかし、実際問題として、子供や兄弟に移植が必要になった場合、健康上の問題などがなければ、臓器の提供は当然であるとする無意識の圧力を身の周りの人々や世論がかけてしまうことがある。これははっきりとした人権侵害である。かと言って、まったくの赤の他人が生きているうちに自分の臓器を自分の意志で提供するということは、骨髄など再生可能なもの以外ではほとんど考えられない。となると、ドナーとして有力になるのは死体である。しかし、死体自身は意志のない物体であるにもかかわらず、家族はそれを物体と感じることができないという事実がある。これもまた人間の情としてもっともなことで、強制的に死体から臓器を取り出すことは忍びない。さらに、心臓、肺、肝臓など短時間でも停止すると命に関わる臓器に関しては死体のものは望ましくない。もちろん、生きている人間から、心臓など生存に必要不可欠な要素を取り出すことはできない。そこで、ドナーとして浮かび上がってくるのが脳死者である。

ドナーとしての脳死者は死体よりもさらにやっかいである。死体を指して、これは生命ではない、物体である、と断言することはそれほど困難ではない。事実そうなのであるから。しかし、現に脈を打ち、時には脊髄反射までが残っていることもある温かい体温を持つ人間を指して、物体であると言うことは非常に困難である。心停止しても蘇生する場合があるのに対し、脳の機能がなくなった者は必ず全身の死に至るという事実を伝えるのはたやすいが、脳死者を死者であると実感させるのは難しい。
現に、「脳死」とは移植を行いたいがために、医者たちがでっちあげた概念で、死に近い生の領域に死というレッテルを貼り付けただけではないのかと疑う者もいた。

これらの問題を解決するために開発されたのが異種移植である。つまり、人間以外の動物の臓器を人間への移植に使うのである。

と言っても異種移植自体の歴史は浅くない。人間に対して最初に行われた腎移植がすでに異種移植であった。山羊と豚(ぶた)の腎臓を人間に移植したのだ。ただし、それらは強力な拒絶反応ですぐに壊死してしまった。今、話題にしているのはこのような免疫抑制剤さえ使わないような乱暴な話ではない。

免疫はどうやって体内に入り込んだ異物と自分自身の組織を区別するのか？　実は自分の細胞にはちゃんと目印がついている。それは組織適合抗原と呼ばれている。人間の場合ＨＬＡ抗原という。血液に型があるように、ＨＬＡ抗原にも型がある。しかも、ＡＢＯ式の血液型のような単純なものではない。

まず、ＨＬＡ－Ａ抗原には二十四種類の型がある。そして、ＨＬＡ－Ｂ抗原には五十もの型がある。単純計算でもＡとＢの両方とも一致する確率は千二百分の一ということになる。さらに、ＨＬＡ抗原にはＡやＢの他にＣ、Ｄ、ＤＲ、ＤＱ、ＤＰがあり、赤の他人どうしでこれらすべてが一致するのは数千万分の一の確率だ。もっとも、実際にはすべてのＨＬＡ抗原が一致しなくても、移植手術は行われる。すべてが一致するのが望ましいが、それは一卵生双生児でもない限り、あり得ないことだ。だから、たとえ親兄弟の臓器であろうとも、必ず免疫抑制剤が使用される。

しかし、この一見抜け目のないように見える免疫にも一つ抜け穴がある。ＨＬＡ型さえ一致していれば、他人の細胞でも自分の細胞と区別できなくなるため、攻撃しなくなるのだ。ＨＬＡ以外の部分が違っていても関係ない。別の人種の細胞でも、別の種の細胞でも。——彘の細胞でも。

今では脳死や生体臓器移植の問題は過去の話になってしまっている。動物の臓器を移植することが一般的になったからだ。できるだけ人間に近い動物の臓器が望ましく感じられるが、実際には類人猿は数が少なく、飼育が難しい。また、繁殖にも時間がかかる。身近な家畜の中で比較的人間と似たスケールのものとして彘が選ばれた。

内臓に疾患が発見された場合、患者はすぐに皮膚のサンプルを採られる。そして、ＨＬＡ抗原を司る遺伝子が抽出され、培養された後、彘の受精卵の核に組み込まれる。彘の受精卵はさらにクローニング処理されてから、雌彘の子宮に着床させられる。生まれてくる小彘は患者と同じＨＬＡ抗原を持っている。かくして、急速成長させた彘の臓器を移植してもほとんど免疫による拒絶反応は起きないことになる。明らかに別の種であるのにもかかわらず、免疫系は本人であると判定するのだ。

わたしは彘の臓器移植の最も初期の成功例であり、実験材料であった。わたしの治療を通じて得られた各種臓器の移植データによって、異種移植技術は飛躍的に発展した。なにしろわたしの中のほとんどの臓器は彘のものに置き換わっているのだ。移植医たちは父が発表するわたしのデータを喉から手が出るほど待ち望んでいたに違いない。

「ひとぶた！」

誰かがそう言った。それとも、空耳だったのか？

十年前、学校の窓からぼんやりと校庭を眺めている時、その言葉はナイフのようにわたしの魂に突き刺さった。

わたしは振り向こうとしたが、どうしても体が動かなかった。とてつもなく長い時間が過ぎ去った後、わたしは漸くゆっくりと体を捻り始めることができた。

いや。あれは一瞬のできごとだったのかもしれない。わたしの周りの少女たちは皆スローモーションかコマ送りで動いていたような気がする。生命感のかけらも感じさせない彼女たちはそれでも若い雌の匂いを発散し続けていた。

わたしの視線は少女たちの顔の上を這い回った。恐ろしい言葉を発した者を探し出し、糾弾するつもりだったのではない。わたしは声の主を見つけたくなかったのだ。探す行為をしてなお、声の主が存在しないことを祈っていたのだ。

若い女達はなまめかしいほどにゆっくり動いたが、わたしの視線はそれ以上に焦れったく、のろのろと移動した。

次の瞬間、時は正常な流れを取り戻した。少女たちは一瞬で、わけがわからなくなるほどのスピードで互いの間を泳ぎ回り、位置を変え続けた。

誰があの言葉を言ったのか、今となってはわからない。

しかし、それはわたしの両耳の間で共鳴し続けていた。

「ひとぶた！」

なんと嫌な言葉だろう。そんな言葉を投げ付けられるなら、いっそ「ぶた」と言われる方がましだ。「ひとぶた」という言葉にはどうしようもなく、やり切れない響きがある。

「今、誰か何か言った？」わたしは歪んだ微笑み(ほほえ)を見せた。

みんなの動きが止まった。一斉に無数の視線の針がわたしの継ぎはぎの体を貫き通す。

「どうかしたの、夕霞？」教室の入り口近くにいた佐織(さおり)が声をかけてくれた。

「今、声が聞こえたの」わたしは小声で答えた。

「声？　声が聞こえたって言っても、みんな喋ってるんだし」佐織は訝しげだった。

「ううん。そうじゃないの。誰かが……あの……悪口を言ったのよ」わたしはさらに小さな声で言った。

教室の中の少女たちは口々に何か言いながら、わたしの周りに集まり始めた。

「本当に聞こえたの？」佐織は訊いた。「何かの聞きまちがいじゃないの？」

わたしは無言で首を振った。

「ねえ。なんて、聞こえたの？」由美子（ゆみこ）もやってきた。「どんな悪口だった？」

「酷いことを言ったの」わたしは両手で胸から腹を撫でた。「体のことで」

「体って……その移植のこととか？」

わたしは頷いた。

「大きな声だったの？」

「うん。叫んでるようではなかったけど」

「ねえ。誰か、聞いた人いる？」由美子は周りを見回した。

少女たちは互いに顔を見比べるばかりだった。

「やっぱり、気のせいじゃない？」佐織が再び尋ねた。

「よくわからない」わたしは顔を覆って、座り込んだ。

「なんて、言われたの？」由美子が言った。

『ひとぶた』」わたしは答えた。

ざわめきが波紋のように広がった。

結局、本当のところはよくわからなかった。「ひとぶた」と言った者もそう言われるのを聞いた者も現れなかったのだ。わたしが「ひとぶた」と言われたと主張するだけでは、それ以上、どうしようもなかった。ただ、騒ぎは先生たちの耳には入ったようで、その日のホームルームでは苛めや人権についての話があった。

「ひとぶた」という言葉はその日からわたしの心に染み付いていた。


父が死んでからは父の寝室には誰も入れていない。

寝室といっても実際は書斎も兼ねており、研究室の延長のようにデータや資料が散乱していた。父は死の数か月前にそれらを何十個もの段ボール箱につめて、大学や病院から持ち帰ってきたのだ。

それらの大部分は実験ノートだったが、文書や図面を収めたディスクや、手術や実験の様子を収めたビデオもかなりの数があった。父が死ぬとすぐ、いろいろな研究機関から資料の閲覧を申し込まれたが、わたしはいっさいを拒否した。

父は自分の死期を悟っていたのではないか。だとすると、これらの膨大なデータは他人に見せたくないものなのではないだろうか？　これには何か父の秘密が隠されているのではないだろうか？　それならば、父の遺志を守って、これらの資料とデータは非公開にしよう。

　わたしはそう考え、父の部屋に鍵をかけたままにしておいた。

　やがて、一年が過ぎ、わたしの心も徐々に落ち着いてきたある日、ふと父の資料を整理してみようという気になった。もちろん、わたしは医学について深い知識があるわけでもないし、父の研究を理解していたわけでもない。素人にどれだけのことができるのかはわからないが、そうすることが父とわたしの触れ合いの代わりになるのではないかと思えてきたのだ。

　一年間、換気すらされていなかった部屋の中は一面、埃とも黴とも蜘蛛の巣ともつかない、白いねばねばした汚れに覆われて、カーテンを閉めたままでも、ぼうっと光っているように見えた。段ボール箱をひっくり返した状態のまま、資料は放置されていた。見たところ、ノートの表紙にもディスクやビデオのラベルにも日付は書かれていなかった。標題も「A－3b」であるとか、「夕霞－αω」などと書かれているだけだったので、内容の判別はかなり難しそうだった。

　わたしは適当に一冊、ノートを拾い上げると、父の使っていた机の前の椅子に腰をおろした。椅子の上にも机の上にも埃が溜まっていたが、わたしはスカートや服の汚れは気にせず、袖で机の表面を拭い、ノートを広げた。

三月十五日　腎を移植。ドナーはY－Ⅲ……

いきなり、こんな言葉が目に飛び込んできた。おそらく、わたしのことだ。腎臓移植は十歳の春に行われた。ノートには続いて、意味不明の単語や記号が何ページにもわたって書き連ねてある。

ドナーというのは腎臓を取り出された豚(ぶた)に違いない。Y－Ⅲというのは豚の名前だろうか、それとも状態を示すのか？　Y－Ⅲなどという乾いた命名はいかにも父らしい。

さらに、ページをめくり続けると、V－No.6aという表記があった。V－No.というのはビデオナンバーの略のように見える。わたしは資料の山を崩しながら、ビデオを探した。

V－No.6aと書かれたビデオはついに発見できなかったが、A－6とだけラベルに書かれたものが見つかった。

父の部屋の中にビデオデッキはなかったので、ビデオを持ってひとまずデッキがある自分の部屋に戻った。

再生すると、いきなり乱れた画像が始まり、ノイズ交じりの説明が始まった。父の声だった。画面の中には何人かの医者たちが手術用の服を着て立っており、その中には父もいた。どうやら、音声は画像と同時に録音されたものではなく、後から挿入されたようだった。

突如、画面は二分割された。分割されたそれぞれの画面の中央には手術台が映されている。一方には一人の少女が寝かされており、もう一方には小彘が横たわっていた。少女の顔はよく見えなかったが、右肩の赤黒い魚の頭のような痣からわたしであることが確認できる。

ドナーとレシピエントの手術はほぼ同時に開始された。

わたしの方は父が直接担当しており、丁寧に処置されていた。それに引き換え、小彘は若い医者にまかされ、かなりおおざっぱに進められていた。開腹の途中で大きな動脈を切断してしまったらしく、鮮血が溢れ出した。

やがて、小彘から二つの腎臓が取り出されると、そのまま傷口の縫合もされずに、放置された。小彘の方の場面は消え、わたしの場面が画面いっぱいに広がった。

彘を担当していた者たちは取り出したばかりの腎臓に処置を行った後、金属の容器に入れてわたしの方の手術台にやってくる。

父は無言で腎臓を受け取ると、助手たちに二、三指示を行った後、おもむろに移植を開始した。

自分の体の中身を見ていると、吐き気が際限なく襲いかかってきたが、わたしは歯を食いしばってビデオを見続けた。

やがて、尿管から尿が出るのを確認した後、父は手術台から離れた。縫合は若い医者の担当らしい。

わたしの体についていた下手な縫い痕は父のせいばかりでもなかったようだ。ただ、少なくとも、わたしの体を見れば、若い医者の技術は一目瞭然だったはずだから、父はやはりわたしの傷痕についてはほとんど考慮していなかったのだろう。

小彘は二度と映されなかった。もし、あのまま放置されていたのなら、それほど長くは生きられなかったはずだ。小彘の中で生きている唯一の部分はあの腎臓——この腎臓だけだ。

わたしは掌を手術痕にあてた。

ビデオは始まった時と同じく、唐突に終わった。

「手術を嫌がってはいけないよ」父は病室でわたしを諭した。「お前の心臓と肺はとても、弱っているんだ。保(も)ったとして、あと何か月かだ。心臓が止まってしまっては、とても生きてはいられない」

「嫌。これ以上、ぶたの肉を体の中にいれないで、お父さん」わたしは涙を流して懇願した。

「だめだ」父は首を振った。「父親としても、医者としても、手術を受けさせないわけにはいかない。それに、お父さんには、なぜおまえがそんなにも移植手術を嫌がるのかがわからない」

「だって、ぶたなのよ！　わたし、学校で『ひとぶた』って言われたのよ！」

「『ひとぶた』？」父は一瞬眉をひそめた。「まあ、言いたい者には言わしておきなさい。移植なんて、入れ歯やコンタクトレンズと同じだ。入れ歯やコンタクトレンズが何からできているかなんて、誰も気にしないだろう。実際、角膜に傷ができたときなどぶたの組織を原料にしたコンタクトレンズが使われることもある。だからって、そのコンタクトレンズを使った人がぶたになってしまうわけではないんだ」

「だって、移植は体の中に入れるのよ。ぶたの血とわたしの血が、ぶたの肉とわたしの肉が交じり合うのよ！」わたしは鼻水が垂れるのもかまわず喚いた。

「ぶたの組織と人間のそれとの間にそれほど大きな違いはない。第一、世の中のほとんどの人はぶた肉を食べているじゃないか。おまえのことを『ひとぶた』と言って蔑むやつの血や肉だって、ぶたの死体から作られているんだよ」

「食べるのと、移植するのとは違うわ。だって、まだ生きているぶたから、とるんでしょ」

「もちろんだ。一度、心停止してしまったら、手術の成功率は著しく低下する。腎臓や角膜や骨なら、死体からのものでも特に問題はないが、心臓や肺や肝臓ではそうもいかない」

「嫌よ！　嫌よ！」わたしは粘った。「お父さんは嘘をついているわ。本当はそんな手術なんか必要ないんでしょ！　お父さんはただ移植データが欲しいだけなんだわ！」

父の顔色が変わった。

「そんなことはない。おまえは生まれつき、重い病気にかかっていたんだ。だからこそ、お父さんはおまえを助けるために、必死になって異種移植の研究をしたんじゃないか」

わたしは父の顔を見ずに泣き続けた。父は呆れたようにため息をつき、しばらくおろおろとわたしの機嫌をとろうとしたが、やがて諦めたのか病室から出ていこうとした。

「待って、お父さん」わたしは啜り上げた。「一つ、聞いておきたいことがあるの」

「なんだね。言ってごらん」父は精一杯優しく聞こえるような声の演技をした。

「わたしのお母さんは本当は誰なの？」

「いきなり、何を言いだすんだ」父の目がふらふらと泳いだ。「お母さんは夕霞を生んだ時に死んでしまったということは知っているだろう」

「その話はお父さんにずっと聞かされていたけれど、わたしは信じてなんかいないわ。だって、おかしいもの。うちには家族の写真が一枚もない。普通のうちなら、たとえアルバムがなくても、写真ぐらいは何枚かあるものだわ」わたしは詰問の口調になっていた。「お母さんの写真がないのはなぜなの？」

「写真嫌いな家族だっている」

「それだけじゃないわ。わたしはお母さんの親戚には一人も会ったことはない。お母さんの両親の名前や住んでいる場所も知らない」

「人には事情というものがある」

わたしは机の引き出しを開けて、封筒を取り出した。

「戸籍謄本よ」

「夕霞、どうしてこんなものを……」父の目は見開かれた。

「今まで、戸籍が必要な手続きは全部、お父さんがやっていたから、気がつかなかったと思ってたんでしょ。……わたしの戸籍にはお父さんの名前しかなかった。母親の欄は空白なの。いったい、これはどういうことなの？　お母さんはどうなってしまったの？」

父はしばらく戸籍謄本を眺めた後、悲しそうに首を振って、部屋の隅の端末の前に座った。

「夕霞、これを使ってもいいかな？」

わたしはどう答えようか躊躇（ちゅうちょ）したが、父はわたしの返事を待たずに、端末のスイッチを入れた。慣れた手つきで、どこかのコンピュータにアクセスしたようだ。

「ご覧。お母さんだ」

画面に表が現れた。

身長、体重、体型、学歴、病歴、知能指数、運動能力、特技。それらの項目が数語ずつの言葉で埋められていた。

「何、これ？　これがお母さんてどういうこと？」わたしはわけがわからなかった。

「夕霞は言ったね。『わたしのお母さんは誰か？』と。でも、お父さんもわからないんだ。ここに書いてあることが、お母さんについて、お父さんが知っていることのすべてなんだよ」

「わからないわ。……いったい……まさか！　そんな……」わたしは理解した。

「お父さんは若い時、とても一生懸命、勉強したんだ」無表情な父の顔がなぜかこの時だけは少し悲しそうに見えた。「お嫁さんを探す暇がなかったんだ。でも、お父さんは子供が欲しかったんだ。だから、お金をためて、特上の卵を買ったんだ。このデータシートを見ればわかるだろ。最高の素質を持った卵だ。とても高かったよ。お金がかかったのは卵だけじゃない。子宮も借りなければならなかったんだ。でも、夕霞は紛れもなく、お父さんの子だよ。お父さんの精子を使ったんだから、絶対に間違いなく、お父さんの子供なんだよ」

わたしは吐き気を覚えた。

「わたしの半分は買われてきたのね。犬や猫のようにお金で買われたのね。そして、残りの半分はお金で子供を買うような男から受け継いだものからできているのね」

「何を言っているんだ。精子や卵を買うことも、子宮を借りることも完全に合法的なことなんだよ。夕霞はちゃんとした手続きで生まれてきたんだ。今まで、隠してたことは悪かった。謝るよ。でも、これは夕霞のことを考えてのことだったんだ。……その……つまり……ショックを受けるんじゃないかと思ったんだ。……ショックだったかい？」

「ええ、ちょっと」わたしは手で顔を覆った。

「もう少したったら、言うつもりだった。夕霞が大人になったら、大人になって病気が全部治ったら、ちゃんと教えるつもりだったんだ」父はますますおろおろとした。

「別に悲しむことなんかないんだ。世の中にはそんな親子はいっぱいいる。子供には秘密にしているだけさ。だって、そうだろう。欲しいのは子供なんだ。そのために赤の他人と暮らさなきゃならないなんて、ナンセンスじゃないか」父はわたしよりもむしろ自分に話しかけているようだった。「自分の子供は自分の考え通りに育てる権利があるはずだ。他の人間に口出しさせるものか。それにみすみす欠陥だらけの遺伝子と自分の遺伝子を混ぜ合わせるなんて、虫酸が走る。金さえ出せば、完璧な遺伝子を持つ卵が買えるのに。自分の精子は完璧な卵と受精させたいじゃないか！」父は自分の叫び声に、はっと我に返ったようだった。「あ……ああ……すまない。興奮してしまったようだ。大丈夫だ。心配する必要はない。なんでもないんだ。……でも、お父さんは……お父さんは……」父は肩を落として病室から出て行こうとした。

「待って！」わたしはなぜあんなことを言ったのだろう？「いいわ。手術を受けてもいい」

父の姿があまりに惨めだったからだろうか？　恋愛すらまともにできない男が必死に自己を正当化する様子が哀れだったからだろうか？

父ははっとして顔を上げた。

「でも、一つ条件があるの」

「条件？」父の目に光が宿った。

「その手術が終わったら、今度は皮膚を移植してほしいの」

「皮膚？　どこか、火傷でもしたのか？」

「火傷なんかじゃないわ。これを見て！」わたしはガウンを脱ぎ捨てた。「わたしの体は縫い目だらけだわ」

「手術の痕が気になっていたのか！」父は驚いているようだった。

　わたしにはそんな父が信じられなかった。

「この上を皮膚で覆ってほしいの。もちろん、傷自体はなくならないってことは知っているわ。でも、少なくとも外からはわからなくなるのでしょ」

　父は魅せられたようにわたしの肌を見つめたあと、不気味な笑みを見せて頷いた。

　そして、そのまま何も言わず、病室から出て行った。

　父がいなくなると、わたしは嗚咽（おえつ）した。自分の言ったことを痛烈に後悔した。


　わたしへの最初の移植手術は生後三か月の時に行われている。生まれてすぐに異常が発見されて、わたしの遺伝子を彘（ぶた）の受精卵に組み込んだとしても、到底こんなに早い手術は無理だ。明らかに、父は計画的にことを運んでいたのだ。購入した卵に自分の精子を受精させ、いくつかに分裂させて、そのうち一つだけを金で雇った女の子宮に着床させ、残りはそのまま彘への遺伝子組み込み用に使ったに違いない。父は遺伝病を持たない卵を購入したと言った。それは信じてもいいだろう。遺伝的疾患を持つ配偶子を販売する場合、必ず特性表に明記することが義務付けられているし、あの特性表は厚生省に登録されているものと一致した。そして、特性表に添付されている遺伝子スペクトルはわたしのものと部分的に一致している。偽造されたり、他の卵の特性表とすり替えられた可能性はほとんどないと言ってもいいだろう。だとすると、わたしにあったという諸器官の欠陥は胎児もしくは胚の段階で発生したことになる。意図的に発生させられたという可能性はないだろうか？　そもそも、本当にわたしの臓器に欠陥なぞあったのだろうか？

父はわたしへの移植手術のうちのほんの一部だけを学会やマスコミに発表していた。わたしに行った大部分の手術は隠されていたのだ。父の残した資料を調べてわかったことだが、多いときはほぼひと月に一回のペースで手術が行われていたのだ。

少なくとも、父は違法行為をしていた。

人の遺伝子を動物の細胞に組み込むことはある特定の機能を発現する目的の場合にのみ許されている。例えば、HLA型決定遺伝子やある種の酵素やホルモンを作る遺伝子がそれに当たる。

しかし、父はその範囲を越えて人の遺伝子――わたしの遺伝子を彘の細胞に組み込んでいた。はっきりと人の特徴を備えた器官を持つ奇形の彘を作り出していたのだ。

わたしに移植された器官は体内に隠されたものばかりではなく、外から見えるものもあった。

わたしの耳は内耳まで含めてすべて移植されたものだが、耳朶の形に特に異常はない。彘の耳ではさすがに異様だと思ったのだろう。もっとも、人の耳を持つ彘も決して気持ちがいいものではないが。

耳以外にも歯や舌や鼻までもが彘からの移植だった。驚いたことに乳首と乳腺までもが彘からのものだった。わたしの乳房は子育ての時期だけ発達し、それ以外の時期は縮小している。ところが、わたしの乳房は正常に第二次性徴を迎え、発育を終えている。もし、その彘を移植用に使わず、成長させていたとしたら、女の乳房を持つ彘が誕生したのだろうか？　それとも、人間のホルモンにさらされたからこそ、人間の乳房の形になったのだろうか？

胃、腸、気管、動脈、神経、骨、筋肉。わたしの体のありとあらゆるものは彘から奪い取ったものだ。唾液腺も彘のものだ。わたしは四六時中、彘の唾を飲み続けている。

父のノートに上肢および下肢の移植という文字を発見した時、さすがに自分の目が信じられなかった。いくらなんでも、手足だけは自分のものだと信じたかった。

だが、わたしは見てしまったのだ。そのディスクには丸い胴体には不釣合な貧弱な手足が生えている仔彘の姿が収められていた。

「わたしは人彘なのかもしれないわ」わたしは昼休み、一緒に弁当を食べていた佐織と由美子にぽつりと言った。

心臓移植のための入院が終わって数週間が過ぎていた。

二人は聞こえないふりをして、黙々と箸を口に運んだ。不自然な沈黙が流れる。周りの雑音――若さの誇りに満ちた少女たちのさんざめく声や駆け回る音が三人を包んだ。

「ねえ、『ひとぶた』って、史記に出てくる言葉だったのね。この前、漢文の時間に習ったでしょ。だから、あれはわたしへの悪口じゃなかったのかもしれないわ。でも、どっちだって、同じことなの。どうせ、わたしは人彘なんだから」わたしは二人にかまわず話を続けた。

佐織の箸が止まった。由美子は挫けずに食事を続けていた。かわいそうにほとんど味はしないだろう。

もちろん、こんなことを突然言われたら困ってしまうことぐらいはわかっていた。話さずにはいられなかったのだ。

「夕霞は戚夫人ではないわ」由美子はわたしの顔を見ずに言った。「それに夕霞のお父さんも呂后ではないし」

「どうして、そんなことが言えるの？　由美子はわたしでも、お父さんでもないのに」わたしはきつく言った。

「そう。わたしは夕霞でも、夕霞のお父さんでもない。でも、夕霞だって、戚夫人じゃないし、ましてや呂后じゃない。どうして、自分と人彘を重ね合わせたりするのか、理解できないわ」由美子は周りに聞こえることを慮（おもんぱか）ってか、呟くように言った。

「わたしが人彘に似ているからよ。もちろん違うところもあるけれど。戚夫人は体の外側を取られて、人彘になった。わたしは体の中身を取られて人彘になったのよ」

「夕霞は中身を取られてなんかいないわ」由美子はやっと顔を上げた。「悪くなったところを新しい臓器に取り換えたのよ。そんなこと、今では普通のことよ。ただ、夕霞の手術が初期のころに行われたっていうだけじゃない」

「そうよ。わたしのおばさんもこの間、ぶたの肝臓を移植したのよ」佐織は震えながらやっと口を開いた。「そんなこと、当たり前のことよ」

「健康な体になれたんだから、お父さんに感謝しなくちゃいけないのに、自分を人彘に例えたりしたら、お父さんに悪いじゃない」由美子は少し怒っているようだった。

「違うのよ」わたしは自分の考えをうまく表現できずに焦った。「そうではないの。

何かが違うの。わたしは佐織のおばさんのように、ただ移植を受けただけではないのよ。わたしの移植手術は実験だったのよ」

「だから、どうだっていうの？」由美子の声はだんだんと大きくなっていった。「わたしたちが赤ん坊のころは世界のどこの国でも異種移植の成功例はほとんどなかったのよ。でも、娘が重病になってそれしか方法がないとしたら、賭けてみるのが親心なんじゃないかしら？　もちろん、その手術の記録は否応なしに貴重なデータとして扱われるから、結果的には実験のように見えるけど、ちゃんと病気が治ったからいいじゃないの」

「今まで、心臓の移植はほとんどなかったけど、これからは気軽にできるんじゃないかしら？　夕霞とお父さんのおかげだわ」佐織は由美子の話を裏付けた。

「わたしにはわたしの部分はほとんど残っていないの」わたしは息が荒くなってきた。

「どういうこと？　何を言っているの？」由美子は尋ねた。

「戚夫人は呂后に手と足と目と耳と言葉を奪われた。わたしはもっといろいろなものを奪われたの。腎臓、肝臓、心臓、肺、膵臓（すいぞう）……」

「でもそれはみんなだめになっていたのよ。放っておいたら、死んでいたのよ！」由美子の声は叫びに近くなった。

「戚夫人もわたしも死ななかった。戚夫人が取られたものは人間として生きるために大事なものばかりだったけれど、直接生命を維持するためには必要なかったから。そして、わたしが取られたものは生命を維持するためには必要なものだったけれど、代わりに彘で置き換えることで生命を保っている」
「戚夫人が取られたのは体の一部だけじゃないわ」由美子は周りの目を気にすることを止めたようだった。『人彘』と呼ばれることで人間としての威厳まではぎ取られてしまったのよ。夕霞とは全然違うわ！」
「そうかしら？」わたしはぼろぼろと涙を零した。「肉体の一部を取られることだけで、人彘になるとしたら、人間の肉体を取られてさらにぶたの肉体を与えられたわたしが人彘でないとどうして言えるの？」

わたしは過去の思い出のフラッシュバックに悩まされながらも、父の残した資料の探索を続けた。膨大な資料に圧倒されそうになりながらも、わたしは人間とはなんだろうと考えるようになった。人間の存在意義というような哲学的な悩みではない。もっと、即物的なことだ。わたしは人間の定義が知りたかったのだ。つまり、どのような条件を備えていれば人間と呼べるのかを。

人間には人権がある。人間以外のものにも人権を認めようという考えもあるだろうが、今のところ、人間以外のものを殺しても殺人罪に問われることはなく、せいぜいが器物損壊罪程度の犯罪にしかならない。その間には不連続な差異がなければならない。

雪男だとか、大足（ビッグ・フット）だとかいう未確認の話は別にして、自然界には人間と紛らわしい動物は発見されてはいない。しかし、現代では遺伝子工学が異常な発達を見せている。現に父は法律で禁止されているにもかかわらず、人間の遺伝子を彘（ぶた）に組み込み、いくつかの人間特有の形質を発現させている。

「特定の遺伝子を持ち、形質が発現したもの」を人間であると定義すると、父の作り出した奇形彘の中に人間がいた可能性も出てくる。

この考えにはこう反論することができるかもしれない。

遺伝子の集合体である染色体の構成はゲノムと呼ばれている。いくら人間の遺伝子を組み込んだと言っても、その母体は彘のゲノムなのだ。人間であるかどうかは特定の遺伝子の有無で判断するのではなく、ゲノム全体で判断しなければいけないのだ、と。

口でいうのは易しい。しかし、ゲノム全体の判断など、本当にできるのだろうか？

彘に人間の遺伝子の一部を組み込んだものは人ではなく、彘だとする。逆に人間に彘の遺伝子を組み込んだ場合、それは人間だとする。では、遺伝子の半分を人間、半分を彘のものにしたとしたら、どうだろうか？

　そのようなことをしても、発生段階で致命的な問題が起きて、生物にはならないのかもしれない。しかし、人間と彘は共に哺乳類であり、遺伝子の大部分は共通だ。将来、精密な遺伝子の組み替えができるようになれば、人間と彘の特徴を合わせ持つ動物を作り出すことができるようになる可能性もまた否定できない。はたしてその生物は人間か、彘か？

　そのような問題が発生しないように法律で禁止すればいい、という意見は本質的な解決にならない。法律はある程度、人間の行動を抑制できるが、完全ではない。技術的に可能であれば、どこかで誰かが必ずやる。そして、その生物が誕生してしまったからには判断をくださなければならない。

　人間と彘の遺伝子の割合を比べるのは意味がない。もともと、遺伝子の大部分は共通であるうえ、介在配列と呼ばれる形質を発現しない遺伝子をどう評価していいのかわからない。例えば、介在配列を全て彘のものに取り換えた場合、彘の特徴は持っていなくても彘になってしまうのか？

　そのような問題がすべてクリアになったとしても、まだ見過ごしていることがある。わたしのように、彘の臓器を移植された人間だ。わたしの内臓のほとんどは正真正銘の彘の細胞からできており、その核に含まれているのは彘の遺伝子だ。もちろん、H

ＬＡ型決定遺伝子など特定の遺伝子は人間から由来したものだが、それを人間である根拠にはできない。もし、それを根拠にするなら、移植用に遺伝子を組み替えられた彘は人間だということになってしまう。

わたしの臓器の大部分は彘のものだ。皮膚や筋肉や骨の一部も彘のものになっている。血液を作る骨髄も彘からの移植だから、白血球の遺伝子も彘のものだ。もし、わたしが何かの事件に巻き込まれて、遺伝子のサンプルをとられたとしたら、彘であると判断されてしまうかもしれない。

わたしはなぜこんな嫌な思いをしながらも、調査をやめることができないのだろう？　わたしはいったい何をしているのだろう？　わたしはわたしの心の奥底の声にしたがっている。何か大事なことがあるはずだ。わたしが忘れてしまったこと。ひょっとすると、自分を人間であると確信できる証拠が見つかるかもしれない。

自分を人彘だと思い始めたのは十代の頃だった。漢文の授業で「彘」という漢字を知ってから、「ぶた」という言葉を聞いたり、話したりする時にも「彘」という文字が浮かぶようになってしまった。わたしは取り憑かれてしまったように、あの話が頭から離れなくなっている。もう十年近く、毎日人彘のことを考え続けている。わたしの精神はこのままの状態では、そう長く保たないだろう。早く探し出さなければ。でも、いったい何を？

三歳四か月。胃移植。

胃は必須の器官ではない。なぜ、こんなものを危険を冒してまで移植するのか？

二歳八か月。角膜移植。

わたしは彘の角膜を通してしか世界を見ることができない。

二歳二か月。声帯移植。

わたしの本当の声はどんなだったのだろう？

一歳十か月。涙腺移植。

わたしの涙は彘の涙。

一歳六か月。乳頭と乳腺移植。

なんの意味もない。なぜこんなものを？

一歳零か月。子宮移植。

わたしは……。わたしは……。

八か月。卵巣移植。

「夕霞、もうすぐこの綺麗な肌がおまえのものになるんだよ」父は嬉々として彘の皮を撫でた。

地下の研究室の中で育てられているその彘には毛が生えていなかった。いや正確には、局所的——頭頂部、目の上、前足の付け根、生殖器——に黒く長い毛が生えてはいた。人間の女性そっくりの艶やかな肌のせいでいっそう彘の形態が醜く見えた。

「随分、太っているだろう。表皮面積を大きくするためにわざと肥満にしたんだ。なにしろ、彘の表面と人間の表面ではかなり形が違うからね。皺になったり縫い痕が残ったりしてはなんのための移植かわからなくなってしまう。皮膚の量さえ十分にあれば、自由に加工ができる」父は目を細めた。「最初は手術痕の部分だけの移植を考えていたんだが、メラニン色素の調節が意外と難しくてね。夕霞の本来の肌の色は出なかったんだ。このまま移植すると、継ぎ目のところで色の違いがわかってしまう。それで、思いきって全身の移植をすることにしたんだ」

「お父さん、一つお願いがあるの」わたしは彘の頭を撫でた。「わたしの肩にある痣のことなんだけど」

「ああ、そう言えば、痣があったような気がするな」父は興味なさそうに言った。

「痣がどうした？」

「皮膚移植をすると、この痣もなくなってしまうの？」

「なんだ。そんなことか。心配する必要はないよ。手術が成功すれば、夕霞は全身小麦色の健康美人になれるさ。まあ、今の色白美人も捨てがたいが」父は作り笑顔を見せた。

「違うの」わたしは無反応な彘を撫で続けた。「痣は残しておいて欲しいの」

「え!?」さすがに父も驚いたようだった。「できないことはないが、どうしてわざわざ痣を残すなんてことをするんだい？」

わたしはガウンを脱ぎ捨て、寝間着の襟をひっぱり肩を露出した。そこには拳骨ぐらいの大きさの赤黒い魚の頭の形をしたものがあった。

「これはわたしが生まれた時からついていたものなんでしょ」

「そうだ。その痣のおかげでお父さんは夕霞を他の子供から区別できたんだよ」

父は痣がなければ自分の子供すら見分けられなかったのか。でも、そのことはかえって説明に都合がいい。

「わたしの体でこの部分は確実にわたしのものだわ」

「その痣以外にも交換していない部分はいっぱいあるぞ。脾臓もそうだし、甲状腺も……」

「そんなものは外から確かめることはできないわ。それにこれから先、移植手術が必要でないとも限らない。でも、皮膚の一部ならいつでも確かめることができるし、取り換えなくてはならない可能性も少ない。……皮膚のこの部分を火傷するとか、皮膚癌ができるとかしなければね」

「だとしても、皮膚なら他のところを残せばいいだろう。背中でもおなかでも。目立つのが嫌なら、内腿(うちもも)か、足の裏がいい」父は少し苛立ったように言った。

「いいえ。この痣がいいわ。小麦色の肌の中で、一部分が白くなっていたって、強い印象は感じないもの。やっぱり、この痣がいいわ。魚の頭の痣が」

「どうして、強い印象を与えなければならないんだ？」

「痣は否定的な印象を与えるものだわ。特にこのぐらいの大きさになると。だからこそ、はっきりと印象に残るの。夕霞の肩には魚の頭の形をした赤黒い痣があるって。さっき、お父さんは言ったわ。この痣のおかげで、他の赤ん坊と区別できたって。つまり、この痣は識別子なのよ。この痣を持つものは夕霞として認識される。存在は他者の認識に依存するものよ。この痣を持っている限り、わたしは夕霞でいられる。この痣が消えると同時に夕霞もなくなってしまう」

「何を言っているんだ？」父はうろたえた。「お父さんにはどういう意味なのかさっぱりわからないぞ」

「どうして、こんな簡単なことがわからないの？　わたしの体は年ごとにわたしでないものの体で置き換わっていく。それなのに、どうしてお父さんはわたしを夕霞だと思えるの？」

「おまえは夕霞だ。体の器官が少々、入れ替わったって関係ない。部分は問題じゃない。夕霞としての人格の統一があるなら、それは全体として夕霞なんだ」

「違うわ。お父さんにどうしてわたしの人格的同一性がわかるの？　今のわたしが心肺移植前のわたしと連続した人格を持っているという根拠は何？」

「そう言われると、どうとも答えられないが」父は腕組みをした。「ということは、夕霞自身には自分の人格的統一性が感じられないということなのかい？」

「もちろん、自分ではいつも自分が夕霞であるという意識は保っているわ。でも、それは問題じゃないのよ」わたしは瑞々しい彘の肌をもんだ。「もしこの彘が『わたしは夕霞だ』という認識を持っていたって、この彘が夕霞になるわけじゃない。みんながこの彘を彘だと思い、わたしを夕霞だと思っている。だから、この彘は彘になって、わたしは夕霞になるの。わたしや彘の思いなんて関係ない。お父さんはわたしの姿を見た時、漠然とした全体の印象が夕霞に似ているから、わたしのことを夕霞だと考えているだけで、わたしの人格まで捉えているわけではないはずよ」

「だからと言って、どうして痣なんだ。痣なぞなくても、夕霞は夕霞だ。もう赤ん坊じゃないんだから、痣が唯一の識別子でもないだろう。例えば、顔とか、声とか、しぐさとかで十分夕霞だとわかるじゃないか」

「でも、この痣は見るひとに強烈な印象を与えるわ」

「嫌悪という印象をね」父は吐き捨てるように言った。

「お父さんはこの痣に嫌悪を感じるのね」

「いや、その、そんなわけではないんだが」

「無理に否定しなくてもいいのよ。異形のものへの自然な感情だわ。必要な時に理性で感情が制御できるのなら問題ない。とにかく、たとえ、それが否定的な意味だとしても、この痣が人々にわたしを夕霞として最も強く認識させているのは間違いないのだから、この赤黒い魚の頭の形はわたしの中で最もわたしであるところなのよ。これを取り除くことはわたしを失ってしまうことなの」

父の残したデータの整理は遅々として進まなかった。せめて日付などをもとにして、年代順にまとめようとも思ったが、データと日付の対応関係がうまくつかない資料が大量に出てきて、それすらままならなかった。

専門家の手を借りることができれば、もっと楽になるのかもしれなかったが、どうしても他人に見せる気にはならなかった。見せるとしても、目的を達成した後でないとだめだ。

目的？　目的ってなんだろう？　なぜ、わたしは苦労して訳のわからない呪文のような言葉を書き綴ったノートや、凄惨な場面を記録したビデオや、対応アプリケーションすらよくわからないコンピュータ用のデータの山の中でもがかなければならないのか？

わたしは自分自身を苦しみから解放してくれる知識を探しているのだ。わたしはつねに得体のしれない不安に責めさいなまれている。わたしは何者か？　わたしは父にとって、何なのか？　父はなぜわたしを育てたのか？　それらの不安はすべて無知から来るものだ。真実を知れば、すべてを白日のもとに晒せば、不安は消えるはずだ。それがどんなことであっても、無知よりはましだ。

玄関のチャイムがなった。

わたしは側にある端末から、玄関のモニタを呼び出した。

わたしと同じぐらいの年格好の女性が映っていた。すぐに名前は出てこない。しかし、まったくの初対面だというわけではない。彼女の顔には記憶をくすぐるものがある。思い出せないのは、年月がわたしの記憶を曇らせ、彼女の顔に年齢を刻み込んだためだろう。

「はい。どなたでしょうか？」わたしはインターフォンのスイッチを入れた。

「あの。わたし、田沼と申します」女性はやや緊張した声で答えた。「ええと、旧姓は南浦です。南浦佐織です」

佐織！

「ちょっと、待っててください」

わたしは服の埃を払いながら、玄関に急いだ。

佐織と会うのは高校を卒業して以来だ。

「夕霞、久しぶり」ドアを開けると、そこには少女の佐織がいた。

しかし、次の瞬間、佐織の姿はゆらぎ、佐織に似た大人の女になった。

「佐織、本当にご無沙汰よ。何年ぶりかしら？　いったい、あなたはいくつになったのかしら？」

「何、言ってるの。二人は同い年よ」佐織は綺麗な歯を見せて笑った。

大人の佐織の姿にちらちらと少女の姿がフラッシュバックする。

「とにかく、中に入って。随分、散らかっているけど」

その言葉は謙遜ではなかった。家の中は本当にめちゃくちゃな状態だったのだ。

「お邪魔じゃないかしら？」

「いいえ。一人でくさくさしていたところだったの。大歓迎よ」

「あの。ひょっとすると、一人で住んでいるの？」玄関に放置してある段ボール箱を跨ぎながら佐織は苦笑した。

「ええ。父が亡くなって収入がなくなったんで、使用人の人達にはやめてもらったの。まあ、遺産は結構あったから、当分わたし一人食べていくのに支障はないんだけど」

わたしは言い訳がましく言った。

「まあ、そんなに財産があるなんて、羨ましいわ」

「そんなこともないわよ。税金ばかりかかって。……この家と同じ敷地内には病院も建ってるけどわたしには宝の持ち腐れだわ」わたしはため息をついた。

「病院には何人か先生と看護師さんたちがいらしたんじゃなかったかしら？」

「ああ、あの頃にはまだ大勢いたけど、父が亡くなった頃にはもう看護師さんが三人いるだけだったの。その三人にも、もうやめてもらったのよ。父は晩年、気難しくなって、人を避けるようになっていたの。先生たちとも折り合いが悪くて、みんな自分の方からやめていったみたい」

応接間の方が綺麗だったが、佐織とはゆったりと話がしたかったので、居間に通した。

「ところで、今日はどうして訪ねてきてくれたの？」

わたしたちは学生時代によくやっていたように、半分寝転ぶような体勢でソファに腰掛けた。

「実はこの間、同窓会に行った時に夕霞の話が出て、お父さんのことを聞いたの。もう一年以上になるんですってね。わたしも由美子もお父さんと親しかったから、驚いちゃって。今日も本当は二人で来るはずだったんだけど、あいにく由美子のお母さんが入院なさることになって」

「まあ、由美子のお母さんが？　どこが悪いのかしら？」

「肝臓らしいの。移植するらしいわ」

わたしは突然立ち上がり、頭をかきむしり、悲鳴を上げた。自分を失ってしまったわけではない。しかし、どうしても行動を制御できなかった。自分の目が大きく見開かれるのもわかっていたし、肋骨が持ち上がって、大きく息を吸い込むのもわかっていた。声帯がしまるのもわかっていた。なのに、長々と悲鳴をあげ続けるのを抑止することはできなかった。

わたしは冷静に佐織を観察することすらできた。佐織はわたしを見上げ、ばたばたと手足を動かしていた。あまりのことに運動系の制御が不能になったのだろう。さすがに、そんな状態は数秒だけで、佐織はふらりと立ち上がると、わたしの肩に手を置いて激しく揺さぶり始めた。

「夕霞、どうしたの!? しっかりして！ 何があったというの!?」

不思議なことに、佐織の言葉を聞いた途端、また自分を制御できるようになった。

全身の力が抜けてがくがくする。わたしはとにかくソファに座り込んだ。

「大丈夫？ わたし、いけないことを言っちゃったのかしら」佐織はおろおろと言った。「ううん。ごめんなさい。驚いたでしょ。自分でもよくわからないのよ。こんなことは初めてだわ。最近、父の残した資料を整理していて、昔のことをあれこれ思い出していたのが悪かったのかしら？」

「昔のこと？」

「ええ。でも、今日はそのことは話したくないわ。それより、ねえ、あなた名字が変わったのね。旦那さんはどんな方？」

「夕霞、最近体の具合はどうなの？」佐織はわたしの質問を無視した。「資料整理なんか、何も夕霞がやらなくたって、だれか他の人にまかせればいいじゃない」

「体は見ての通りとっても調子がいいわ。健康そうに見えるでしょ」

一瞬の静寂が流れた。佐織の目に驚きとも恐怖ともつかないものが表れた。

「じゃあ、夕霞は自分ではわからないのね」

「わからない？　いったい、なんのこと」

「ちょっと、待って」佐織はハンドバッグを探ってコンパクトを取り出した。「自分の顔を見て。どんな感じに見える？」

「どんなって、いつも通りよ」

「ずっと、会ってないから、はっきりとしたことは言えないけど、少なくともわたしには夕霞の顔はとてもやつれて見えるわ」

やつれている？

わたしは佐織からコンパクトをひったくり、まじまじと自分の顔を眺めた。多少、皺は目立つが、やつれているとは思えなかった。

「光線の加減か何かでそう見えるんじゃない？」

「夕霞、ちゃんと食事はとっているの？」

「ええ。だけど控え目にはしているわ。わたしは太るわけにはいかないもの」わたしはため息をついた。「これ以上は絶対に太れないのよ」

「肌の色はとても健康的に見えるけど……ちょっと腕を見せてくれない？」

佐織に言われるがまま、わたしは腕を差し出した。佐織は息を呑んだ。

「骨と血管が浮き出ているじゃないの。本当にちゃんと食べているのなら、病気かもしれないわ。夕霞、最近お医者様に診てもらったことはあるの？」

わたしは自分の腕とそれを摑む佐織の腕を見比べた。確かに少し細めかもしれないが、病的に細いとは思えない。逆に佐織の腕の方がぶよぶよと脂ぎっていて、わたしに不快感を与えた。もちろん、佐織は太ってもかまわないのだ。でも、わたしは絶対に太れない。少し瘦せているぐらいがちょうどいい。

「いいえ。わたしは生まれてからずっと父に診てもらっていたけど、父が亡くなってからはまったく医者にはかかっていないわ」

「それはよくないわ。お父さんの知り合いのお医者様とかいるんでしょ」佐織の目はからかっているようには見えなかった。「あなたの体は普通じゃな……その……特別なんだから、全く医者にかからないのは無謀だわ」

父は医者としては高名でその功績は高く評価されてはいたが、人付き合いは悪く、その成果も大部分を公表しなかったため、人脈は貧弱だった。そんな父にわたしを託せるような友人はいるはずもなかった。父は自分の死後のわたしのことなど全く気にかけていなかったのだろう。

「自分の体のことは自分が一番よくわかってるの」わたしの語気は思わずきつくなった。「これ以上、太らないようにしているのにも、ちゃんとした理由があるのよ」

「理由？　どんな理由」佐織はわたしの気迫に押されたのか、声が小さくなった。

「わたしの体は至るところが彘(ぶた)なのよ。だから、少しでも彘に近付くようなことをすれば、あっと言う間に彘に戻ってしまうのよ」

「え？　何を言っているの？　人間は彘になったりはしないわ」

「本当にそんなことを信じているの？　わたしは人彘(ひとぶた)なのよ。油断をしているとすぐに人から彘に転がり落ちてしまうのよ」

「夕霞は人彘ではなくて、れっきとした人間なのよ」

　わたしはにやりと笑った。やはり、佐織は何もわかっていない。現実を認識していないのだ。

「『人は彘にはならない』あなたは今、そう言ったわね」

「ええ。そうよ」佐織は頷いた。

「じゃあ、逆はどうなの？　彘は人になれるの？」

「どっちも一緒よ。生物の種が勝手にころころ変わったりするはずがないもの」

「人間の心臓を持つ㲋はやっぱり㲋だと思う？」

「え？　どういう意味？」佐織の目が泳いだ。

「文字通りの意味よ」

「㲋に人間の心臓を移植するっていうこと？　そんなことは許されないわ」

「後天的な移植は許されないけど、先天的な移植ならどうかしら？」わたしは佐織の呑気さ加減に呆れて、鼻をならした。

「先天的な移植？」

「遺伝子組み替えのことよ。㲋や人間が完成品だとしたら、遺伝子はその設計図に当たるの。完成品どうしの部品を交換するんじゃなくて、最初から㲋の設計図に人間の心臓の設計図を紛れこませておけばどうなるかと言っているのよ」

「よくわからないけど」佐織は首を捻った。「そんなこと、法律で許されているのかしら？」

「法律は関係ないわ。たとえ、法律で禁止されたとしても、技術的に可能なことなら、誰かが必ずやる。いいえ。現にそれは行われたのよ。佐織はその㲋に人権はあると思う？」

「多分、ない……と思う」

「じゃあ、その㲋の心臓はどうなの？　心臓には人権があるの？」

「部分には人権はないわ。あくまで人権は人間としての全体にあるはずだわ。そうでないとしたら、臓器を摘出した人と摘出された臓器それぞれに人権が発生することになってしまうもの。それに、豚の心臓はあくまで豚の心臓だと思うわ。人間の心臓の遺伝子が入っていたとしても、その心臓を形作っている細胞一つ一つの中には豚の遺伝子が入っているんでしょ。例えば、その心臓の細胞からクローンを作ったって、人間ができるのではなく、人間の心臓を持つ豚が生まれるだけなんだから、やっぱり豚だと思う」

「わたしの心臓は豚の心臓」わたしはにやりと笑った。

「だから、部分は関係ないのよ。心臓が豚のものでも全体として人間なら人権はあるのよ。そんなの常識だわ」

「人間の肝臓を持つ豚には人権はあるのかしら？」

「さっきから、何を聞いているの？　部分は関係ないのよ。豚の全体の中にあるのなら、人間の心臓だろうが、河馬の心臓だろうが、それは豚なのよ」

「豚の心臓と豚の肝臓を持つ人間は人間なの？　それとも、豚なの」

「いったい、何度同じことを言わせるつもりなの?!　夕霞、やっぱり、ちょっとおかしいわ！」

「人間の心臓を持つ豚の心臓と、人間の肝臓を持つ豚の肝臓と、人間の腎臓を持つ豚の腎臓と、人間の肺を持つ鵺の肺と、人間の大腸を持つ鵺の大腸と、人間の眼球を持つ鵺の眼球と、人間の肛門を持つ鵺の肛門と、人間の皮膚を持つ鵺の皮膚と、人間の子宮を持つ鵺の子宮と、人間の手足を持つ鵺の手足と、人間の脊髄を持つ鵺の脊髄と、人間の胃を持つ鵺の胃と、人間の耳を持つ鵺の耳と、人間の肋骨を持つ鵺の肋骨と、人間の甲状腺を持つ鵺の甲状腺と、人間の卵巣を持つ鵺の卵巣を組み合わせて作り上げた人間は人間なのかしら？」わたしは言い聞かせるように言った。

「人間はそんなふうにして、作り出すことはできないわ」佐織は目をそらした。

「どうして、そんなことが言えるの？　現にここにいるじゃないの！」

「夕霞は鵺の部分から組み上げられたのではないわ。ただ、体の悪い部分を取り換えただけじゃないの」

「あっちこっちが悪くなる電器製品みたいね。すこしずつ、部品を取り換えていって、最後には古い部分は完全になくなってしまうの。それでも元と同じと言えるのかしら？」

「人間の体を作る細胞は新陳代謝でどんどん入れ替わっていくって言うじゃない」佐織は活路を見いだそうと必死のようだった。「数年で完全に新しくなるって。でも、何年たっても、わたしはわたし、夕霞は夕霞なのよ。それと同じことだわ」

「でも、あなたの細胞には鵺の遺伝子は入っていないのでしょ。わたしのには入っているの。わたしの皮膚の細胞を使ってクローニングすれば、彘の子が生まれるのよ。ここを除いてね」わたしは服を引き裂き、肩にある赤黒い魚の頭の形をした痣を見せた。

「夕霞には夕霞という人格的な連続性があるわ」

「佐織にどうして、そんなことがわかると言うの？　わたしにだって、わからないのに」

佐織は両手で顔を覆った。必死に言葉を探しているようだ。

「そうだわ」佐織は手を顔から外し、わたしの目を見据えた。「脳よ。そうよ。脳だわ。心臓が死んでも、脳さえ生きていれば、死んだことにならないように、脳さえ人間なら人間なのよ。たとえ、体の他の部分が全部彘に置き換わったって、脳が夕霞なら夕霞なのよ。そうだったんだわ。悩むことなんかなかったのよ」

「脳が人間の本質だというのね」わたしは首をふった。「それはあなたの勝手な思い込みにすぎない。脳死が人間の死だと定義されているのはそれが不可逆な過程であるという理由によるもので、脳が人間の本質であるからではないのよ。脳さえ人間なら、他はなんであっても関係ないという主張にはなんの根拠もないわ。それに、佐織、あなたは脳が分割不可能な器官だと思っているようね」

「分割？　脳を分割するの？」

「脳は一様なものではなく、複雑な構造を持っているのよ。それぞれの部分には特定の機能がある。もちろん、そのすべてが解明されているわけではないけど」

「だって、脳には人格があるのよ」

「人格って何かしら？　わたしの脳の右半分をあなたの半分と取り換えたら、わたしはあなたになるの？　それとも、わたしのまま？　人間の意識の座は脳のどこにあるのかしらね？」

「そんな脳の交換手術なんて、許されるはずないじゃないの」

「また、法律や倫理を持ち出すの？　可能か不可能かの問題に社会的規範を持ち出すのは意味がないわ。技術的に可能なら、いつか、誰かが行うものなのよ」

「まさか、いくらなんでも……」

「わたしが大脳皮質の一部を移植されたのは、生後六か月の時だったの。どの部分をどれだけ移植したのか、わたしには父のデータを読み取る力はないけれど、その部分はちゃんと生着し、本来の脳細胞との間に神経回路が形成されていることも確認できたようよ。人格や意識の正体がなんなのかは知らないけど、もしそれが脳内のニューロン回路だとするなら、わたしの意識には彘（ぶた）のそれが混在していることになる」

「夕霞、自分の中に何か異質なものを感じるの？」

「ううん。何も感じない。でも、物心がついた時にはすでに、彘の脳細胞はわたしの脳の一部になっていたのよ。わたしの意識が彘の意識だったとしても、区別はつかないわ。自分の意識が人間のものか彘のものか区別するためには正常な人間の意識がどんなものかを知らなければいけないけれど、他人の意識を体験することなんか、金輪際できない」わたしはぼんやりと佐織を見つめた。「それとも、わたしと脳を半分交換してみる？　そうすれば互いの意識の内容をチェックできるわ」

「夕霞、お父さんの資料整理をすぐにやめてちょうだい。今の夕霞は普通じゃないわ。きっと夕霞は資料を誤解しているのよ。自分の子供にそんな恐ろしいことができるはずないわ」

「父はちっとも恐ろしくなんかなかったようよ。それに、わたしは最初からその目的で作られたのよ。父にとってわたしはただの実験材料なのよ」

「そんなはずはないわ。もし、実験のためにあなたを作ったとしたなら、それこそデータを公表せずに隠しておくのはおかしいわ。実験データは公表しなければ、なんの実績にもならないのよ。だから、手術は行われていないのよ。夕霞が誤解しているか、さもなければお父さんが架空の移植手術のシミュレーションをしたのよ。ほら、思考実験とか言うやつよ」

「いいえ。シミュレーションなら、同じ内容をなんども繰り返すはずだわ。同じ手術の記録は一つずつしかない」

「わかったわ。百歩譲って、夕霞がつき止めた移植手術は全部実際に行われていたとしましょう。そうだとしても、手術は必要があったから行われたはずよ。そして、あなたの幸せのことを考えて、それらの手術のことは伏せられたのよ。そうでないと理屈が合わないわ」

「そう。そこがわからないの。父はなんのために実験したのか？　名声を得るためなら、すでに発表している数件の移植手術だけで十分なはずなのに、どうして何百回も移植手術を行ったのか？」

「夕霞、どうして資料整理を続けているの？」佐織はさらに質問を積み重ねた。「あなたは自分を人彘（ひとぶた）だと思いたいの？」

「まさか」

「じゃあ、いますぐ資料整理をやめることね」佐織は厳しく言い放った。

「そういうわけにはいかないのよ。何かを知らなければいけないのに、それがなんであるかがどうしてもはっきりしないの。このまま、やめてしまったら、一生宙ぶらりんの状態でいなければならない。生涯、自分のことを人彘ではないかと悩み、怯えながら暮らさなくてはならないわ。そんなことには耐えられない。わたしはこの資料整理を通じて自分が人間であるという確証が得たいのよ」

「わかったわ」佐織は立ち上がった。「今日はひとまず帰ることにするわ。わたし一人では夕霞を説得できないようだから。……ねえ。資料整理をやめて、病院にいくだけでいいのよ。それが無理なら、せめてダイエットだけはやめてちょうだい」

「納得できないかもしれないけど、わたしは無理なダイエットなんかはしていないのよ。これが限界なの。これ以上、太るわけにはいかないの。時々、鏡に彘が映るの」

佐織は無言でとぼとぼと玄関に向かって歩き出した。わたしも黙って後を追う。

「今度は由美子といっしょに来るわ。カウンセリングとまではいかなくても、二人であなたの悩みをゆっくり聞き出せば、道が開けるかもしれない」ドアを開けながら、佐織は優しく言った。「今日、わたしはせっかち過ぎたかもしれないわね。早く立ち直らせたくて、夕霞の言うことに反論ばかりしてしまった。今度は夕霞の話を否定するだけではなく、一緒に考えるようにするわ。また来てもいいでしょ？」

「大歓迎よ」わたしは佐織との議論でほてった頭を小刻みに震わせながら答えた。「わたしこそ、頑固なところを見せてしまってはずかしいわ」

もちろん、佐織や由美子に会えることは楽しみだったが、二人と話をすることでわたしの抱えている問題が解決するとは到底思えなかった。二人がいつ訪ねてくるのか、はっきりは決めなかったが、佐織の口振りではただの外交辞令ではなく、本気のようだった。その時は今日のような気まずい出会いではなく、昔のような和気藹々（あいあい）とした仲間に戻りたい。その日までに答えを見つけなければならない。

わたしは堅い決心を持って、父の部屋に向かった。ただ、どんなに歯を食いしばっても喉の奥から溢れてくる乳飲み子のような嗚咽はどうしても止めることができなかった。廊下に点々と涙が落ちた。

呂后はわたしの顔を見てにこりと笑った。その服装はとても古代のものとは思えないほどきらびやかで洗練されていたが、霧のような朱い飛沫が全体を覆っていた。近付くと血の香りがした。呂后は身動ぎ一つしなかったが、その膨らんだ衣服はゆらゆらと揺れていた。

「女、我が香りは麗しいであろう」呂后はわたしに言った。

わたしは呂后の言葉を無視して、さらに近付いて呂后の顔を覗き込もうとした。呂后は確かにわたしに笑いかけているのだが、光線の加減でその顔をはっきりみることができなかったからだ。しかし、いくら近付いても目がちかちかして、どうしても顔形をはっきりと見極めることができない。

さらに、一歩呂后に近付こうとして、わたしは何か弾力のあるべたついたものを踏み付けてしまった。

それは汚物に塗れた一抱えもある肉の塊のようだった。悍ましいことにそれはごろごろと転がり、ぶるぶると震えた。

呂后は着物の前をはだけた。血飛沫が飛び、わたしと肉塊を濡らした。呂后の裸体は美しかったが、どうしようもないほど夥しい悪臭を放っていた。

わたしは呂后から逃れようと後退りしたが、血糊に足を取られて、大きな音をたてて、倒れてしまった。いつのまにか、わたしも裸になっている。

そのわたしの裸体に肉塊が這いながら、覆いかぶさろうとする。もがいて逃げようとするが、血で滑って体の自由がきかない。

その時、呂后がわたしを抱き起こしてくれた。呂后の肌がわたしの肌に吸い付く。

「さあ、手伝っておくれ」

呂后はずるりとあお向けに寝て大の字になった。白い腹に亀裂が入り、焦げ茶色の液体が溢れ出した。傷口を通して、何かが蠢いているのが見えた。

わたしは迷わず、呂后の中に両腕を突っ込んだ。中のものがわたしの手を掴んだ。

わたしは獣のような声を上げながら、それを引きずり出した。

それはゆっくりと泥のようなものから、人の形になっていく。

わたしは驚いて、床に投げ捨てた。

それは盛り上がり、肉塊を踏み付けた。

「おお、いとしや」呂后は腹から子宮を垂らしながら、それをかき抱いた。

わたしは全身にかぶった羊水を手で拭った。

「陛下、ごらんなさい」呂后は裂けた体を隠しもせず、それに呼び掛けた。「人彘(ひとぶた)ですよ」

それは肉塊を見、絶叫し、泣きながら、汚物の中を転げ回った。

「ああ、人ではない。人ではない」それは言った。

やがて、それは崩れ始め、泥に戻った。

呂后はその上に俯せになり、身をくねらせる。呂后の腹は泥と自らの子宮を吸い上げる。「あな、嬉しや。わたしはまた、陛下を生むことができる」

「なぜ、戚夫人を人彘などと呼ばれたのですか？」わたしは長年の疑問を呂后に問いただした。「彼女は聞くことも、見ることもできないのに。何を言っても、もう彼女をこれ以上傷つけることはできないのに。それでも復讐のつもりなのですか？」

呂后は大きく口を開いた。あまりにも大きく開いたため、胃袋の中身まで露出した。

そして、大声で笑い出した。

「どうしたのですか？　何がおかしいというのですか？」わたしは呂后と肉塊を交互に見比べた。

「戚夫人とはいったい誰のことですか？」呂后は笑い続けた。

「この人です。あなたに酷い仕打ちを受けたこのかわいそうな人です」わたしは肉塊を持ち上げて示そうとしたが、腕からぬるりと滑り落ちてしまった。

「それは戚夫人などではないわ」

「え⁈　では誰だというのですか⁈」

「それは本当のあなたなのです」

わたしは驚いて肉塊を引き裂いた。中はからっぽだった。肉塊ではなく、肉の袋だったのだ。

「外側も中身も全部失ってしまった本当のあなたの姿です」呂后は笑う。

「これが本当のわたしだとすると……」わたしは肉の袋から離れた。「このわたしはいったい何なの？」

「あなたは彘の皮です」呂后は一頭の彘を示した。

その彘には皮膚がなく、脂肪と筋肉が斑にむき出しになっていた。

わたしはくしゃくしゃになって、倒れていった。

呂后の顔は父の顔だ。

わたしはやっと理解した。なぜ呂后が戚夫人を人彘（ひとぶた）と呼んだのか。そして、なぜ父がわたしを作り出したのか。

呂后は復讐をしたかったのではなかったのだ。復讐が目的なら、目と耳をつぶす前に「人彘」と呼び掛けたはずだ。

そして、父は研究者としての名声を望んでいたのではない。名声が欲しかったら、もっと穏健な移植手術を行って、その成果を発表したはずだ。

かれらは楽しんでいたのだ。人間の尊厳をずたずたにすることで、彘と人間の生命を弄ぶことで、全能感に酔いしれていたのだ。

わたしは寝る間を惜しんで、ノートを読み、ビデオを見、ディスクを調べた。

この中に必ず秘密が隠されているはずだ。父は彘から人間を作り出すこと自体を楽しんでいたのだ。だとしたら、移植手術以外にも何か冒瀆的なことを行っていたのかもしれない。

しかし、資料の大部分はわたしにとって、意味不明なものばかりだった。わたしは気ばかりが焦って、何日寝ていないのか、何食抜いているのかもわからないようになってしまっていた。

そんな時、一本のビデオを見つけた。他のビデオと同じ、なんの変哲もないように見えたが、わたしはそのラベルに書かれている数字が気になった。〝A－1〟とか、〝1Q〟などと書かれたビデオはたくさんあったが、そのビデオには単に〝1〟と書かれていたのだ。

ビデオの数が増えてくると、誰でも整理のためラベルにわかりやすい言葉を書くものだ。ただ、同一の内容が何本にもわたったり、一本の中に別々の内容が複数入っている場合などは一本ずつ内容をストレートに示すよりは、通し番号か年月日を付けて内容は別に記録しておく方が合理的だ。そして、通し番号がついたビデオがさらに増えてくると、今度は内容ごとに分類したくなる。数字にアルファベットを付けたり、漢数字やローマ数字を使ったりして。

だから、単に〝1〟とのみ書かれているビデオは本当に初期のころに録画されたものである可能性が非常に大きい。

わたしはある種の予感を持って、ビデオを再生した。もしこれが本当に最初の一本目だとしたら、父がやってしまったこと、あるいは、やりたかったことを知ることができるかもしれない。それが敵わないまでも、わたしがもやもやと感じている記憶になる前の記憶――わたしと父を結ぶ秘密の片鱗が摑めるかもしれない。

最初の数秒間、画面は判別できないぐらい乱れていたが、突然嘘のようにクリアになった。画面のど真ん中に一頭の豕(ぶた)がいた。種類はよくわからないが、父が遺伝子をいじくったものではなく、従来からいるタイプの豕のようだった。

豕は苦しそうに横たわっている。時々、鳴き声をあげている。病気なのだろうか？　まもなく、病気でないことがはっきりした。豕は粘膜に包まれた者を生み落としたのだ。それからは延々と母彘が仔彘たちを生み続ける様子が映されている。母彘が正常であるのに対し、仔彘たちは父によって処置を受けているのは明らかだった。母彘から生み落とされるのを見なかったら、とても彘だとは思えなかったかもしれない。そんな姿でも母彘は愛しいらしく、せっせと嘗めている。仔彘たちも母親の腹部に潜り込もうとするかのように身を寄せている。仔彘たちの姿さえ、異常でなければ、思わず微笑みそうなシーンだった。

仔彘たちはどんな動物にも似ていなかった。もちろん、哺乳類である特徴は持っていたが、全体的に非常に未熟な印象を受けた。母彘の元へ近付こうとはしていたが、結局母彘の助けがなければ、まったく自力では動けないようだった。この様子では成獣に達するまで成長できるとは思えない。父の好奇心の犠牲だ。

母彘はさらに仔彘を生み続ける。わたしはやりきれなくなって、テープを止めようとした。しかし、指が停止ボタンに触れてもどうしても押すことができなかった。

胸騒ぎがする。この映像の中の何かがわたしの潜在意識に働きかけているのだ。まるで、昔、騒がれたあのうさん臭いサブリミナル映像を見せられているかのように。わたしは画面から目を離すことができなかった。

画面を静止する。コマ送りにして確かめる。怪しいメッセージは入っていない。また、通常の再生に戻す。早送りにする。やはり、何か違和感がある。仔彘の姿が異様だからではない。それは顕在意識によって、はっきりと確認している。もっと、小さなことだ。画面の中に何かが映っている。

その正体に気付いた時、わたしは痛烈に後悔した。なぜ、わたしはこのビデオを見ようなぞという気を起こしたのだろうか？　なぜ、父の残した資料を整理しようと思ったのだろう？　そもそも、なぜ、わたしは父の言葉を素直に信じておかなかったのだろう？

もう遅い。すべては終わってしまったのだ。わたしは知ってしまったのだ。

ああ、わたしは父が死ぬ前に言った言葉が忘れられない。

「馬鹿者どもめ！　肝臓癌だと！　かまうものか！　ほっておいてくれ！　俺の中に 彘なぞ入れないでくれ！　汚らわしい!!」

あの言葉さえ聞かなければ、わたしは父を誤解し続けることもできたのに。

彘の臓器を移植することは汚れではないことを人々に啓蒙したのは父だった。そのおかげで、今では毎年多くの人命が救われている。父こそは現代の英雄だ。その父がそんな言葉を吐いたということがどうして信じられようか？

だが、父は確かにわたしを蔑み続けていたのだ。自分が作り出した人彘を。

気が付くと、わたしは病院のベッドに横たわっていた。わたしの知らない病室だった。生まれてからこの年になるまで、病室と言えば自分の家の病室しか知らなかったわたしは、目が覚めた瞬間、事態が把握できずに軽い混乱を覚えた。しかし、すぐ横に佐織と由美子の顔を認めたことで落ち着きを取り戻すことができた。

　二人がわたしの家を訪れたのは雨の日だったそうだ。佐織がうちを訪ねてくれてから一週間後だという。わたしは佐織と会ったのが何日で、何日間連続で資料整理を続けていたのかまったくわからなかった。あの胸糞の悪いビデオを見たのが何日目だったのかもわからない。記憶は妙に混乱している。ビデオを見てからも資料整理を続けたのか、それともすべてを投げ出してしまったのかも覚えていない。

　佐織たちの話によると、わたしは雨が降る中、庭の泥の中でのたくっていたらしい。何かを叫んでいたが、その内容については二人とも忘れてしまったそうだ。もっとも、本当に忘れたのかどうか確かめるすべはない。

「本当にびっくりしたわ」由美子はやや興奮気味に教えてくれた。「初めは何か動物かと思ったわ。でも、佐織が悲鳴をあげたので、わたしも気がついたの」

　二人はずぶ濡れになりながら、わたしをかついで家に入ろうとしたが、鍵の場所がわからず断念して（後になって、鍵はわたしの腸内で発見された）、仕方なく救急車を呼んだということだ。

二人の証言に関して、わたしは何のコメントもできない。ただ、呂后と戚夫人に会ったという記憶が微かにあったが、それが何を意味するのかもわからない。

「頑張り過ぎたのよ。お医者様も極度の疲労と栄養失調が原因だろうっておっしゃってたわ。ねえ、なんども言うけど、資料整理のことはしばらく忘れて、ゆっくり静養をしたらどうかしら？」佐織が優しく声をかけてくれる。

「ええ。わたしもそうしようと思っていたの」わたしは精一杯明るく答えた。

そう。わたしは二度と資料整理をする気はない。家に戻っても、父の部屋には決して近寄らないようにしよう。本当は資料を全部処分してしまいたいのだけれど、今となっては見たり触ったりすることにすら耐えられそうもない。かと言って、他人に処理を頼むこともできない。他人があれを見ることを考えただけで、息ができなくなるぐらいの恐怖を感じる。

もう決してあれを見なければいいのだ。そうすれば、あれを見たことさえ夢だと思えるようになるかもしれないではないか。もし、そんな幸福な時が訪れるなら、わたしはもう二度とあれを見るような愚かなまねはしないつもりだ。

わたしは過去を徹底的に調べ、すべてを白日のもとに暴き出し、真実を知ることで自らの魂を苦しみから解放しようとしていた。ところが、父の残した記憶の中でわたしが見つけ出したものは魂の解放ではなかった。逆だったのだ。あれを封印することでわたしは辛うじてわたしでいられたのだ。

佐織と由美子は毎日、見舞いに来てくれている。わたしがどんどんやせ細っていくことには気が付いているのだろうか？

もはや、わたしには平安な日々は戻って来ないだろう。目を開けていても、つぶっていても常にあの映像がわたしの頭の中に投影されている。

画面の中央にいる大きな母彘(ははぶた)。乳房に群がる奇形の仔彘たち。その中の特に小さい一匹が弱々しく鳴いた。

その肩には赤黒い魚の頭の形をした痣があった。

解説

朝宮運河（ライター・書評家）

一九九三年に〈ホラー〉の語を冠した日本初の文庫レーベルとして創刊され、以来約三十年にわたって、わが国のホラージャンルの発展と併走してきた文庫レーベル、角川ホラー文庫。

本書はその全収録作から、珠玉のホラー短編を精選収録したアンソロジー「角川ホラー文庫ベストセレクション」の第二弾である。

今春（二〇二一年二月）刊行したシリーズ第一弾『再生　角川ホラー文庫ベストセレクション』と同じく、国産ホラー小説の面白さと豊かさにあらためて触れてもらいたいとの思いから、既刊を机のまわりに積み上げて編纂作業にあたったが、『再生』と『恐怖』では若干の相違点もある。まずその点をご説明しておこう。

『再生』では角川ホラー文庫が初出、または文庫初収録となる作品を中心に目次を作成したが、今回は対象範囲をさらに広くとり、角川ホラー文庫の個人選集や傑作集に再録された作品も含めることとした。その結果、ツイッター上で実施されたアンケート企画（詳細は後述）で多くの票を集めた、小松左京の名作をラインナップに加えることができた。

また『再生』がどちらかというと怪奇・心霊的な要素の強いホラーが中心だったのに対し、『恐怖』ではSFやミステリとのボーダーラインに位置するような作品も積極的に取りあげている。『再生』と『恐怖』の二冊を併せ読むことで、約三十年における国産ホラージャンルの成熟と、角川ホラー文庫の守備範囲の広さを感じていただけることと思う。以下、収録作について簡単にコメントを付す。

恐怖という感情が欠落した男と、そんな彼に強い関心を抱く友人。二人の間でおこなわれた実験はそれから十年後、衝撃的な幕切れを迎える。「**恐怖**」は『ウロボロスの偽書』などの迷宮的ミステリで知られる鬼才・**竹本健治**が二十代の頃に執筆した短編で、作品集『閉じ箱』に収録された（現在は角川文庫）。作中で展開される〝恐怖とは何か〟という議論や、行間から滲み出る異様な雰囲気など、十ページに満たない作品ながら不穏な竹本ワールドの魅力が凝縮されている。

昨年秋、「角川ホラー文庫ベストセレクション」の企画を立ち上げるにあたり、角川ホラー文庫編集部公式ツイッターが〈最恐ホラー短篇〉と銘打ったアンケート企画を実施した。その際、もっとも多くの票を集めたのが日本SFの巨匠・**小松左京**の諸作であった。そこで本書では一九九三年刊の『霧が晴れた時　自選恐怖小説集』から、大胆な発想をそなえた怪奇小説「**骨**」を再録した。見慣れた日常をじわじわと異化していく語りの巧さと、眩暈がするような壮大なアイデアは著者の独壇場である。一九七〇年代、小松左京らによって生み出された国産SFホラーの傑作群は、小林泰三ら九〇年代以降のホラー作家にも絶大な影響を与えている。

二〇一七年『愚者の毒』で第七〇回日本推理作家協会賞・長編及び連作短編集部門を受賞した**宇佐美まこと**は、怪異表現によって人間精神の暗部をえぐり出すホラー短編の名手でもある。短編集『角の生えた帽子』のために書き下ろされた「**夏休みのケイカク**」も、年の離れた女性二人の密やかな交流を描いた図書館ミステリ、と見せかけて、背筋が冷たくなるような真相が待ち構えている。

重病を患っている女性が、家族と過ごすため久しぶりに帰宅した家。しかしそこはもう彼女の知っている場所ではなかった。**坂東眞砂子**「**正月女**」は、農家に嫁いだ女性の絶望的な孤独を、村に伝わる怨霊伝承を絡めて描いたジャパネスク・ホラーの名品。『狗神』『死国』などの力作長編で土俗的ホラーの沃野を拓き、強者に虐げられる者の叫びに耳を傾けた坂東作品は、今こそ広く読まれるべきだろう。

二〇〇五年に「夜市」で第十二回日本ホラー小説大賞を受賞し、鮮烈なデビューを飾った**恒川光太郎**は、世界の裏側にあるもうひとつの現実を、恐怖と郷愁をこめて描き続けてきた。『月夜の島渡り』に収録された本作「**ニョラ穴**」では、殺人の偽装工作のために無人島を訪れた若者が、得体の知れないニョラという生命体に遭遇する。飄々とした語りが、怖さと懐かしさを感じさせる著者お得意の琉球ホラーである。

町をねぐらにするホームレスの男は、多くの車が行き交う道路の真ん中に、奇妙な泥の塊がへばりついていることに気づく。その正体を知った男の涙ぐましい奮闘の結末とは。『独白するユニバーサル横メルカトル』などの奇想に満ちたホラー、『ダイナー』などの刺激的ノワールによって、現代文学に特異な位置を占める**平山夢明**の「**或るはぐれ者の死**」は一読忘れがたい残酷の寓話である。人と社会の狂気を凝視した『或るろくでなしの死』の巻頭を飾った短編だ。

服部まゆみは一九八七年、第七回横溝正史ミステリ大賞に輝いた『時のアラベスク』でデビュー。『罪深き緑の夏』などの幻想的なミステリを執筆した。「**雛**」は著者にしては珍しい怪談で、坂東眞砂子の「正月女」と並んで競作集『かなわぬ想い　惨劇で祝う五つの記念日』に書き下ろされた。天才人形師が手がけた雛人形に籠もる、一人の女性の妄執。泉鏡花を思わせる語り口で、都会にこの世ならぬものの影を幻視した人形奇譚。

小林泰三は一九六二年、京都府に生まれた。大阪大学基礎工学部を卒業、同大学院を修了した後、某大手家電メーカーに勤務。一九九五年に「玩具修理者」で第二回日本ホラー小説大賞・短編賞を受賞。同作は二〇〇一年に映画化されている。デビュー後はホラー、ＳＦ、ミステリと諸ジャンルを横断しながら、グロテスクと幻想性、高度な論理性が共存した独自のエンターテインメントを多数世に送り出した。『肉食屋敷』『家に棲むもの』『脳髄工場』などホラー系の著作の多くは、角川ホラー文庫に収録されており、読者の熱烈な支持を得ている。先の〈最恐ホラー短篇〉キャンペーンでも首位の小松左京とほぼ並んで、多くの票を集めたのは「玩具修理者」などの小林ホラーであった。

今回はその数ある名作から、初期の代表作「人獣細工」を収録した。ＳＦ的な着想、グロテスクへの志向、自己同一性への疑念というテーマなど、後に展開される小林作品のエッセンスが詰まった力作である。父親による悪魔的な実験というモチーフにおいて、『再生』の表題作である綾辻行人「再生」とも響き合っており、両作を読み比べてみるのも一興だろう。

小林泰三は二〇二〇年十一月に病のため逝去。新作を読むことは叶わぬ夢となったが、残された作品は今なおダークで妖しい光を放ち続けている。本作をきっかけに、ぜひ他の小林作品にも手を伸ばしてみていただきたい。

シリーズ第一弾『再生』の巻末解説において、「ページ数の都合から、今回収録が叶わなかった作品がまだまだ山のようにある」と記したが、同書が好評を博したおかげで、予想よりも早く第二弾を編むことができた。読者の皆さんにこの場を借りて御礼を申し上げたい。

近年、実力ある作家が次々と登場し、日本のホラー小説は新しいフェイズに突入している。そうした動向と連動しつつ、本シリーズのようなアンソロジー企画を今後も続けてゆくつもりなので、何とぞご注目いただきたい。

末筆ながら本書を日本ホラー小説界の功労者、小林泰三氏に捧げたいと思う。

〈初　出〉

竹本健治「恐怖」／「恐怖省」　1号　一九八三年

小松左京「骨」／「小説新潮」一九七二年三月号

宇佐美まこと「夏休みのケイカク」／『角の生えた帽子』（二〇一七年九月）

坂東眞砂子「正月女」／『かなわぬ想い　惨劇で祝う五つの記念日』（一九九四年一〇月）

恒川光太郎「ニョラ穴」／「幽」13号　二〇一三年八月

平山夢明「或るはぐれ者の死」／「彼岸の情景　ＪＪの死」改題「文庫読み放題」ほか携帯読書サイト　二〇〇七年一一月配信

服部まゆみ「雛」／『かなわぬ想い　惨劇で祝う五つの記念日』（一九九四年一〇月）

小林泰三「人獣細工」／『人獣細工』（一九九七年六月）

恐怖　角川ホラー文庫ベストセレクション

宇佐美まこと、小林泰三、小松左京、竹本健治、恒川光太郎、
服部まゆみ、坂東眞砂子、平山夢明　朝宮運河＝編

角川ホラー文庫　22842

令和３年９月25日　初版発行

発行者―――堀内大示
発　行―――株式会社KADOKAWA
〒102-8177　東京都千代田区富士見2-13-3
電話 0570-002-301（ナビダイヤル）
印刷所―――株式会社暁印刷
製本所―――本間製本株式会社
装幀者―――田島照久

◇◇◇

ISBN978-4-04-111880-1　C0193

角川文庫発刊に際して

角川源義

第二次世界大戦の敗北は、軍事力の敗北であった以上に、私たちの若い文化力の敗退であった。私たちの文化が戦争に対して如何に無力であり、単なるあだ花に過ぎなかったかを、私たちは身を以て体験し痛感した。西洋近代文化の摂取にとって、明治以後八十年の歳月は決して短かすぎたとは言えない。にもかかわらず、近代文化の伝統を確立し、自由な批判と柔軟な良識に富む文化層として自らを形成することに私たちは失敗して来た。そしてこれは、各層への文化の普及滲透を任務とする出版人の責任でもあった。

一九四五年以来、私たちは再び振出しに戻り、第一歩から踏み出すことを余儀なくされた。これは大きな不幸ではあるが、反面、これまでの混沌・未熟・歪曲の中にあった我が国の文化に秩序と確たる基礎を齎らすためには絶好の機会でもある。角川書店は、このような祖国の文化的危機にあたり、微力をも顧みず再建の礎石たるべき抱負と決意とをもって出発したが、ここに創立以来の念願を果すべく角川文庫を発刊する。これまで刊行されたあらゆる全集叢書文庫類の長所と短所とを検討し、古今東西の不朽の典籍を、良心的編集のもとに、廉価に、そして書架にふさわしい美本として、多くのひとびとに提供しようとする。しかし私たちは徒らに百科全書的な知識のジレッタントを作ることを目的とせず、あくまで祖国の文化に秩序と再建への道を示し、この文庫を角川書店の栄ある事業として、今後永久に継続発展せしめ、学芸と教養との殿堂として大成せんことを期したい。多くの読書子の愛情ある忠言と支持とによって、この希望と抱負とを完遂せしめられんことを願う。

一九四九年五月三日